Le chirurgien de Saint-Chad

THERESA CHARLES	*ŒUVRES*
LE CHIRURGIEN DE SAINT-CHAD	*J'ai lu* 873***
INEZ, INFIRMIÈRE DE SAINT-CHAD	*J'ai lu* 874***
UN AMOUR À SAINT-CHAD	*J'ai lu* 945**
CRISE À SAINT-CHAD	*J'ai lu* 994***
LAKE, QUI ES-TU?	*J'ai lu* 1168***
GARE AUX SORCIÈRES!	*J'ai lu* 1275**
TOI SEUL	*J'ai lu* 1337***
LA MAISON SUR LE ROC	*J'ai lu* 1206***
LE MARI INCONNU	
LINDISFANE	
LES MAL-AIMÉS DE FERCOMBE	*J'ai lu* 1146***
FIÈRE CITADELLE	*J'ai lu* 1323***
L'ÎLE AUX ANGOISSES	*J'ai lu* 1252**
PORTÉ DISPARU	
SECRÈTE COMME UN DANGER	
LA BAGUE D'OPALE	*J'ai lu* 1229**
LE TEMPS D'INCERTITUDE	
PRENDS GARDE, LINDA	
LE CHÂTEAU DE LA HAINE	*J'ai lu* 1190**
AMNÉSIE	
UN HOMME SE CACHE	*J'ai lu* 1523**
POUR UN SEUL WEEK-END	*J'ai lu* 1080**
LE JEU DE L'OMBRE	
FIDÈLE À UN RÊVE	*J'ai lu* 1035**
ROSAMOND	*J'ai lu* 1795****
THEA	*J'ai lu* 1873****
LES PROMESSES DE L'ARC-EN-CIEL	*J'ai lu* 1349**
LUNE DE MIEL À SAINT-CHAD	*J'ai lu* 1112**
LE CHARME D'UN DÉMON	*J'ai lu* 1298***
MON AMOUR DES BRUMES	*J'ai lu* 1374***
UN CHOIX DÉCHIRANT	*J'ai lu* 1428**
LES REBELLES DE SAINT-CHAD	*J'ai lu* 1495***

Theresa Charles

Le chirurgien de Saint-Chad

traduit de l'anglais par Arlette ROSENBLUM

Éditions J'ai lu

Ce roman a paru sous le titre original :

A GIRL CALLED EVELYN

1

— Quoi de neuf à l'hôpital, à part ton changement de service, Inez? demanda le Dr Raine à sa fille.

Mme Raine leva les deux mains en signe de protestation :

— Oh! non. Pitié pour cette petite. Elle t'a aidé tout l'après-midi au dispensaire. Ce n'est pas ce que j'appelle du repos. Laisse-la au moins prendre son goûter sans parler boutique.

Inez se pencha pour remplir la tasse de son père et sourit d'un air taquin à sa mère :

— Pitié, pour *toi*, veux-tu dire, n'est-ce pas, maman chérie? C'est toi qui soupires après des propos frivoles et féminins.

— Toi aussi, tu voudrais un instant de répit si tu étais marié avec un médecin de campagne et mère d'une infirmière, répliqua Molly Raine, mi-figue, mi-raisin. Crois-moi, t'absorber tellement dans ton travail n'est pas bon pour toi. A ton âge, ce n'est pas normal. Si tu étais laide, je le comprendrais encore...

Inez et son père échangèrent un coup d'œil moqueur. Molly leur fit une petite grimace.

— C'est tellement dommage, dit-elle d'une voix pleine de regret. Quand j'ai eu vingt et un ans, j'ai vécu des moments merveilleux. Je me suis fiancée deux fois avant de rencontrer ton père. A vingt-trois ans, j'étais mariée.

— Et moi, à vingt-deux ans, je n'ai encore jamais été fiancée, répondit gaiement Inez.

— A qui la faute? rétorqua sa mère. Tu sais très bien que ton Christophe voulait t'épouser. Il me l'a dit!

— Christophe Denyer n'est pas — et n'a jamais été — *mon* Christophe, déclara Inez avec énergie.

— Lui ne demandait pas mieux, insista sa mère. Vous auriez eu seulement à patienter un peu.

Inez se mordit la lèvre inférieure. Elle regrettait vivement d'avoir amené chez elle pour le week-end le Dr Christophe Denyer. Depuis ce temps-là, sa mère ne cessait de parler de lui.

Christophe avait du charme; trop, peut-être. Il ne pouvait s'empêcher d'essayer de plaire... et il y réussissait. A un moment donné, Inez avait bien failli céder à ses instances. Elle avait été presque assez amoureuse de lui pour consentir à de longues fiançailles « secrètes ». Un jeune interne des hôpitaux n'a pas les moyens de se marier, elle le savait, et elle était d'accord qu'ils attendent que Christophe se soit installé à son compte. Ce qui l'avait fait hésiter, c'est qu'il lui ait demandé de tenir secrètes leurs fiançailles.

Elle n'ignorait pas que la direction de l'hôpital voyait d'un mauvais œil les idylles entre médecins et infirmières. Mais cela n'empêchait nullement la naissance desdites idylles. Les fiançailles sérieuses, officielles, étaient tolérées, sinon encouragées. A tort où à raison, elle avait attribué l'hésitation de Christophe non pas à sa timidité — il en était singulièrement dépourvu — mais à son désir de garder en apparence son indépendance, tout en la liant à lui. En somme, d'avoir des coudées franches. Ce genre de situation ne convenait nullement à Inez.

— Je veux être certain que tu seras à moi, ma chérie, avait-il plaidé.

Mais elle n'avait rien voulu entendre.

— Je n'aime pas les » accords tacites », Chris. Ne parlons plus de tout cela jusqu'à ce que j'aie fini mes études d'infirmière et que tu sois prêt à te lancer dans ta carrière.

Elle s'était rendu compte qu'il lui serait dur de répondre « non » à Chris; et plus dur encore de renoncer complètement à lui; mais elle avait tenu bon. Elle n'avait pas expliqué, même à sa mère, pourquoi elle avait refusé la demande de Christophe.

— Quelle déception je suis pour toi, maman chérie! dit-elle d'une voix taquine.

C'était une vieille plaisanterie familiale, mais pour une fois elle tomba à plat. Il y avait une tension légère dans le regard bleu de Molly Raine, et le docteur remuait le sucre dans son thé d'un geste nerveux et machinal. Inez fronça les sourcils et se dit avec un serrement de cœur que son père avait l'air mortellement fatigué. Il avait le teint jaunâtre et les yeux cernés. Les rides de son visage n'auraient pas dû être aussi marquées. Il semblait souffrir.

Il s'était montré bizarre tout cet après-midi, et inhabituellement brutal. Les consultations avaient duré longtemps, mais cela ne lui ressemblait guère d'être hargneux avec ses malades, si agaçants qu'ils fussent. Inez se sentit mal à l'aise. Elle n'avait son diplôme d'infirmière que depuis quelques mois, mais elle possédait cette sorte de sixième sens qui est l'apanage de toute infirmière-née. Sans preuve tangible sur laquelle appuyer son diagnostic, elle décelait si elle se trouvait en présence d'un malaise passager ou d'une crise prête à éclater.

Son père avait maigri. Sa vieille veste de tweed

pendait sur son grand corps voûté. Il paraissait plus que son âge. Il approchait de la soixantaine, mais il avait ce soir un air usé, hagard, qui lui en aurait fait donner beaucoup plus. Molly, avec ses cheveux bruns à peine mêlés de fils gris, sa peau encore rose et blanche, très fraîche, ses jolies fossettes, aurait presque pu passer pour sa fille.

— Papa, qu'est-ce qui ne va pas? questionna subitement Inez.

— Ce qui ne va pas? (Il leva la tête. Même sa chevelure gris fer avait un air terne et fatigué.) Que veux-tu dire? Tout va très bien.

— Tu parais fatigué!

— Eh bien? Quel médecin de campagne ne l'est pas... en février? C'est le pire mois de l'année, avec la grippe, les rhumatismes, la toux, les rhumes, la rougeole, la coqueluche et le reste. Dans le village, j'ai six cas de rougeole, deux pleurésies et quatre coqueluches.

Cette réponse brève, agacée, augmenta l'inquiétude d'Inez. Elle hocha la tête en silence.

Sa mère dit d'une voix méditative :

— Tu es de mauvaise humeur, Ricky. Tu es surmené. Tu devrais changer d'air.

— Quelle idée! (Il eut un rire sec.) Ne te fais pas de bile! Il reste encore du thé?

Inez prit sa tasse et la remplit pour la seconde fois en moins de cinq minutes. Il la regarda quand elle la lui rendit, plissant les paupières comme si ses yeux lui faisaient mal.

— Allons, Inez! Tu n'as vraiment rien de sensationnel à nous raconter? questionna-t-il avec un entrain forcé. A moins que l'hôpital Saint-Chad n'ait beaucoup changé depuis ma jeunesse, il regorge tous les jours de potins et de bisbilles.

— J'ai été trop occupée pour écouter ce qui se dit, répliqua Inez. Le grand événement en ce moment, c'est le retour de l'Astre de Saint-Chad, mais je ne l'ai pas encore rencontré...

— Qui est-ce, chérie? demanda sa mère avec intérêt.

— Patrick Elbure. Il a l'air d'une célébrité. Toutes les élèves infirmières s'évanouissent rien qu'à le regarder, et même les infirmières les plus rogues et les plus raides s'adoucissent devant son sourire. Je parie qu'il doit être d'un orgueil et d'une morgue insupportables.

— C'est un excellent chirurgien, déclara vivement son père. Je suis content de savoir qu'il est revenu à Saint-Chad. Il pourra reprendre le poste de chirurgien en chef quand Manuden se retirera. C'est une chance pour Saint-Chad!

— Ah? Il a séjourné paraît-il deux ans aux Etats-Unis. Tout le monde ou presque s'attendait à ce qu'il fasse une carrière éblouissante à Londres, ajouta Inez. On a été surpris et flatté qu'il vienne se réinstaller au bercail.

— Elbure? N'est-ce pas ce beau garçon qui a failli avoir des ennuis à cause d'une ravissante infirmière? s'enquit Molly Raine avec curiosité. Il me semble me rappeler qu'il y avait eu pas mal de bavardages sur son compte avant qu'il parte pour l'Amérique. On a étouffé l'histoire, bien entendu, et la jeune fille a quitté Saint-Chad, elle aussi.

— Simples commérages, dit son mari sèchement. Quand un chirurgien est jeune et beau, il ne peut pas adresser la parole à une infirmière en dehors du service sans que vous autres femmes en fassiez un roman.

Molly rougit, et les sourcils d'Inez se contractèrent de nouveau. Jamais auparavant elle n'avait entendu son père s'adresser à sa femme sur ce ton irascible. Qu'avait-il donc? Du surmenage dû à un surcroît de travail, ou bien couvait-il une maladie?

L'après-midi avait été sombre et sinistre. La pluie fouettait les vitres, et les ormes dénudés, au fond du jardin, balançaient des branches semblables à des bras maigres de sorcières. 4 heures venaient de sonner, mais il ne faisait déjà plus très clair. Inez se leva pour fermer les rideaux de velours vert et allumer la lampe.

— Tu vas avoir un trajet de retour affreux, ma chérie, dit sa mère, d'un air soucieux.

— Un peu de pluie ne me fera pas de mal. Cela en valait la peine, répondit Inez en affectant plus d'allégresse qu'elle n'en ressentait. C'est magnifique de pouvoir venir à la maison chaque fois que j'ai un moment de repos. Cela me donne une merveilleuse sensation d'évasion.

— Tu aurais dû faire tes études à Saint-Chad, dit machinalement sa mère.

Elle le répétait depuis le jour où Inez s'était déclaré une vocation d'infirmière. Saint-Chad était l'un des plus anciens hôpitaux de province et l'un des plus renommés. Avoir fait ses études à Saint-Chad donnait une espèce d'auréole. Cela aurait pu paraître l'endroit tout indiqué pour Inez. Son père y avait travaillé et Saint-Chad se trouvait à quelque sept kilomètres du cabinet médical qu'il avait hérité de son père. Molly Raine avait naturellement désiré qu'Inez reste près de chez elle. Tout d'un coup spartiate en ce qui concernait sa fille idolâtrée, le Dr Raine s'y était opposé tout net.

Inez devait partir... très loin. Il ne fallait pas qu'elle soit partagée entre son foyer et l'hôpital. Il fallait qu'elle se concentre sur ses études, qu'elle apprenne à se tirer d'affaire toute seule; *à être indépendante,* avait-il insisté. Il ne fallait pas qu'elle ait la possibilité de se précipiter chez elle pour se faire consoler et réconforter chaque fois qu'elle se trouverait en présence d'une difficulté. Elle n'était même pas allée en pension parce que sa mère avait tant hésité à se séparer d'elle. C'était maintenant le moment ou jamais qu'elle se mette à voler de ses propres ailes.

Inez, qui avait le plus profond respect pour les opinions de son père, s'était rangée à son avis. Quitter la maison serait un déchirement, mais serait probablement aussi une bonne discipline pour elle. Et il serait peut-être bon aussi que sa mère ne s'habitue pas trop à compter uniquement sur elle comme compagnie. Elle avait donc laissé son père faire les démarches nécessaires et s'en était allée avec un courage digne d'éloge vers l'univers entièrement inconnu et impressionnant d'un grand hôpital londonien.

Elle avait eu le mal du pays, au début, puis elle s'était acclimatée; extérieurement tout au moins. Au fond du cœur, elle soupirait après la campagne qu'elle connaissait et aimait. Elle avait vite compris qu'elle ne s'accoutumerait jamais entièrement à vivre dans une grande ville. Elle avait résisté jusqu'à ce qu'elle eût obtenu son diplôme. C'est alors qu'à son grand soulagement et à sa joie son père lui avait suggéré de demander un poste à Saint-Chad.

Elle y travaillait maintenant depuis trois mois. Elle se rendait souvent chez elle à bicyclette et se pliait à la routine familière de cette demeure de médecin de campagne comme si elle n'en était jamais partie.

Les Safrans étaient d'ordinaire un heureux foyer. Son père adorait son travail et sa mère adorait son père. Il y avait rarement une fausse note entre eux. C'est pourquoi Inez avait la certitude que quelque chose ne tournait pas rond ce jour-là. Elle jeta un coup d'œil inquiet à ses parents. Son père était renversé sur le dossier de son fauteuil, abritant ses yeux de la lumière, pourtant déjà voilée par l'abat-jour. Sa mère le considérait avec inquiétude, son front habituellement lisse était plissé d'une façon attendrissante, comme celui d'un enfant.

— Il faut que je parte, dit Inez à regret. Je suis de service à 5 heures.

— Oui, ma chérie, dit sa mère en recommandant machinalement : N'oublie pas de changer de bas et de chaussures!

— Bien sûr. Papa...

— Quoi donc?

— Je peux faire quelque chose avant de partir?

— Pas pour moi, merci. J'ai un peu mal à la tête, voilà tout. Cela passera quand j'aurai pris l'air.

— Je l'espère.

Elle rendit à sa mère sa chaleureuse étreinte, mais, quand elle embrassa son père, il eut une espèce de crispation, bien qu'elle se fût contentée de lui effleurer légèrement le front.

— Soigne-toi bien, s'écria-t-elle impulsivement.

Il esquissa un geste d'impatience. Il était manifestement dans l'état où la moindre petite attention à son égard ne faisait qu'aggraver sa nervosité. Inez souhaita du fond du cœur qu'il s'agisse bien d'un mauvais mal de tête dû à la fatigue. Ce pouvait être le symptôme initial d'une grippe. Une semaine au lit ferait un bien énorme à son père, mais il se soucierait tant de ses malades qu'il se lèverait certainement beaucoup trop tôt.

La vie d'un médecin de campagne, dont la clientèle est dispersée, est épuisante et souvent décourageante. « Papa devrait avoir un assistant », se dit Inez en chaussant ses caoutchoucs et enfilant son imperméable. N'ayant pas de fils pour lui succéder, il aurait pu prendre un associé. Les nouveaux règlements édictés par le ministère de la Santé ne rendaient d'ailleurs peut-être pas les choses très simples (1). Inez n'était pas renseignée sur la question, mais elle savait que tout dépendait en dernier ressort du ministère.

Son père, individualiste-né, était difficile à satisfaire. Il n'acceptait pas qu'on lui impose quelqu'un. Un des praticiens ultra-corrects de la jeune génération absorbés par les formulaires administratifs lui serait proprement insupportable. Tout ce qui était fiche ou formule l'horripilait. Il avait très souvent des ennuis parce qu'il négligeait les règlements. Peut-être était-ce la cause de son mal de tête d'aujourd'hui.

Elle sortit sa bicyclette et franchit le portail toujours ouvert. Se retournant vers la grande maison jaune, elle aperçut sous le porche sa mère qui lui faisait un geste d'adieu. Elle agita la main à son tour, se forçant à sourire. Pour une fois, sa mère semblait un peu triste et solitaire. La maison des *Safrans* avait été bâtie au temps des familles nombreuses. Elle avait encore trop de pièces vides, bien que trois d'entre elles eussent été utilisées comme salon d'attente, dispensaire et cabinet de consultation. Quand Inez était petite, il y avait toujours deux domestiques à demeure, sans compter une secrétaire médicale qui venait tous les jours. Maintenant, le personnel était composé d'une femme de ménage et d'une infirmière en retraite, cette dernière aidant le médecin au dispensaire et tenant sa comptabilité trois après-midi par semaine. Le Dr Raine préparait lui-même ses ordonnances et sa femme faisait presque toujours la cuisine.

Quand Inez se mit en selle et s'engagea dans la rue familière qui menait à la route, la pluie lui cinglait le visage. Les étrangers qui « décou-

(1) En Angleterre, la médecine a été presque entièrement fonctionnarisée.

vraient » par hasard West Wheystone disaient que c'était un vieux village délicieusement pittoresque. Il n'avait guère changé, car sa rue principale très étroite et ses ruelles transversales n'encourageaient guère le tourisme automobile. A part ses antennes de télévision et ses garages, il était resté le même que dans l'enfance d'Inez. Les jardins étaient toujours pleins de fleurs au printemps et en été; les maisons les plus anciennes avaient toujours leur coiffe de chaume bien entretenu et les porches de style vieillot croulaient comme autrefois sous le chèvrefeuille et les roses jaunes.

Le pittoresque était quelque peu atténué aujourd'hui, sous cette averse crépusculaire qui teintait tout en gris, avec l'eau qui dévalait la rue, débordant des caniveaux rudimentaires.

Inez était contente d'être bien chaussée en se voyant obligée de patauger dans les flaques. Elle avait presque atteint le sommet de la petite côte quand elle fut arrêtée par une femme maigre en imperméable de plastique rouge, avec un capuchon pointu vert vif.

— Inez, ma chérie, quelle chance de vous rencontrer! s'écria une voix haletante, et deux mains osseuses s'agrippèrent à son guidon.

— Oh! bonjour, mademoiselle Ipplepin, répondit joyeusement Inez. Excusez-moi, mais je suis horriblement pressée...

— Nous ne vous retiendrons pas plus de deux minutes. Entrez seulement nous rassurer. Nous ne voulons pas ennuyer sans nécessité votre cher père, déclara vivement Mlle Ipplepin. Il est toujours si précautionneux que nous ne pouvons pas croire qu'il se soit trompé... Mais, comme le dit Agnès, il y a quelque chose de bizarre...

— Il se serait trompé? Comment cela?

— Venez voir, ma chère!

Mlle Ipplepin et Mme Henrick étaient de grandes amies depuis bon nombre d'années. Elles habitaient une belle maison de pierre grise qui appartenait depuis des générations à la famille Ipplepin. Elles avaient, l'une et l'autre, des revenus modestes.

Elsie Ipplepin était grande, mince, et avait tendance à s'inquiéter pour la moindre petite chose. Agnès Henrick était dodue, rose de teint et carrée dans ses manières. Quand les gens qui ne les connaissaient pas les voyaient ensemble, ils les trouvaient irrésistiblement comiques et ils s'attendaient visiblement à une « représentation ». La plupart du temps, ils étaient déçus, car aucune des deux n'était excentrique ou drôle. Quand elles se lançaient des piques, c'était d'une façon affectueuse et gaie.

Elsie Ipplepin portait sous son bras un sac de cuir marron. Elle le montra à Inez en la précédant sur l'allée aux mosaïques criardes ruisselantes d'eau jusqu'à la porte rouge vif. Elsie avait une passion pour la couleur! Elle repeignait la maison à tout moment dans des tons éclatants.

Elle se précipita dans le petit couloir d'entrée, actuellement jaune d'or avec un plafond bleu, et appela :

— Agnès! Agnès! Voici Inez Raine. Elle va nous renseigner!

— Inez? Contente de vous voir. (Agnès émergea de la cuisine et serra énergiquement la main de la jeune fille.) J'avais dit à Elsie de ne pas s'inquiéter, mais vous savez comment elle est.

— On n'est jamais trop prudent. Mieux vaut prévenir que guérir, répliqua Elsie. Les étiquettes peuvent se mélanger, et les accidents se produire!

Inez fut conduite entre elles deux jusqu'à la confortable cuisine qu'elles utilisaient comme living-room, l'hiver, afin d'économiser le combustible. Les murs jaune d'or et la couleur orange des tentures semblaient lancer un défi à la pluie qui cinglait les vitres. Mlle Ipplepin posa son sac sur la table de chêne immaculée, l'ouvrit et en sortit deux fioles.

— L'une contient la potion pour mon estomac, expliqua-t-elle. Et, cela, c'est pour frictionner Agnès quand elle a son lumbago. Les deux liquides sont blancs, mais la lotion n'a pas son odeur habituelle.

L'une des bouteilles portait une étiquette *usage externe*. L'autre, une fiole graduée, avait, indiquées sur son étiquette, les prescriptions écrites de la main du Dr Raine : *Mlle Ipplepin. Même composition. Une cuillère à bouche trois fois par jour après les repas.*

D'un geste mécanique, Inez prit la bouteille destinée à Mlle Ipplepin. Elle n'avait pas besoin de la déboucher pour la sentir. Elle avait vu au premier coup d'œil que c'était l'autre fiole, avec un liquide aqueux en surface et une sédimentation semblable à de la craie au fond, qui contenait le remède pour l'embarras gastrique. L'odeur piquante du liniment était familière et impossible à confondre. Son cœur cognait ses côtes. Elle n'arrivait pas à y croire, elle s'en rendait compte. Cela ne pouvait pas s'être produit. Son père n'aurait jamais pu commettre pareille bévue (1).

— Vous voyez, ma chère petite? Il y a eu un échange d'étiquettes, n'est-ce pas? Heureusement que je n'en ai pas pris après déjeuner, dit Mlle Ipplepin. Je suis allée chercher ces médicaments ce matin avant que la pluie commence, et la promenade m'avait fait du bien.

— Trêve de bavardages, Elsie, déclara Agnès

(1) En Angleterre, ce sont les médecins eux-mêmes qui fournissent certains médicaments à leurs malades.

Henrick. Comme je l'ai dit tout de suite, si les étiquettes ont été mélangées, c'est que tu as dû te tromper en les collant.

— Mais non. Regarde les bouteilles! Le docteur me donne toujours ma potion dans une fiole graduée, pas dans une bouteille verte unie, protesta Elsie. Les flacons verts sont réservés aux remèdes d'usage externe, n'est-ce pas, ma chère Inez?

— En général... (Inez fit un effort pour conserver un ton calme.) Je suis navrée. Il a dû y avoir une méprise. Je vais courir à la maison les faire remplacer par mon père.

— Oh, ma petite, il ne faut pas que nous vous causions cette peine! Il fait si mauvais, ce soir. Je voulais simplement frictionner Aggie, protesta Elsie. Si vous êtes sûre que c'est le liniment, je m'en servirai. Ma potion n'a rien de pressé.

— Aucune importance, dit Inez en regrettant que ce ne fût pas vrai. Cela ne me prendra pas cinq minutes.

Elle s'empara des deux fioles et s'enfuit. Ses amies avaient-elles deviné à quel point une erreur aurait pu être grave? Elle était couverte d'une sueur froide tout en redescendant la pente à une allure vertigineuse. Et si ce n'était pas une méprise isolée? Si son père en avait commis d'autres? Il lui fallait bannir cette pensée démoralisante, mais elle ne pouvait oublier à quel point il avait paru mal à l'aise cet après-midi.

Il téléphonait de son cabinet quand elle rentra. Elle l'entendit répondre avec brusquerie : « Bon! Je passerai... » Et, à son effroi, elle le vit trébucher et se rattraper à son bureau.

— Papa! Papa, qu'est-ce qui ne va pas? La tête te tourne? demanda-t-elle avec inquiétude.

— Quoi? Non. C'est cette damnée migraine qui me joue un tour, grommela-t-il en portant les mains à ses tempes. Qu'est-ce que tu fais ici? Je croyais que tu étais partie.

— Mlle Ipplepin m'a arrêtée. Elle était inquiète au sujet de son médicament. Il a une odeur bizarre.

Inez déboucha le flacon et le mit sous le nez de son père. Il secoua la tête avec impatience.

— Qu'est-ce qu'elle voudrait ? De la menthe? Je n'ai jamais aimé ce parfum-là.

— Mais, papa... (Elle s'efforça de garder un ton calme et détaché.) Cela sent drôle, tu ne trouves pas?

— Pure imagination! Je ne sens rien du tout.

— Papa! (Inez avait peur maintenant, mais elle réussit à le dissimuler.) Tu dois avoir un rhume ou... quelque chose du même genre. Cela sent le liniment. Tu ne reconnais pas l'odeur?

Suivit un petit silence angoissant tandis qu'il lui prenait le flacon des mains, le flairant de nouveau, puis versait dans sa paume quelques gouttes de la mixture crémeuse. Il la regarda, regarda la fiole, examina l'étiquette. Puis il posa le flacon sur la table et se dirigea vers le lavabo.

Le cœur d'Inez battait à grands coups. Il y avait toujours eu entente parfaite entre elle et son père, et voilà qu'il lui donnait l'impression de la considérer un peu comme une étrangère. Il lui en voulait... il était irrité de l'inquiétante erreur qu'elle l'avait forcé à constater. Que pouvait-elle faire? Ou dire?

Il s'aspergea le front avec de l'eau froide, puis s'essuya le visage et les mains avec soin. Il se retourna ensuite vers elle.

— C'est une bonne chose que tu te sois aperçue de cette méprise, dit-il d'un ton calme et posé. Je suppose que les étiquettes ont dû se trouver mélangées.

— La potion n'est pas dans le flacon habituel, murmura-t-elle.

Elle vit l'espace d'une seconde son regard exprimer une détresse qui lui serra le cœur. Puis il lui adressa un sourire qui était un pâle reflet de sa joyeuse expression habituelle :

— Ne me remue pas le couteau dans la plaie. J'ai été terriblement bousculé ce matin... et je m'étais réveillé avec ce mal de tête insupportable. Ce n'est pas une excuse, mais c'est la raison de ma sottise.

C'était si bien sa réaction habituelle qu'Inez poussa un profond soupir de soulagement.

— Si c'est tout...

— Tout? Que veux-tu de plus?

— Tu t'es surmené. Tu es épuisé, commença-t-elle avec prudence.

Elle se retenait d'exprimer ses craintes... sa crainte que cette méprise ne soit pas une bévue isolée. Il ne faut jamais ébranler la confiance des malades en leur médecin; non plus que la confiance du médecin en lui-même. La confiance — une confiance réciproque et totale — est essentielle en matière de guérison.

— Je vais préparer d'autres médicaments et tu pourras les déposer en passant chez ces dames, dit-il en se dirigeant vers le laboratoire. Présente-leur mes excuses les plus sincères.

— Oui. Oui, d'accord.

Elle faillit ajouter :

« Elles n'en parleront à personne. Elles te sont très attachées toutes les deux. Elles ne te causeront aucun ennui... »

Mais elle jugea bon de se taire.

Son père avait dit : « Ne remue pas le couteau dans la plaie. » Il se rendait compte de la situation aussi bien qu'elle.

Il avait l'air mieux, maintenant — moins livide et moins hagard... Ce fut pour elle un soulagement de le constater. Peut-être était-il simplement sous le coup d'une trop grande fatigue? Peut-être s'était-elle exagéré le changement qu'elle avait cru remarquer en lui? Il n'est pas facile d'établir un diagnostic pour les gens qu'on aime. On déforme toujours les symptômes.

— Et voilà, mon chou! chacun dans sa bouteille et avec la bonne étiquette.

Le téléphone sonna à cet instant. Il lui fit une grimace comique et s'en alla répondre. Il marchait d'un pas vif. Elle se demanda s'il se forçait pour lui donner le change. Ou avait-il pris quelque chose pour faire passer son mal de tête? Il la regarda et indiqua expressivement du pouce la porte d'entrée. Elle acquiesça d'un signe, lui jeta un baiser au passage et disparut en courant.

Elle savait qu'elle serait terriblement en retard pour prendre son service. C'était maintenant inévitable, néanmoins Inez appuyait sur ses pédales avec résolution. Elle roulait vent debout, sous l'averse. Le capuchon de son imperméable avait refusé de rester autour de son visage. Elle avait des cheveux magnifiques; une vraie toison d'épagneul, disait son père. Des cheveux abondants et soyeux aux boucles naturelles. Quand ils étaient humides, comme maintenant, les mèches se tordaient en multiples frisons qui semblaient doués d'une vie propre.

Les gens qui voyaient Inez pour la première fois se demandaient si ces cheveux noirs comme l'aile d'un corbeau, ces yeux bruns et ce prénom n'étaient pas l'indice d'une origine espagnole. Il y avait peut-être eu un ancêtre espagnol dans sa lignée, son père le reconnaissait, mais en fait elle n'était guère plus brune que la plupart des natifs du Devon. Elle aurait même pu passer pour un type classique de jeune Devonienne si elle n'avait pas eu ces pommettes hautes, ce nez finement ciselé et ce menton étroit mais ferme qui témoignaient d'un apport de sang étranger.

Sa lèvre supérieure assez courte et les courbes sensuelles de sa bouche étaient tout ce qu'elle avait emprunté à sa jolie maman blonde aux yeux bleus. Elle avait la même couleur de cheveux que son père. Mais son nez et son menton étaient bien sa marque personnelle. De même que l'arc bien dessiné de ses sourcils noirs et soyeux, du moins le pensait-elle. Luttant contre le vent et la pluie, elle ne se doutait guère de ce que la forme particulière de ses sourcils allait lui apporter.

N'ayant pas été étudiante à Saint-Chad, Inez n'était pas profondément imbue des nombreuses traditions dont l'hôpital était fier. Elle avait fort souvent — et parfois même délibérément — enfreint des lois non écrites. Ce soir-là, elle ne voyait pas pourquoi elle ferait le tour de l'immense cour pour gagner sa chambre, alors qu'elle pouvait couper court à travers les massifs. Le fait que cette allée était tabou pour quiconque avait un grade inférieur à celui de chef de service lui semblait ridicule. Si les infirmières stagiaires et les autres menus fretins voulaient donner des rendez-vous clandestins pour échapper à l'œil de l'autorité, ils ne choisiraient pas nécessairement ces buissons.

Haletante et trempée, Inez déposa sa bicyclette dans le vaste garage. Puis, la prudence et la nécessité de se hâter la poussant à éviter le détour, le long des bâtiments éclairés, elle s'élança dans l'allée étroite qui serpentait entre deux hautes rangées de rhododendrons. Il y faisait si sombre qu'elle distinguait à peine le bitume du sentier.

Elle ne pensait à rien sinon à l'heure qui s'avançait... ou plutôt qui était dépassée depuis longtemps. Elle ne s'attendait pas à une rencontre au milieu de ces massifs dégoulinants d'eau. Elle courait tête baissée et, à un tournant, elle entra en collision avec quelqu'un qui marchait d'un bon pas en sens inverse. Le choc lui ôta ce qui lui restait de souffle. Elle ne fut même pas capable de murmurer une excuse.

Avant qu'elle ait pu reprendre ses esprits, un pinceau de lumière éclaira la scène et deux mains l'agrippèrent de façon possessive.

— Evelyn! s'exclama une voix étranglée, incrédule. Evelyn...

Etait-ce l'effet de la surprise et de l'obscurité, ou y avait-il quelque chose de particulier dans cet accent et cette étreinte? Elle n'aurait su le dire. C'était le genre de situation qui peut être ou drôle ou gênant. On l'avait manifestement prise pour quelqu'un d'autre... pour une jeune fille appelée Evelyn...

En temps ordinaire, elle aurait répliqué quelque chose de délibérément moqueur comme « Raccrochez, c'est une erreur! » ou « Trouvez mieux! ».

Qu'elle se fût jusqu'à ce moment abstenue de se lier avec des garçons ne signifiait nullement qu'elle était prude. En réalité, elle était difficile à l'extrême et très passionnée, et elle était résolue à ne pas s'éparpiller en amourettes sans lendemain. Elle aurait pu donner son cœur à Christophe, mais elle voulait le faire au grand jour, en tout honneur et à jamais. Tel était son caractère. Elle n'aimait pas les compromis. Parfois, elle se prenait à espérer que Christophe revienne vers elle... en se conformant à ses principes à elle. En attendant, elle se contentait de se concentrer sur son travail.

Pourquoi sa réaction n'était-elle maintenant ni de l'amusement, ni de l'embarras, mais de la peur, elle ne parvenait pas à le comprendre. Elle fut stupéfaite de se rendre compte, en un éclair, qu'elle était terrifiée. Par qui? Par quoi? Pas par cet inconnu qui l'avait attirée contre lui parce qu'il l'avait prise pour une autre?

Elle écarta les boucles humides qui lui retombaient sur la figure et renversa la tête pour le regarder. Il était plus grand — beaucoup plus — qu'elle. Elle ne l'avait jamais rencontré auparavant. C'était pour elle un parfait inconnu. Elle l'avait senti immédiatement. Ouïe et toucher le lui avaient dit. La vue le lui confirmait.

Jamais encore elle n'avait aperçu cette tête au port fier, ces traits burinés, ces pommettes presque trop saillantes et ces lèvres presque trop minces et décidées. Ce n'était pas un beau visage, mais il était original et distingué. Les yeux, profondément enchâssés sous les sourcils horizontaux, la dévisageaient avec une fixité alarmante. Même à la lueur insuffisante de la lampe de poche qu'il tenait à la main, Inez décela quelque chose d'étrange dans son expression. Elle était interrogatrice, avide, surprise... comme s'il était confronté avec un miracle après avoir cessé de croire aux miracles.

Puis il baissa en même temps la tête et sa lampe, murmurant de nouveau : « Evelyn... *Evelyn...* »

Elle se sentit prise de panique. Elle savait qu'il allait l'embrasser. Elle savait aussi qu'il fallait l'en empêcher. Elle serait impardonnable de ne pas le détromper avant. Pourtant, quelque chose d'incontrôlable presque, quelque chose d'ardent et de rebelle exigeait qu'elle goûte cette étrange aventure jusqu'au bout. Inez n'y comprenait rien. Elle leva la main en geste de protection.

— Inez, dit-elle d'une voix tendue, haletante. Je ne suis pas Evelyn, je m'appelle Inez.

Il la lâcha si brusquement qu'elle trébucha contre un rhododendron, provoquant une cascade de gouttes de pluie sur sa tête nue.

— Je... je vous demande pardon...

Son ton était différent maintenant. Il avait une sonorité glaciale qui allait bien avec ces lèvres minces, au dessin pur.

Elle fut prise d'un désir irrésistible d'éclater de rire. Son intuition l'avertit qu'un gloussement nerveux d'écolière serait une erreur impardonnable aussi. Une sorte de peur irraisonnée, aveugle, domina son embarras. Elle se tenait immobile devant lui, ses cheveux noirs flottant au vent, ses yeux bruns posés calmement sur lui, son menton fièrement levé. Comment aurait-elle pu savoir que dans cette pluie battante, à la lueur d'une lampe, elle paraissait étrangement familière bien qu'inconnue à l'homme qui la dévisageait.

— Inez? répéta-t-il en fronçant les sourcils.

— Inez Raine. Je... il faut que je m'en aille.

— Où? Vous vous êtes perdue? L'heure des visites est passée... et d'ailleurs cette allée est interdite aux visiteurs.

Il parlait d'un ton autoritaire qui la surprit.

— Je sais. Je suis infirmière ici, répliqua-t-elle vivement.

— Alors, vous devez savoir que cette allée est interdite...

Elle se mit à rire cette fois. Le contraste était trop cocasse. Quelques secondes auparavant, il la serrait contre lui comme s'il mourait d'envie de ne jamais la lâcher. Et voilà que d'un amoureux passionné, encore qu'aveugle, il adoptait le ton et l'attitude des infirmières en chef les plus rébarbatives.

C'était plus que ses nerfs tendus à l'extrême ne pouvaient en supporter, dans ce cadre sinistre. Le rire s'échappa de ses lèvres comme, mi-furieuse, mi-soulagée, elle s'écartait. Elle allait s'enfoncer dans l'ombre, quand il la retint.

— Soyez prudente! Il fait noir et il y a une branche en travers de l'allée. Prenez ma lampe...

— Oh! non, merci. Cela ira très bien...

Elle ne songeait plus maintenant qu'à partir. Le temps qui avait paru s'immobiliser se remettait à fuir. Elle avait presque l'impression de voir les minutes précieuses passer à côté d'elle. Elle courut sans prêter attention au sec « Attendez! » de l'inconnu. Elle entendait le bruit de ses pas, rapides et égaux, sur le ciment. Instinctivement, ce bruit déclencha en elle une panique. Il semblait la poursuivre implacablement. La lumière de la torche tâtonnait à sa recherche. Inez avait la sensation d'être guettée par un projecteur de policier.

Dans son trouble, elle n'entendit pas son cri d'avertissement. Elle franchit un autre tournant et trébucha sur la branche dont il avait parlé. Ce n'était pas un simple rameau, mais une branche maîtresse arrachée par le vent à l'un des bouleaux qui croissaient au milieu des rhododendrons. Inez plongea en avant, incapable de se retenir; des brindilles lui fouettèrent le visage et les jambes. Elle atterrit rudement sur le côté gauche.

Pendant un instant, elle fut trop secouée pour réagir. Elle était également mortifiée par le grotesque de cette chute. Puis le pinceau de lumière de la lampe l'inonda... et des doigts fermes lui agrippèrent l'épaule.

— Blessée, mademoiselle?

Le ton était plus moqueur qu'inquiet. Il lui fit le même effet cinglant que les brindilles. Elle fut remise sur pied, désagréablement impressionnée par la force de ces doigts minces et durs et par sa propre humiliation.

— Etes-vous sourde, mademoiselle?

— Quoi? Non. Non, pas du tout, balbutia-t-elle.

— Alors pourquoi n'avez-vous pas attendu?

— Parce que... parce que j'étais pressée.

— Vous ne connaissez pas l'adage, *qui trop se*

hâte point ne va vite? Jeune idiote! (Il la secoua légèrement.) Vous auriez pu vous faire très mal.

— Navrée, dit-elle d'une voix haletante.

Si furieuse qu'elle fût, elle devait reconnaître que tout ceci était de sa faute. Elle ne pouvait guère rendre cet inconnu responsable de sa mortification. Elle ajouta :

— Je sais aussi un autre proverbe approprié : *Plus on a d'orgueil, plus on tombe de haut.* Y a-t-il encore d'autres obstacles sur le chemin?

— Attendez! Quels sont les dégâts? Nous ne l'avons pas vérifié.

— Je n'ai pas le temps...

Mais... elle resta sur place. Il la retenait de ses doigts fermes, tandis que son autre main dirigeait la lampe sur elle.

— Vous vous êtes écorché le genou. Il saigne. Quoi d'autre?

— Oh! rien...

Sa protestation était venue trop tard. Il lui avait pris la paume gauche et l'examinait.

— Encore une égratignure. Vous avez de la chance de vous en tirer à si bon compte, commenta-t-il de sa voix ironique. Pas d'os cassé. Pas même une entorse. Rien qui ne doive guérir très vite. Vous ne méritiez pas de vous évader si facilement.

Il y avait une intonation bizarre dans sa voix, comme s'il était furieux de ce qu'elle soit pratiquement indemne. Pourquoi? Qu'est-ce que cela pouvait bien lui faire? Il était en colère. Il l'examinait du haut en bas avec sa lampe.

— M'évader? répéta-t-elle. Mais... je ne me suis pas échappée...

Elle avait parlé machinalement. Les mots lui parurent avoir une résonance désagréable. Elle sentait qu'ils avaient un sens plus profond; qu'ils témoignaient d'un sentiment caché en lui.

— Non. On ne s'en tire jamais tout à fait, dit-il lentement. Une chute affecte toujours...

De nouveau, elle fut consciente d'un courant sous-jacent, dans lequel elle avait l'impression d'être entraînée. Sa main trembla dans celle de l'inconnu. Une partie de son cerveau protestait, ulcérée : « Qu'y a-t-il? Puisque je ne suis pas votre Evelyn, laissez-moi tranquille. » L'autre était silencieuse, craintive et effrayée, tout en étant saisie d'une étrange excitation.

— C'est votre faute, protesta-t-elle. Pourquoi avez-vous laissé ces branchages en travers du chemin?

Il redressa la tête avec une certaine arrogance.

— M'occuper de branches tombées n'est guère de mon ressort. J'allais signaler le fait, répliqua-t-il d'un ton sec. Soignez tout de suite ces égratignures, mademoiselle.

— Oui, naturellement. Ne vous inquiétez pas! dit-elle en redressant le menton.

— Mademoiselle...

— Il faut que je parte. Je suis déjà terriblement en retard.

— Que ce ne soit pas un prétexte pour ne pas prendre de précautions élémentaires. Les chutes risquent d'être dangereuses, ne l'oubliez pas.

— Evidemment.

— Cette fois, prenez donc ma lampe.

Il la fourra de force entre les doigts de sa main intacte. Le boîtier était tiède. Inez songea que c'était curieux, car la main de l'inconnu sur son poignet lui avait paru froide comme glace.

Il vira sur ses talons, sans attendre protestations ou remerciements, et disparut au détour de l'allée. Inez entendit décroître ses pas fermes et rapides. Il marchait comme s'il connaissait le chemin par cœur.

— Extraordinaire, murmura-t-elle en contournant avec précaution les branchages. Extraordinaire!

Elle ne savait pas très bien si cela s'appliquait plus à cet homme, à sa conduite, ou à l'aventure en elle-même. Elle se sentait agacée, déprimée, ahurie. Elle avait l'impression de subir le contrecoup d'un choc qui n'avait que peu de relation avec sa chute. C'était mental — ou psychologique — plutôt que physique, et cela la laissait perplexe.

« Nos atomes crochus ont refusé de s'accorder, pensa-t-elle. D'ordinaire, je ne déteste pas les gens à première vue... Or, j'éprouvais presque de la haine pour cet homme. Il était... quoi? Ecrasant? Dominateur? Quelque chose. Quelque chose qui m'a follement secouée... »

Elle clopinait le long du sentier. Son genou avait été non seulement écorché mais lésé. « Au moins, cela me fournira une espèce d'alibi, songea-t-elle. Reste à savoir si l'infirmière-major l'acceptera aimablement! » Elle ne connaissait pas encore assez Mlle Shelley pour le deviner.

La soirée avait été éprouvante. Son anxiété à propos de son père lui avait fait oublier les nouvelles qu'elle avait apportées. Elle était arrivée chez elle pleine de son sujet, mais l'effet produit avait été étrangement limité. Sa mère n'avait pas compris leur importance. Les félicitations de son père avaient été étrangement distraites.

Peut-être ne se rendaient-ils compte ni l'un ni l'autre de la joie qu'elle éprouvait à se retrouver de nouveau dans un service d'hospitalisés après trois mois passés dans le service des consultations extérieures. Il y avait eu des cas intéressants et des personnes charmantes parmi le flot incessant des malades. Mais, dans l'ensemble, ces trois mois avaient été exténuants, pénibles et néanmoins monotones. Elle était de beaucoup la plus jeune et la dernière venue dans le personnel hospitalier. Elle avait été considérée avec une certaine suspicion par ses supérieures immédiates, comme si elle était prise à l'essai. Leurs coups d'œil et leur attitude lui rappelaient fréquemment qu'elle n'était pas un « produit de Saint-Chad ». On la surveillait comme si on craignait qu'elle tente d'introduire des innovations. Elles étaient toutes liées, et elles l'avaient délibérément exclue de leur cercle. D'autre part, les infirmières stagiaires l'avaient traitée avec un respect exagéré. Le fait qu'elle venait d'un hôpital londonien renommé lui donnait à leurs yeux une sorte d'aura.

Quant à Inez, elle les avait trouvées d'une jeunesse pathétique, quelquefois irritante. Sa patience avait été mise à rude épreuve par leurs bavardages et leurs rires gamins autant que par leurs inévitables bévues.

Et voilà qu'ayant terminé son apprentissage, ou du moins ayant terminé avec succès ses trois premiers mois à Saint-Chad, elle venait d'être transférée dans le service des hospitalisés. Elle y avait débuté le lundi. On était maintenant mercredi. Jusqu'à présent elle estimait avoir de la chance. Elle connaissait déjà et elle aimait bien l'infirmière en chef, Rosemary Harker. Ce prénom romanesque ne correspondait guère avec sa personnalité. Elle était massive et rude, et on l'aurait dite laide si son expression n'avait pas été si amicale et gracieuse. Elle était intelligente et d'esprit pratique, encore qu'entièrement absorbée par son métier. Elle était aimée autant de ses collègues que des malades, Inez l'avait remarqué, mais elle n'avait pas d'amie intime. Elle n'avait pas marqué à Inez qu'elle aurait préféré avoir comme assistante quelqu'un de son cercle habituel. Elle avait accueilli Inez d'une façon alerte et gaie.

La surveillante — Ursula Shelley — était la plus jeune de son grade à Saint-Chad et avait une espèce de légende, d'après ce qui fut raconté à Inez. Au temps de ses études, elle avait été surnommée « sainte Ursula », et le sobriquet lui était resté. On l'utilisait quelquefois avec affection ou admiration, quelquefois aussi par moquerie... ou du moins Inez en eut-elle l'impression. Elle ne savait pas très bien s'il s'appliquait à l'aspect extérieur de Mlle Shelley ou à son caractère, à moins que ce ne fût aux deux. Ursula Shelley aurait certes pu servir de modèle pour un vitrail.

Elle était grande, avec une peau très blanche, des traits réguliers et un corps merveilleusement proportionné. Ses cheveux étaient une vaporeuse masse d'or. Ses grands yeux avaient une ravissante teinte bleue.

Jusqu'à présent, Inez avait eu avec elle des contacts agréables, mais impersonnels.

Inez pensa que ce soir la surveillante allait lui faire passer un mauvais quart d'heure. Elle pénétra au pas de course dans le bâtiment réservé aux infirmières. Chaque minute avait son prix, mais elle n'était pas assez têtue pour rejeter le conseil du grand inconnu. Conseil... ou ordre? Elle eut une grimace au souvenir de cette voix ironique, autoritaire. Elle pensait connaître de vue tout le personnel de l'hôpital, cependant elle n'avait jamais rencontré cet homme, et elle serait fort satisfaite de ne jamais se retrouver en face de lui...

Oui... mais était-ce vrai, au fond? S'il avait éveillé en elle une hostilité instinctive, il avait également attisé sa curiosité féminine. Elle avait reçu une impression profonde de cette rencontre initiale, de ce ton et de cette façon de la saisir quand il avait cru se trouver devant une jeune fille appelée Evelyn. Elle avait le sentiment désagréable d'avoir été privée d'une expérience vitale et merveilleuse. Aucun homme n'avait jamais prononcé son nom avec cette voix rauque, ardente. Aucun homme, pas même Christophe, ne l'avait tenue comme si elle était la seule qu'il désirât au monde.

Elle nettoya et banda de gaze son genou endommagé, d'une manière qui aurait satisfait même cet inconnu autoritaire, et recouvrit de sparadrap l'égratignure de sa paume. Elle savait qu'il était dangereux de négliger des éraflures, si bénignes qu'elles parussent. Personne n'avait besoin de le lui redire.

Elle rejeta en arrière ses cheveux trempés. Elle avait tout juste le temps de les sécher rapidement avec une serviette. Elle espérait que, bien tirés sous son bonnet, ils échapperaient à l'œil de la surveillante.

La pluie avait cessé de tomber quand elle ressortit, maintenant revêtue de son uniforme, avec un bonnet et une blouse immaculés. Des étoiles avaient surgi, pâles et tremblantes. Même le vent s'était un peu apaisé. C'est à peine s'il la caressait tandis qu'elle clopinait vers l'autre bâtiment.

Rosemary Harker l'accueillit avec un bref : « Où diable étiez-vous donc? » mais ajouta sans attendre la réponse : « La surveillante vous attend, vous feriez bien de vous dépêcher! »

Le bureau de la surveillante se trouvait à l'autre bout de la salle. Inez s'y rendit en espérant que sa boiterie involontaire n'avait pas l'air trop ostentatoire. Son genou était raide et horriblement douloureux.

Mlle Shelley se leva et jeta un coup d'œil à la pendule fixée au mur.

— Il est 6 heures et quart, dit-elle de sa voix bien timbrée. Vous auriez dû prendre votre service à 5 heures...

— Je sais, je suis navrée, madame. Je suis allée

chez mes parents cet après-midi, j'ai aidé mon père à son dispensaire et... j'ai été retardée, s'excusa Inez. J'ai dû pédaler vent debout. Puis j'ai... je suis tombée et je me suis abîmé le genou...

Elle se rendait compte qu'elle balbutiait et tremblait comme une étudiante de première année. Le regard scrutateur de la surveillante était déconcertant au plus haut point. Il n'était ni hostile ni irrité, plutôt étrangement pénétrant. Inez eut momentanément la désagréable impression qu'elle savait exactement comment et pourquoi elle avait été « retardée ». Sa voix s'étrangla. A quoi bon donner des excuses? Il n'y avait aucune excuse valable pour ne pas prendre son service à temps.

La surveillante continuait à la dévisager dans un silence plus impressionnant qu'une diatribe bien sentie. Inez avait envie de disparaître dans le plus proche trou de souris.

Quand la surveillante reprit la parole, ce fut d'une voix aussi sereine que son expression :

— Loin de moi l'intention de vous donner des ordres en ce qui concerne votre façon de passer vos instants de repos bien gagnés, mademoiselle, déclara-t-elle gravement, mais je vous suggérerai néanmoins de ne pas trop vous éloigner les jours de mauvais temps quand vous devez reprendre votre service à 5 heures. Vous ne devez pas vous habituer à arriver en retard.

— Non, madame. Non, bien sûr. Je veux dire, je suis navrée. Cela ne se renouvellera plus, répondit Inez en rougissant.

Elle baissa les yeux, gênée par ce regard sérieux et scrutateur. Le fait que la surveillante se montrait exceptionnellement aimable la rendait d'autant plus confuse.

— Vous habitez près d'ici, n'est-ce pas? questionna la surveillante d'un air d'intérêt.

— Oui. A West Wheystone. Mon père y est médecin. Son père y était déjà installé avant lui. J'y suis née...

De nouveau, elle s'interrompit, sentant qu'elle était entraînée à parler trop. Son expérience lui avait appris que les surveillantes se souciaient comme d'une guigne de la vie privée des infirmières.

— Nul doute que West Wheystone ait ses attraits, poursuivit la surveillante, mais je crois sincèrement que vous devriez attendre d'avoir aprèsmidi et soirée libres pour vous y rendre.

— Oui, madame, murmura Inez.

Elle fut gratifiée d'un sourire éblouissant qui soulignait une fois de plus la beauté quasi parfaite d'Ursula Shelley et sa grâce marmoréenne. Inez tomba instantanément sous le charme de « sainte Ursula ». Elle conclut que ce devait être l'envie ou la jalousie qui incitait certains éléments de Saint-Chad à se moquer de « sainte Ursula ».

2

— Ainsi sainte Ursula a fait une nouvelle adepte? (Le ton de Rosemary Harker était caustique :) Je n'aurais jamais cru que vous aviez le culte des héroïnes, jeune Raine.

— Absolument pas! (Inez se sentit rougir.) J'admire simplement cette efficacité sereine. Et qui pourrait s'empêcher d'admirer aussi sa beauté?

— Oh, d'accord! *Un grand lis blanc,* comme le clament ses fidèles. Pour ma part, je n'ai pas de penchant pour les lis. Me font trop penser aux enterrements! rétorqua cyniquement Rosemary.

Inez sourit sans conviction. Elle ne tenait pas à être entraînée dans une discussion sur les vertus de la surveillante Shelley. Elle était démontée par l'hostilité si marquée de Rosemary. Le manque d'entente entre surveillante et infirmière en chef risquait de nuire à la bonne marche du service.

— Je ne l'ai jamais vue qu'ici, notez bien, protesta-t-elle. A mon humble avis, elle dirige parfaitement le service.

— Oh! d'accord, répéta Rosemary. Ces femmes égocentriques, sereines et sans merci, sont en général des merveilles d'efficacité. Pour autant qu'on file droit et qu'on reste à sa modeste place, on ne pourrait souhaiter supérieure plus équitable et plus large d'esprit.

— Alors?... (Inez fronça le nez.) Vous me brouillez les idées.

— Désolée! je voulais simplement vous susurrer un avertissement discret.

— Un avertissement?

— De ne pas vous laisser entortiller. De ne pas prêter le flanc.

— A quoi?

— A la désillusion.

Rosemary inclina la tête de côté et examina Inez d'un œil vif de bouvreuil :

— Pour l'instant, j'estime que vous êtes très équilibrée. Vous n'avez jamais été bouleversée au point de rester rampante sur le carreau?

— Ça non, alors! Je n'ai aucune tendance à m'évanouir aux pieds de qui que ce soit! s'exclama Inez.

— Tâchez de ne pas changer, c'est plus sûr!

— Je suis de votre avis.

Elles continuèrent à engloutir saucisses et lard en silence. Elles étaient plongées dans un vacarme de rires et de bavardages, de cliquetis d'assiettes et de couverts, sur un fond sonore de musique populaire diffusée par la radio.

Inez se sentit soudain solitaire dans cette foule. Elle était consciente d'une fatigue mentale inhabituelle. Elle avait eu une fin de journée pénible. Elle était inquiète pour son père. Il était manifestement surmené, à moins que ce ne fût pire. Arriverait-on à le persuader de se reposer si l'on pouvait lui trouver un remplaçant convenable? Il avait toujours dédaigné de se préoccuper de sa santé. Elle avait été excellente jusqu'à présent, mais depuis combien de temps n'avait-il pas été examiné par un autre médecin?

— Est-ce que vous m'avez cataloguée comme une mauvaise langue jalouse? questionna subitement Rosemary.

— Quoi? Oh, non! Bien sûr que non!

Inez fut émue par l'inquiétude sincère peinte sur le visage aimable et sans beauté de Rosemary :

— Je ne pourrai *jamais* vous accuser de mesquinerie.

— Merci. Le fait est que je connais Ursula Shelley depuis longtemps. Nous avons fait nos études ensemble. Même à cette époque-là, tant de charme et de beauté supérieure me portaient sur les nerfs. La plupart des filles aussi bien gâtées qu'elle par la nature se seraient mariées jeunes. Pourquoi ne l'a-t-elle pas fait?

— Elle avait ses raisons, probablement.

— L'une d'elles était sa soif de domination. Cela vous choque? ajouta-t-elle, comme les sourcils d'Inez se fronçaient.

— C'est une conclusion assez surprenante! répliqua Inez sans se compromettre.

— C'est une chose qu'on voit fréquemment dans les hôpitaux... à des degrés variés. Vous avez certainement connu des surveillantes qui vous faisaient passer par un trou de souris par pur plaisir.

— Oui, peut-être. Mais la plupart d'entre elles avaient peur de se relâcher, de crainte qu'on n'en prenne avantage.

— Vous n'avez encore jamais rencontré de mademoiselle Shelley. C'est une sadique en son genre.

Inez haussa les épaules avec impatience.

Rosemary rentra moralement dans sa coquille. Elle ne dit plus rien. Le dessert, riz et pruneaux, fut mangé en silence. Inez se demanda, avec un mélange d'irritation et de gêne, si elle n'avait pas été trop brusque avec Rosemary. Elle n'avait pas voulu la vexer. Elle avait simplement souhaité indiquer qu'elle ne prenait pas parti dans les querelles entre ses supérieures.

Pour faire la paix, elle demanda :

— Qui est-ce qui est grand, très brun et autoritaire, ici?

— Homme ou femme?

— Homme...

— Je ne vois pas. Grand et très brun? Un étudiant, peut-être?

— Non. Trop dictatorial pour un étudiant. Ce n'est pas un mythe, je l'ai rencontré ce soir.

— Un médecin du dehors, alors.

— Non. Il m'a passé un savon parce que j'empruntais l'allée des rhododendrons; donc il est du bâtiment.

— Je n'arrive pas à voir qui c'est. Quel âge?

— Très jeune. Environ trente ans. Un... un type d'homme assez frappant. Maigre et sec.

Elle faillit ajouter : « *Il a une amie qui s'appelle Evelyn,* » mais ce n'eût pas été de bon goût. Elle avait appris l'existence d'Evelyn par hasard. Elle ne pouvait guère utiliser ce fait contre l'amoureux d'Evelyn : ils avaient une liaison clandestine, à en juger par ce rendez-vous dans les bosquets. Il y avait eu aussi une note de surprise dans sa voix, comme s'il n'avait pas osé espérer qu'Evelyn viendrait le retrouver. Inez se dit que par une nuit pareille, au cœur de buissons dégoulinants de pluie, seule une jeune fille profondément éprise n'aurait pas fait faux bond! Pourtant il semblait étrange qu'une fille qui avait conquis l'amour d'un homme pareil ne soit pas venue à son rendez-vous, à moins d'un empêchement majeur. A la place d'Evelyn, elle ne l'aurait pas laissé se morfondre.

— Grand, maigre et dur, on dirait notre monsieur Elbure, dit pensivement Rosemary. Il est très dur. Comme de l'acier. Mais il n'est pas très brun.

— Oh! celui-là est plus jeune. Ce n'est pas le genre « qui a réussi ».

— Patrick Elbure n'est pas si vieux que ça... et il a de l'autorité à revendre.

Inez secoua la tête. Elle imaginait mal le chirurgien tant célébré de Saint-Chad errant au milieu des buissons détrempés en soupirant après une jeune fille appelée Evelyn.

— Il a des cheveux châtain, avec des reflets dorés, et de ces yeux gris qui vous glacent de la tête aux pieds. Agréable à regarder..., mais pas du tout le genre romantique.

Si Rosemary l'avait identifié sur-le-champ et avait ajouté « Il est fiancé avec Evelyn Untel », Inez se serait peut-être désintéressée du grand inconnu. Mais ce léger mystère piqua sa curiosité. Elle se surprit à se poser des questions sur lui et sur cette Evelyn.

D'habitude, Inez dormait bien. Ce soir-là, en dépit de sa fatigue, elle resta éveillée. Le vent avait recommencé à souffler. Il gémissait plaintivement autour du pavillon des infirmières. Les fenêtres craquaient et battaient. Les planchers grinçaient. Le pavillon était l'un des plus vieux bâtiments de l'hôpital. Par grand vent, il était plein de bruits et de courants d'air. Une fois, Inez eut l'impression d'entendre des pas dans l'escalier et ouvrir précautionneusement la porte d'en bas. Elle imagina aussitôt Evelyn se faufilant au-dehors pour retrouver son amoureux, en dépit des conséquences fâcheuses au cas où elle serait découverte.

Elle venait à peine de s'endormir, lui sembla-t-il, quand le son de la cloche lui fit ouvrir les paupières sur la triste lumière grise d'un matin de février. Pour une fois, elle aurait aimé s'enfoncer sous ses couvertures pour ne plus entendre cette sonnerie aiguë.

Le vent ne soufflait plus, mais la pluie tombait avec persistance. Tout était humide et froid au toucher. Une bonne gelée aurait été revigorante, mais il y en avait bien rarement dans ce coin du Devon. L'hiver était surtout marqué par de la pluie, des tempêtes et de la boue. Du moins n'y avait-il pas de brouillard comme à Londres, seulement de temps à autre des lambeaux de brume venus de la mer, et le printemps arrivait heureusement de bonne heure. On trouvait déjà des primevères dans des coins abrités, et les perce-neige avaient été remplacés par les violettes sous les fenêtres des *Safrans*.

Le printemps serait bientôt là... mais c'était encore l'hiver. Inez se sentait étrangement nerveuse quand elle rejoignit la cohorte qui s'engouffrait dans la cantine pour le petit déjeuner. En temps ordinaire, les repas étaient convenables, sinon follement appétissants. Ce matin-là, le porridge était aqueux et plein de grumeaux, le haddock mal cuit. Inez les contempla d'un œil morne. Jeûner n'était pas de ses passe-temps favoris. Elle avait une silhouette qui ne requérait nulle modification. Ses caractéristiques — pour employer la phraséologie moderne — étaient 90-57-90. Son poids restait nettement au-dessous de 57 kilos. Elle n'avait rien de l'athlète, mais ses muscles étaient souples et bien coordonnés. Elle avait de la chance sur bien des points, elle le savait. Notamment en ce qui concernait son goût de vivre. Elle débordait de vitalité et portait un vif intérêt à son travail.

Quand elle entra dans la salle d'hôpital, ses yeux noirs aux longs cils avaient recouvré leur étincelle et sa peau avait sa roseur habituelle. Même en hiver, elle avait un teint enviable « de lis et de rose », qui était fort séduisant avec ses cheveux très sombres. Encadrés par le bonnet blanc de neige, ses cheveux avaient l'éclat et la couleur d'un plumage de corbeau.

Sa collègue, nommée Green, qui trottinait en bâillant à sa suite, disciplina ses mèches blondes à l'air triste et dit :

— Je ne sais pas comment vous vous y prenez.

— Pour quoi faire? demanda machinalement Inez.

— Pour paraître toujours sur le point de poser pour une publicité en faveur de vitamines, de sels de fruits ou de porridge. Pourquoi diable, avec votre physique, n'avez-vous pas choisi la profession de cover-girl?

— Je me serais ennuyée à mourir. J'ai horreur de rester plantée à ne rien faire..., répliqua Inez.

Elle était satisfaite de posséder ces atouts physiques, mais cela ne lui montait nullement à la tête. Née et élevée dans une région fertile en beautés brunes aux yeux noirs, ses goûts allaient aux beautés sculpturales grandes et blondes. Ursula Shelley représentait pour elle le type même de la beauté. Elle ressentit un agréable petit choc quand la surveillante la remarqua et lui adressa un sourire approbateur fort gracieux.

— Vous vous en êtes si bien tirée avec le petit nouveau d'hier soir, mademoiselle Raine, que je tiens à ce que vous le prépariez pour l'opération. Vous l'accompagnerez également en salle.

— Oui, madame, merci, répondit aussitôt Inez. Certaines élèves infirmières redoutaient les séances de salle d'opération. Inez était de celles qui y trouvaient un grand intérêt. Au bout de quelques jours, ses nerfs et son équilibre ayant supporté l'épreuve avec vaillance, elle se prit à aimer les stages opératoires. Mais elle n'avait nullement souhaité finir comme infirmière en chef dans ce service. Elle préférait considérer ses malades comme des êtres humains plutôt que de simples cas pour le bistouri.

On avait accusé Ursula Shelley de manquer de cœur, mais jamais on ne l'avait taxée d'inintelligence. Elle avait estimé que, tenue en main, l'infirmière Raine serait un bon élément. Comme la plupart des chefs compétents, Ursula savait apprécier un subordonné en qui on pouvait avoir entièrement confiance, doté d'initiative et de sang-froid. C'est pourquoi elle tolérait Rosemary Harker qu'elle détestait. Elle n'ignorait pas que ce sentiment d'aversion était réciproque, mais elle était trop sagace pour se débarrasser d'une infirmière de valeur sans autre motif que des raisons personnelles.

— On doit l'opérer à midi. C'est une amygdalotomie courante, commenta Ursula Shelley machinalement. Oui, mademoiselle Green?

— Excusez-moi, madame, c'est le numéro 19. L'autre petit garçon. Il a été très malade et il ne veut pas me laisser changer son pansement, balbutia la jeune fille.

— Un de nos échecs, dit avec regret Mlle Shelley. Nous l'avons déjà eu ici deux fois.

— Deux fois? répéta Inez, emplie de compassion. Oh, le pauvre petit! C'est à cause de son oreille, n'est-ce pas?

— Oui, M. Manuden l'a opéré. (Le visage serein de la surveillante s'assombrit.) M. Manuden est un excellent chirurgien, mais il n'est pas toujours assez... brutal. Un chirurgien de premier ordre doit être brutal...

Elle insistait sur le terme comme si elle n'y trouvait rien de glaçant. Inez la regarda avec surprise, mais les yeux bleus de la surveillante avaient une expression vague, comme si elle fixait un point très éloigné.

— Sans pitié, reprit-elle. J'espère que M. Elbure prendra cet enfant en main, maintenant qu'il est de retour parmi nous. C'est exactement le genre de cas qui lui convient.

« Plus on me vante ce merveilleux M. Elbure, moins j'ai envie de l'admirer, songea Inez. Il semble être de l'espèce qui trouve un intérêt scientifique à pratiquer des opérations compliquées uniquement pour démontrer ses capacités. L'opération a réussi, mais le patient ne s'est pas remis de ses suites est le cliché qui accompagne ces praticiens. »

Ils tentent une opération non pas comme une ultime chance de salut, mais pour leur propre satisfaction ou parce qu'ils ne peuvent pas résister à se mesurer à un obstacle. Peut-être obtiennent-ils ainsi une expérience appréciable, mais Inez se refusait à voir les choses sous un angle aussi abstrait. Elle avait des préjugés en la matière... et ne le niait pas.

Néanmoins la brutalité avait ses avantages. Une méthode trop timide ou conservatrice risquait de causer plus de mal que de bien en définitive. Le garçonnet livide et crispé au regard apeuré en était une preuve. Inez le reconnut sur-le-champ. Elle l'avait déjà vu au service des consultations. C'était le fils aîné d'une jeune veuve qui avait deux autres enfants plus petits. Il avait été conduit à Saint-Chad une fois par semaine pour son traitement post-opératoire par une mère trop maigre, harassée et nerveuse. Avec eux venaient deux bambins remuants et irritables. Amener des jeunes enfants à la consultation alors qu'ils n'étaient pas malades était contraire au règlement hospitalier, mais comment l'interdire dans des cas de ce genre? C'était l'avis de l'infirmière en chef. La mère n'avait personne à qui confier les petits... ou du moins c'est ce qu'elle avait prétendu.

Quelquefois elle déposait Freddy dans la salle d'attente en disant qu'elle repasserait le chercher plus tard. Inez avait le cœur serré quand elle voyait le petit garçon assis stoïquement en silence, les nerfs tendus à craquer. Cela paraissait injuste qu'un enfant de son âge dût supporter une si rude épreuve. Son courage même la rendait plus pénible.

Inez dut constater que, pour une fois, M. Manuden n'avait pas remporté un succès. Freddy faisait de la température et semblait en piètre condition. Ses yeux avaient l'air de s'être enfoncés dans l'orbite, et il avait les traits tirés. Il ne dit rien... mais il se contracta quand la petite procession approcha de son lit, comme s'il ne lui restait plus rien de ses réserves de courage trop souvent pillées. Maintenant il ne souhaitait plus que pouvoir se blottir sous ses couvertures et mourir tranquillement.

— Il s'est conduit comme un méchant petit garçon, déclara l'infirmière Green d'un ton allègre forcé qui n'était guère de saison. Il ne veut pas faire ce que je lui demande, madame.

La surveillante la gratifia d'un coup d'œil glacial.

— Vraiment, mademoiselle Green, si vous êtes incapable de vous occuper d'un gamin sans histoire, je serai obligée de demander votre transfert dans un autre service, déclara-t-elle, d'un ton qui n'augurait rien de bon.

— Oh, mais, madame... (La lèvre inférieure de la jeune fille tremblait). J'ai toujours fait de mon mieux, personne ne peut dire le contraire.

— Votre mieux n'est évidemment pas assez bon pour *mon* service, mademoiselle, fut la réplique calme et impitoyable.

— Oui, mais... (La jeune Green avait rougi.) Vous ne pouvez pas me faire transférer sans motif. Vous ne pouvez pas me signaler à l'infirmière-major, puisque je n'ai rien fait de mal...

— Vous êtes étourdie, maladroite et indisciplinée. Il se peut que vous vous soyez trompée sur votre vocation, poursuivit l'autre, inexorable. Je n'ai pas l'intention de désorganiser la bonne marche de mon service à cause de vous. Mlle Raine s'occupera des pansements. Vous pouvez aller nettoyer l'office.

— Madame, c'est injuste!

La jeune fille était ulcérée et au bord des larmes.

— Je vous en prie, mademoiselle... (La surveillante leva une main blanche dans un geste d'autorité.) Vous pouvez quitter tout de suite votre service... si vous préférez.

Pendant une seconde, la jeune fille leva son regard furieux vers sa supérieure, puis elle pivota sur ses talons et s'en fut vers l'office dans un sec envol de jupe.

Ursula ne tourna pas la tête. Elle avait toujours son air paisible.

— La pauvre petite! dit-elle d'un ton plus aimable, presque apitoyé. C'est vraiment dommage que tant de jeunes filles décident de leur vocation parce qu'elles ont lu des romans à l'eau de rose. Il n'y a qu'une chose à faire, les éliminer le plus rapidement et le moins douloureusement possible.

La surveillante savait être brutale. Inez risqua un commentaire :

— Il y a une terrible pénurie d'infirmières, pourtant?

— Ce n'est pas une raison pour abaisser le niveau.

Le ton de Mlle Shelley était dépourvu d'émotion. Il avait quelque chose d'irrévocable qui lui donnait une sonorité assez pénible.

— Je me suis montrée patiente à l'extrême avec Mlle Green, mais elle n'a cessé d'accumuler les gaffes. Il y a une charmante petite qui finit maintenant son stage de trois mois dans le service des accidents. Nous allons l'essayer, conclut la surveillante. Elle s'appelle Dorset. La connaissez-vous?

— Oui, madame. Elle est charmante... *très*, et dévouée.

— Je suis heureuse de vous voir confirmer mon jugement, mademoiselle.

Etait-ce ironique? Inez n'aurait su le dire. Elle jeta un coup d'œil indécis à son interlocutrice et reçut en retour un sourire étrangement aimable. Elle en fut un peu gênée. Elle se demandait pourquoi... à moins que ce ne fût parce que les critiques de Rosemary Harker lui résonnaient encore à l'oreille. Rosemary avait des préventions contre elle, évidemment, mais Mlle Shelley jouait un petit peu trop les dictateurs.

Pourquoi avait-elle réglé cette querelle avec Mlle Green en présence d'une autre infirmière? En guise d'avertissement pour la nouvelle venue? Inez écarta cette conclusion, qu'elle jugeait ridicule. Mlle Shelley avait son service à cœur. Pourquoi pas? Si elle se montrait trop autoritaire, était-ce une faute?

— Voyons maintenant ce jeune homme, dit la surveillante en se tournant vers Freddy, terrorisé. Il va nous montrer combien il est brave, mademoiselle.

— C'est un petit garçon très courageux, dit Inez avec chaleur. Nous nous connaissons déjà, n'est-ce pas, Freddy? Et ta mère nous a dit comme elle était fière de toi.

Freddy esquissa un pauvre sourire pathétique.
— Maman a été malade, dit-il d'une voix morne. C'est pour ça que nous ne sommes pas venus ces derniers temps...
Fait, hélas, trop fréquent. La mère de Freddy n'avait probablement pas compris qu'il était important de faire surveiller Freddy régulièrement. Maintenant, son oreille était dans un état lamentable. Il s'était évanoui avant qu'Inez eût fini de lui enlever ses bandages.
— Ne pourrait-on lui donner quelque chose pour le soulager, madame? demanda-t-elle.
La surveillante secoua la tête :
— Pas avant que M. Elbure l'ait vu. Il ne faut atténuer aucun symptôme. Vous devriez savoir cela, mademoiselle.
Inez réprima un soupir. La routine de l'hôpital était parfois inhumaine. Le bon sens — et la charité — auraient demandé qu'on ne touche pas au pansement de Freddy avant l'inspection du chirurgien. La coutume voulait que les pansements soient changés à l'heure prescrite, même s'ils devaient être de nouveau défaits quand M. Elbure jugerait bon de venir.
On ne pouvait nier que la surveillante Shelley était une parfaite organisatrice. Inez se rendit compte que dans son service le remue-ménage était réduit au minimum. Evidemment, si la surveillante réussissait à choisir ses infirmières, elle avait la possibilité de former une équipe compétente... Mais comment s'y prenait-elle? Pourquoi la consulterait-on pour les affectations de poste?
Tout était en ordre quand l'infirmière-major vint faire sa tournée matinale. « Les malades sont aussi bien dressés que les infirmières, pensa Inez, ironique. Pas un d'entre eux qui bouge le petit doigt à contretemps ou qui émette une plainte. » Les deux

petits garçons, qui auraient pu troubler l'harmonie de l'ensemble, étaient surveillés à cette occasion par Inez elle-même. Freddy était au bord du délire.

La surveillante alla l'examiner après le départ de l'infirmière-major. Elle hocha la tête.

— Je vais téléphoner à M. Elbure, dit-elle. Dans ce genre de cas, le moindre retard peut être désastreux.

Inez pensa qu'elle avait raison. Freddy était mal en point et le temps qui passait n'arrangeait pas les choses. Elle se demanda dans quel délai le très fameux Patrick Elbure se rendrait à cet appel. Les internes, et les médecins en général, réagissaient très rapidement. Les chirurgiens étaient dans une catégorie différente. Ils avaient tendance à se voir considérés comme quelque chose d'encore plus précieux et respectable qu'une idole.

C'est donc au crédit de Patrick Elbure qu'il fit son entrée moins d'un quart d'heure plus tard. Inez se rendit compte de son arrivée à l'agitation presque imperceptible, à la tension qui se produisit dans le service. Elle aperçut une haute silhouette derrière la surveillante. Comme elle se mettait précipitamment au garde-à-vous de rigueur, elle ressentit une sorte de choc électrique.

C'était la première fois qu'elle éprouvait une sensation de ce genre. Comme si tous ses nerfs avaient été momentanément paralysés, puis se mettaient à vibrer.

Rosemary Harker avait tout de même deviné juste. Le mystérieux inconnu de l'allée aux rhododendrons était bien Patrick Elbure.

3

Il était un peu différent à la lumière du jour... Il paraissait plus vieux et plus intimidant. Inez avait cru que ses cheveux étaient aussi noirs que les siens. Elle se rendit compte qu'ils avaient la couleur du bronze, avec des reflets dorés. Un grand front d'intellectuel, une épaisse chevelure avec une mèche argentée d'un parfait effet de distinction. Qu'est-ce qui l'avait blanchi? Le chagrin? Une émotion? Une maladie?

Il avait une démarche aisée et légère. Il n'avait pas l'air d'avoir jamais été souffrant, mais il était d'une minceur qui confinait à la maigreur. Il donnait l'impression d'avoir subi un entraînement intensif, de n'être presque plus qu'un squelette à peine recouvert de muscles. Sa peau hâlée avait un aspect net, bien briqué. Ses yeux — gris foncé, comme l'avait dit Rosemary — étaient vifs, mais avec une expression lasse sous les épais sourcils noirs. Sa blouse blanche était immaculée, mais pendait sur son corps. Avait-il maigri pendant son séjour à l'étranger?

Il considérait Inez d'un air qu'elle n'arrivait pas à interpréter. Il la reconnaissait, sûrement, mais son regard exprimait quelque chose d'autre. Ironie? Vexation? Défi?

— Ah, mademoiselle... heu... Gale (1), dit-il d'un ton froid, détaché, qui ne s'accordait pas avec son regard.

— Raine, rectifia machinalement Inez.

— Raine? Ah, oui! Je savais que c'était quelque chose de tempétueux...

Ses lèvres minces, dures, finement ciselées, se retroussèrent imperceptiblement aux commissures...

— J'espère que vous avez soigné ces égratignures?

— Oui, monsieur.

Ursula leur jeta alternativement un coup d'œil interrogateur. Il daigna expliquer :

(1) Jeu de mots sur le nom d'Inez : *raine*, signifie à peu près « pluie » (orthographié sans l'*e* final). — *Gale*, bourrasque, tempête.

— La dernière fois que j'ai rencontré Mll... heu... Raine, elle se trouvait à quatre pattes sur le pavé....

Au moins n'avait-il pas dit où; il n'avait pas dit qu'elle avait emprunté la voie interdite. Inez le reconnaissait, mais son ton la fit bouillir. A quatre pattes? C'était la première et la dernière fois que Patrick Elbure la découvrirait en pareille posture, physiquement ou sentimentalement. Que d'autres idiotes sans cervelle rampent à ses pieds si elles n'avaient rien de mieux à faire! Elle se moquait de ce genre d'homme arrogant, supérieur, dictatorial.

« Il n'est même pas beau », conclut-elle sans indulgence. Il avait des traits finement ciselés, mais ils étaient aussi attirants qu'un visage de statue sculpté dans le granit. Pas de chaleur ou d'humanité dans son visage. Il était dur, froid et morne. Il ne s'adoucit nullement quand il se pencha sur Freddy frissonnant de fièvre et écouta le résumé rapide du cas de Freddy que lui fit la surveillante.

— M. Manuden n'est pas de service aujourd'hui. Il est d'ailleurs parti en ville, je crois. Il ne m'a pas paru sage d'attendre. L'enfant a beaucoup de fièvre et son pouls n'est pas très bon. Il risque d'entrer dans le coma.

— Oui. Eh bien, examinons les dégâts.

Même envers la surveillante, il avait un ton froid. Si froid même qu'il semblait aussi mordant qu'un vent de bise. Inez en était profondément affectée, mais elle serait morte plutôt que de le lui laisser voir. Elle enleva le pansement, heureuse que ses mains aient conservé leur dextérité habituelle.

Freddy émit de petits gémissements pathétiques de chiot malade. La compassion envahit le cœur d'Inez. Elle le réconforta de son mieux tout bas.

La surveillante déclara vivement :

— Il faut que tu sois courageux, Freddy. Voici M. Elbure qui va guérir ton oreille.

Freddy geignit, et Inez dit impulsivement :
— Il a dépassé le stade de la bravoure. Tout ce qu'il souhaite maintenant, c'est qu'on le laisse tranquille.
— Je vous félicite de votre perspicacité, mademoiselle.
Inez tiqua intérieurement. Elle fit un effort pour ne pas répliquer : « Oh, pas de sarcasme, s'il vous plaît! Trop facile de rembarrer les infirmières alors qu'il leur est interdit de répondre, vous le savez aussi bien que moi. »
Elle bouillait de fureur, intérieurement, mais, son regard voilé par ses longs cils, elle soutint la tête de Freddy avec un calme apparent, tandis que le chirurgien l'examinait. Il avait des mains fortes et maigres, mais leur toucher était léger et délicat. Freddy eut un frisson convulsif, mais il ne reperdit pas connaissance.
Inez aperçut d'affreuses cicatrices sur deux doigts de la main droite de Patrick Elbure. Elle fut surprise : c'était assez extraordinaire. En général, les chirurgiens soignaient aussi jalousement leurs mains que les pianistes virtuoses. Ils y étaient obligés. Quand et comment Patrick Elbure avait-il abîmé la sienne? Dans un accident? Dans l'accident qui avait provoqué le blanchissement de cette mèche de cheveux?
Il était si près d'elle que sa blouse empesée lui effleurait le bras. Elle était consciente de sa proximité comme jamais encore elle ne l'avait été d'un médecin ou d'un chirurgien... ou même d'un homme quelconque, pour tout dire. Celui-ci avait quelque chose de différent; une personnalité forte qu'on sentait sévèrement tenue en bride. On aurait pu appeler cela du magnétisme. Sur Inez, l'effet était inverse : elle était tout le contraire d'attirée. Brillant? Brutal? Ambitieux? Oui, elle croyait vo-

lontiers mérités tous les qualificatifs qu'elle avait entendu lui appliquer. Mais personne n'avait mentionné qu'il avait tout de l'iceberg et se trouvait totalement dépourvu de cœur.

Mais non! Si incroyable que cela puisse paraître maintenant, c'était le même homme qui l'avait attirée contre lui en l'appelant « Evelyn » d'une voix rauque et ardente. Il s'était montré fort humain à ce moment-là! Et même des plus passionnés. Si elle avait été la fameuse Evelyn, elle aurait senti sur les siennes ces lèvres, d'apparence si dures, avides et brûlantes.

— Dans une demi-heure? Oui, monsieur Elbure, disait calmement la surveillante. Nous allons le préparer tout de suite.

— Merci. Je vais téléphoner de votre bureau pour qu'on prépare la salle d'opération. (Il fit un pas ou deux et ajouta :) Ce sera probablement pénible. Vous m'enverrez quelqu'un de confiance avec lui?

— Naturellement. (La surveillante haussa ses blonds sourcils.) Mlle Raine l'accompagnera.

— Mlle Raine?... (Son regard glacial examina Inez de la tête aux pieds.) C'est évidemment à vous de décider, mais vous connaissez mon horreur des infirmières qui s'évanouissent à la première occasion.

— Oui. Ne vous inquiétez pas. Mlle Raine n'est pas aussi jeune qu'elle en a l'air. Elle est à toute épreuve, répondit la surveillante avec un faible sourire.

L'expression de Patrick Elbure était nettement hostile, Inez s'en rendit compte avec indignation. Elle n'entendit pas ce qu'il disait en s'éloignant, mais la voix claire de Mlle Shelley parvint jusqu'à elle.

— Vraiment, Patrick, vous devriez savoir que je connais bien mes infirmières. Non, elle n'est pas du tout de ce genre-là...

Tiens, la surveillante l'appelait « Patrick »? Ce fut un choc pour Inez. Elle ne savait pas trop pourquoi. Ils devaient se connaître depuis des années.

Quand la surveillante revint pour administrer l'injection préliminaire d'anesthésique, elle avait retrouvé son sourire.

— Qu'avez-vous bien pu faire, mademoiselle, pour donner une impression aussi défavorable à M. Elbure? questionna-t-elle.

— Je l'ignore, madame. Je l'ai rencontré pour la première fois hier soir.

— Et alors?...

— Je me dépêchais parce que j'étais en retard. J'ai trébuché et je suis tombée. Il m'a éclairée avec sa torche et... et m'a recommandé de panser les écorchures avant de reprendre mon service.

C'était une version expurgée à l'extrême de cette rencontre fatidique, mais Inez se sentait étrangement peu disposée à entrer dans les détails.

— Ah, oui? Et c'est tout?

La question était posée légèrement, mais les yeux bleus de la surveillante dévisageaient Inez avec attention.

Inez eut l'intuition qu'elle s'intéressait à Patrick Elbure un peu comme à sa propriété personnelle. Elle se demanda pourquoi. Rien de romanesque à la source pourtant, puisque Patrick aimait une jeune fille appelée Evelyn...

— M. Elbure paraît avoir des préjugés, madame, dit Inez, sans tenter de déguiser son indignation. C'est la première fois qu'un chirurgien me soupçonne d'être incapable de travailler dans la salle d'opération.

— Il n'aime pas les infirmières émotives, répliqua sereinement la surveillante. Inutile de vous hérisser. Je lui ai dit que je garantissais votre sang-froid.

— Merci, madame.

Il y avait certains jours où Mlle Shelley portait beaucoup plus que son âge. Elle avait une dignité presque antique et un curieux air de n'appartenir à aucune époque que renforçait son type de déesse scandinave. Son port fier et sa sérénité nordique n'étaient pas glaçants. Elle inspirait confiance parce qu'elle en était l'incarnation même.

— Freddy guérira. M. Elbure va s'occuper comme il faut de cette oreille, dit-elle avec une évidente satisfaction. Je n'avais pas été très satisfaite quand Freddy avait quitté l'hôpital, la première fois. Il serait faux de dire que M. Manuden a perdu la main, mais il est devenu plus timoré. Vous constaterez la différence quand vous verrez faire M. Elbure.

La surveillante embouchait nettement la trompette en faveur de Patrick Elbure. Inez trouvait cette partialité exaspérante. Elle n'était nullement persuadée que cet homme était aussi merveilleux que le prétendait tout Saint-Chad. S'il avait été si éblouissant, pourquoi serait-il revenu dans un hôpital de province? A moins qu'Evelyn n'ait joué le rôle de la séductrice Hélène « qui fait revenir au foyer le voyageur las de ses pérégrinations... »; mais Inez n'avait pas l'impression qu'il était homme à se laisser influencer à ce point par une femme, si belle fût-elle.

Elle se sentait anormalement tendue quand vint le moment d'accompagner Freddy à la salle d'opération. Etait-ce parce qu'elle redoutait une issue fâcheuse pour l'enfant? Ou réagissait-elle involontairement à l'hostilité du chirurgien? Elle pensa : « Quelle malchance, si moi, qui n'ai jamais perdu connaissance de ma vie, je devais m'évanouir maintenant! » Mais elle ne s'évanouirait pas. Pourquoi le ferait-elle? Elle n'allait pas se laisser bouleverser par ce type détestable.

L'atmosphère de la salle d'opération était si normale et si familière que ses nerfs se calmèrent instantanément. L'éclairage violent, la température élevée et l'odeur que certaines infirmières ne pouvaient pas supporter n'avaient jamais gêné Inez. Elle aimait cette sensation de faire partie d'une équipe, de travailler avec d'autres à lutter et à vaincre les forces qui se liguaient contre le malade.

Noyées sous leur masque et leur vaste blouse blanche, les silhouettes étaient presque toutes méconnaissables. L'infirmière en chef était l'une des exceptions. Elle se signalait par sa masse et sa taille. C'était une très grande femme... plus grande et plus large d'épaules que la plupart des chirurgiens. Elle avait une silhouette beaucoup plus impressionnante que M. Manuden, de taille moyenne, avec une tendance à s'arrondir.

Cependant, même à côté d'elle, Patrick Elbure n'avait pas l'air petit. Inez était profondément impressionnée par sa taille... et par son détachement. Quand Patrick Elbure sortit de la petite salle où s'habillaient les chirurgiens, on eût dit l'entrée d'un soliste sur la scène d'une salle de concert. Il entra seul sans mot dire, sans bavarder avec l'anesthésiste ou expliquer l'opération pour les étudiants. Il salua ses assistants d'un très bref signe de tête. Ses commentaires furent également brefs.

Ils en avaient probablement l'habitude. La plupart d'entre eux avaient dû travailler avec lui avant son départ pour les Etats-Unis. Avaient-ils en lui la confiance inébranlable de Mlle Shelley? Ou certains d'entre eux estimaient-ils sa réputation usurpée?

Inez n'eut pas à méditer longtemps la question. La réponse était évidente. Elle avait vu opérer bon nombre de chirurgiens. Dans un célèbre hôpital de Londres, elle avait eu l'occasion d'observer des maîtres en leur art mener à bien des opérations simples et complexes. Elle en savait assez pour apprécier leur valeur. Elle fut donc obligée de reconnaître celle de Patrick Elbure. Elle se rendit compte sur-le-champ qu'il possédait ce petit quelque chose qui différencie les grands chirurgiens de ceux qui sont simplement compétents.

C'était difficile à formuler. Toutes proportions gardées, c'était la différence qui existe entre le couturier créateur et la couturière possédant bien son métier qui exécute les modèles créés par d'autres. Chaque geste de Patrick Elbure était délicat et sûr, rapide et sans précipitation cependant. Implacable, comme l'avait qualifié Mlle Shelley. Mais était-ce bien le terme propre? Inez ne le pensait pas. Rien d'émotionnel n'entrait en jeu. Il n'était plus qu'un cerveau et des mains, froidement inspiré et incapable d'erreur.

Après l'opération compliquée sur l'oreille de Freddy, l'amygdalotomie était en comparaison un jeu d'enfant, mais même là se manifestait l'habileté très personnelle du chirurgien. Il avait du style, Inez le reconnaissait à regret.

Il avait aussi de l'imagination, si bizarre que cela pût paraître chez quelqu'un d'aussi inhumainement réservé et froid. Plus tard, il se pourrait fort bien qu'on vante la méthode ou la technique Elbure dans les milieux médicaux. Il appartenait à cette race d'hommes qui sont des pionniers... ou des martyrs.

Pourtant... c'était le même qui avait pressé une femme contre lui sous la pluie battante comme s'il était affamé d'elle. Les pensées d'Inez retournaient toujours vers cet instant. C'était comme si son contact, sa voix s'étaient gravés dans sa mémoire.

« Amoureuse... au premier choc et non à première vue! se moqua-t-elle. De l'amour? De l'aversion plutôt. Quand on se heurte dans le noir à un serpent, c'est ce qu'on doit ressentir ensuite, à moins, bien entendu, que le choc n'ait été fatal. »

Pour une fois, elle fut contente de quitter la salle d'opération. Cependant elle fut incapable de fixer son esprit sur son service. Elle se demandait si le brio et le style de Patrick Elbure persisteraient jusqu'au bout de sa longue liste d'opérations. Etait-il infatigable? Il en avait l'air. Il était hâlé par son séjour à l'étranger. Il avait dû passer l'hiver au sud des Etats-Unis. Ou peut-être y avait-il passé des vacances avant de revenir ici? A moins qu'il ne se soit adonné aux sports d'hiver. Ce qui correspondait mieux à son aspect austère que des bains de soleil sur des plages tropicales.

Inez le voyait bien en train de patiner ou de skier. Les sports solitaires devaient être faits pour lui plaire. Il n'aimait certainement pas les jeux d'équipe ou les amusements organisés. Il était né pour marcher seul. Ses préférences ne l'inclinaient probablement pas à autre chose.

« Nom d'une pipe, je commence à m'y intéresser! se gourmanda-t-elle. Je me le représente comme le traditionnel *homme fort et silencieux*. Il n'y ressemble en rien. Du moins si je me réfère à la nuit dernière. »

Sa curiosité se réveilla. Elle s'y laissa aller pendant le déjeuner. Elle pouvait s'enquérir d'« Evelyn » sans faire allusion à Patrick Elbure, n'est-ce pas?

Elle se tourna brusquement vers Rosemary Harker et demanda :

— Connaissez-vous une infirmière d'ici qui s'appelle Evelyn?

Rosemary resta silencieuse, son verre d'eau à mi-chemin de ses lèvres... Assez longtemps pour qu'Inez la dévisageât avec surprise. Puis elle reposa son verre avec lenteur et précaution.

— Evelyn? répéta-t-elle d'un ton indifférent. C'est un prénom très courant. Il doit y en avoir plusieurs ici.

— Vous les connaissez?

— Non? Pourquoi? J'ignore le prénom de la moitié de mes camarades (1).

Inez eut l'impression que Rosemary, d'ordinaire si directe et si franche, se montrait maladroitement évasive. Pourquoi? Elle poussa une pointe :

— L'Evelyn à laquelle je pense a pas mal de points communs avec moi. Ne serait-ce du moins que pour la couleur des cheveux.

— Comment? Qui a dit ça?

— Quelqu'un m'a prise pour elle.

— Oh, quelle blague! C'est une ressemblance toute superficielle...

— Ah... vous la connaissez? Pourquoi aviez-vous dit le contraire?

— Eh, pas si vite, Raine! Il n'y a personne ici qui ait la moindre ressemblance avec vous.

— Alors pourquoi dites-vous que cette « ressemblance est toute superficielle »? Pourquoi tout ce mystère?

— Dites-moi, c'est de l'inquisition? (Rosemary avait l'air contrariée.) Laissez tombez, voulez-vous?

— Je tiens à être renseignée... sur cette fille qui s'appelle Evelyn.

— Vous ferez rudement bien de ne pas aller clamer sur les toits que vous êtes son double.

— Pourquoi non? Vous ne voyez pas que vous me rendez folle de curiosité?

— La seule Evelyn que j'aie jamais bien connue n'est pas ici actuellement.

(1) En Angleterre, les infirmières s'appellent fréquemment par leur nom de famille, plutôt que par leur prénom.

— Ah? Pourquoi?
— Elle est partie pour se marier.
— Elle est mariée?
— Oui.
— Est-ce... qu'elle a épousé M. Elbure?
— Mais non, voyons! Il n'est pas marié. Qu'est-ce qui a bien pu vous fourrer une idée pareille en tête?

Inez haussa les épaules. Si l'Evelyn que connaissait Rosemary Harker était mariée et avait quitté Saint-Chad, ce pouvait difficilement être elle que Patrick Elbure s'était attendu à rencontrer dans les bosquets.

— Excusez-moi, dit Inez légèrement, mais c'est toujours intrigant d'être pris pour quelqu'un d'autre.
— Cela ne doit pas vous arriver souvent.

Rosemary se tourna vers son autre voisine. Inez resta sur sa curiosité insatisfaite, se demandant pourquoi Rosemary s'était, contre son habitude, montrée si coupante...

4

Inez était de nouveau libre de 2 à 5 mais, étant donné les observations de Mlle Shelley, elle n'osa pas aller chez elle. Elle ne se sentait d'ailleurs guère le courage de faire quelque quinze kilomètres à bicyclette. Son genou était raide et douloureux. Elle se changea, enfila un chandail couleur d'ambre et une jupe plissée.

Elle brossa soigneusement ses cheveux épais et lima ses ongles, qui avaient une harmonieuse courbe naturelle.

Puis, comme la pluie avait cessé et que le soleil rendait l'atmosphère agréable encore que fumante comme une bouilloire, elle décida d'aller se promener. Elle enfila une veste — d'un brun roux assorti à sa jupe — et descendit.

Saint-Chad avait poussé la magnanimité jusqu'à acheter un poste de télévision pour le pavillon des infirmières, mais l'installation téléphonique restait toujours assez primitive. Il n'y avait qu'un téléphone réservé à l'usage des infirmières, et, comme d'habitude, il y avait la queue devant.

Une autre cabine, installée dans la cour, était, elle aussi, très utilisée. Inez préféra descendre l'avenue vers l'entrée principale. A mi-chemin des grilles, dissimulée aussi discrètement que possible au milieu des magnifiques bouleaux, il y avait une autre cabine téléphonique surnommée ironiquement *le rendez-vous des amoureux.* Elle était fréquentée surtout par ceux qui étaient fiancés ou sur le point de l'être, le soir, en général.

Cet après-midi, elle était vide. Inez s'enferma dedans et appela *Les Safrans.* Si son père avait répondu, la conversation aurait été brève; mais c'est la voix de sa mère qui se fit entendre. Inez lui expliqua en détail pourquoi elle ne viendrait pas à la maison ce jour-là.

— Tu ne me caches rien, n'est-ce pas, chérie? questionna anxieusement Molly Raine. Tu n'as pas attrapé froid?

— Non, maman, je me porte comme un charme et je te verrai samedi. C'est simplement que je n'ose pas risquer d'être de nouveau en retard ce soir. Comment va papa?

— Comme d'habitude, pourquoi?

Ainsi, sa mère n'était donc pas au courant de cette erreur inexplicable.

— Il avait l'air fatigué hier et il avait un affreux mal de tête. Ça va mieux?

— Sûrement. Il ne m'en a rien dit. A la vérité, je ne l'ai presque pas vu. Il est parti très tôt pour un accouchement. A son retour, il a avalé du café et il est parti faire ses visites. Il n'est pas encore rentré. Il a emporté des sandwiches et m'a dit de ne pas l'attendre avant 6 heures.

— Oh! Comme je voudrais qu'il prenne des vacances!

— Moi aussi, chérie, mais tu le connais!

Inez tournait le dos à l'avenue. Appuyée contre la porte, écoutant le babillage maternel, elle ne vit ni n'entendit une voiture qui stoppait à quelques mètres de la cabine téléphonique. Elle ne se rendit pas compte qu'on l'observait. Elle n'éprouvait en général aucune prédilection pour les bavardages prolongés au téléphone, mais elle savait que sa mère, enchaînée à sa maison, se réjouissait quand elle avait l'occasion de parler un peu de ce qui l'intéressait. C'était une diversion agréable aux innombrables messages qu'elle devait recevoir pour son mari. Inez se creusa la cervelle pour trouver des petites nouvelles susceptibles de l'amuser.

Des coups secs sur la vitre la firent sursauter. Elle se redressa et tourna la tête. Elle vit Patrick Elbure, qui avait la main posée sur la poignée. Ses joues s'empourprèrent. Ce garçon n'avait-il donc aucune éducation? Ou bien ne daignait-il pas considérer les infirmières comme des femmes?

— Désolée, chérie, il faut que je raccroche maintenant, dit vivement Inez. Il y a quelqu'un qui attend dehors. A samedi!

Elle posa le récepteur et pivota sur ses talons, tête haute. Patrick Elbure lui tenait la porte ouverte.

— Je m'excuse d'interrompre votre rendez-vous, mademoiselle Storm (1), dit-il ironiquement.

(1) Une fois de plus, P. E. fait une confusion de noms à sonorité brève et sens voisin : *storm* (tempête) et *rain* (pluie).

— Est-il dans vos habitudes de couper court les conversations des gens? J'avais l'impression que les gentlemen devaient toujours attendre que les dames en aient terminé. Mais peut-être que les infirmières ne font pas partie de cette catégorie?

— A moins que ce ne soit le cas des chirurgiens, dit-il sèchement. Quant à « couper court », vous en avez de bonnes. J'attends depuis dix minutes.

— Ah? Mais... pourquoi justement cette cabine-là? Vous avez des quantités d'autres postes téléphoniques.

— Pas en cet endroit précis. (Il indiqua la longue voiture noire rangée sous les bouleaux.) J'ai un pneu crevé.

— Oh! Je vois. (Elle releva le menton.) Il vous fallait de l'aide pour enlever cette branche tombée, et maintenant vous avez besoin de quelqu'un pour changer votre roue. Vous jouez de malheur, je le crains, monsieur Elbure.

— Comment cela?

— Le jeudi après-midi, c'est le jour de congé de notre mécanicien...

— Quelle malchance!...

Il la regardait d'une façon qui déclenchait en elle un tourbillon d'émotions contradictoires. Elle savait parfaitement qu'il y avait toujours une équipe de service d'ambulanciers et que l'un deux accourrait pour changer le pneu du chirurgien renommé, mais son désir de piquer au vif Patrick Elbure et de lui rabattre le caquet l'aiguillonna.

— Vous n'aurez pas à vous salir les doigts. Je serai enchantée de m'occuper de votre roue, lança-t-elle.

— *Vous?*

— Pourquoi pas?

Elle se dirigea avec décision vers la voiture. C'était une voiture d'une marque réputée, mais d'un modèle assez ancien. Elle savait comment s'y prendre.

— Est-ce là une nouvelle méthode de célébrer le culte des héros? s'enquit-il d'un ton caustique. Je ne la connaissais pas.

— Absolument pas! (Elle ôtait les outils du coffre. Elle rejeta en arrière ses épaisses boucles noires.) Je veux simplement démontrer que je ne suis pas une petite idiote évaporée.

— Qui a dit que vous l'étiez?

— Vous l'avez laissé entendre ce matin, quand vous vous opposiez à ce que je vienne dans la salle d'opération parce que vous pensiez que je m'évanouirais.

— Je n'avais pas voulu vous blesser, mademoiselle. Au contraire, j'essayais de ménager votre sensibilité.

— Je ne vois pas...

— Je me rendais compte que vous vous intéressiez vivement à la santé de ce gamin et, en toute franchise, je n'étais pas sûr qu'il supporterait l'opération. Il était en très mauvais état.

— Oh! (Le sang lui monta au visage. Elle avait honte de son injustice.) Je suis navrée et... je vous remercie.

— Même nous, chirurgiens dénaturés, il nous arrive de faire preuve d'un peu d'humanité...

Elle leva la tête, cramoisie et furieuse.

— Vous... vous écoutiez ce que je disais?

— Malgré moi. Vous aviez laissé la porte entrebâillée.

Il n'y avait ni colère ni dépit dans sa voix, ce qui rendit Inez d'autant plus honteuse. Elle s'appliqua à mettre le cric en place. Pourquoi s'était-elle laissé emporter par son parti pris? Elle avait manqué d'équité à un point invraisemblable. Il n'avait pas eu du tout l'intention de la blesser. Au contraire, il avait fait preuve d'une grande délicatesse. Enfin, et surtout, il avait mené à bien cette opération très périlleuse.

— Freddy va guérir maintenant, n'est-ce pas? demanda-t-elle d'une voix étranglée.

— En principe...

Son ton était toujours égal, impersonnel. Il était appuyé au capot de la voiture. Soudain, comme pour son père la veille, elle eut l'intuition qu'il était la proie d'une tension et d'une fatigue énormes. Elle jeta un coup d'œil à cette silhouette aux épaules tombantes tout en montant le cric de ses mains fortes et expertes. Il avait allumé une cigarette. Il fumait machinalement, par à-coups... et l'observait.

— Merci, dit-elle de nouveau, avec embarras. Je m'excuse de vous avoir qualifié de dénaturé.

— Aucune importance. J'en ai l'habitude, répliqua-t-il froidement. D'ailleurs, je vous devais une revanche pour vous avoir fait peur hier soir.

— Ah? C'était... c'était réciproque, non? Le choc, je veux dire. Et c'était ma faute... (Elle eut soudain une intuition :) Oh, mon Dieu, est-ce cela qui vous tourmente? Vous craignez que j'en fasse des gorges chaudes dans tout Saint-Chad? Quelle sottise! Me connaissez-vous donc aussi mal que ça? Oui, bien sûr, vous ne me connaissez pas du tout. Vous avez dû passer une journée atroce à guetter les premiers racontars. Et... je ne peux pas vous rassurer. Vous seriez horriblement gêné si je vous promettais de ne pas parler à tort et à travers.

— Oui, j'ai reçu un choc, reprenait-il. Vous ressemblez d'une façon extraordinaire à une fille que je connais.

— Tiens?

Alors ce n'était pas l'Evelyn dont avait parlé Rosemary Harker. Rosemary avait dit que c'était « une ressemblance toute superficielle ». Inez regrettait soudain d'avoir questionné Rosemary sur Evelyn. Si brève qu'avait été son inquisition, elle lui paraissait maintenant une trahison.

— Une similitude extraordinaire. Cette manière de juger hâtivement... elle l'a aussi, dit-il comme s'il réfléchissait tout haut. Bizarre comme les événements se répètent. Elle m'a souvent reproché d'être inhumain et dépourvu de sensibilité.

— Je ne suis pas d'accord. Les événements ne peuvent pas se reproduire avec exactitude pour la bonne raison qu'il y a pas deux personnes exactement semblables, protesta Inez. Je ne vous connais certes pas assez pour vous reprocher quoi que ce soit... et j'ai retiré le « inhumain », n'est-ce pas?

Il haussa les épaules. Elle songea avec un curieux petit serrement de cœur qu'il n'avait même pas dû l'entendre. Il se moquait éperdument de ce qu'elle pouvait penser de lui. Il ne s'intéressait qu'à cette autre fille... celle qui s'appelait Evelyn.

Inez prit la manivelle. Elle dévissa sans effort deux écrous. Le troisième résista. Elle s'escrima en vain.

— Donnez! Laissez-moi faire! s'écria soudain Patrick Elbure.

Elle lui abandonna à regret l'instrument. A sa surprise, il le prit de la main gauche. Il se battit contre l'écrou récalcitrant avec une détermination silencieuse, farouche. L'écrou céda subitement, et la secousse le rejeta en arrière, butant contre elle. Le heurt n'avait rien eu de violent, mais son effet le fut sur la jeune fille. Elle ressentit une espèce de décharge électrique qui lui coupa le souffle.

« Grand dieux! songea-t-elle, bouleversée. Est-ce que c'est ça? C'est comme cela que ça se passe? Oh, non, non! Je ne le trouve même pas sympathique. Il est impossible que je... non, je ne peux pas être tombée amoureuse de lui comme ça... par coup de foudre. C'est parce qu'il doit avoir un magnétisme fantastique. »

— Et voilà! s'exclama-t-il, soudain plus jeune et plus humain.

— Bravo! Laissez...

Comme elle reprenait la manivelle, leurs doigts se frôlèrent. Elle souhaita avec ferveur qu'il ne se soit pas rendu compte du frisson qui faisait trembler les siens. Elle dit très vite :

— Vous êtes gaucher? Non. Sûrement pas...

— Vous pénétrez tous mes secrets... Et en cela aussi l'histoire se répète.

— Oh, non! Je veux dire que je ne cherche pas à savoir quoi que ce soit. Pas par indiscrétion...

— Aucune importance. Je me suis fracturé le bras droit il y a quelque temps et je ne tiens pas à le fatiguer inutilement, expliqua-t-il.

— Oh! je vois. (Elle rougissait à nouveau de son jugement téméraire.) Je suis désolée. Je ne savais pas. Je m'étais imaginé que vous vous trouviez trop grand seigneur pour dégager l'allée...

— Vous avez toute liberté d'imaginer ce qui vous plaît. Lâcher la bride à leur imagination est l'un des principaux plaisirs des femmes.

— Vous voilà encore plein de condescendance!... s'exclama-t-elle impulsivement.

Puis elle se mordit les lèvres. Ce n'était guère une façon de s'exprimer envers le Grand Homme de Saint-Chad quand on n'était qu'une simple infirmière... et encore même pas formée à Saint-Chad même. Elle s'exposait à une rebuffade de premier ordre.

— Je me trompe?

De nouveau elle comprit intuitivement qu'il cherchait à être rassuré. Elle secoua la tête :

— Une bonne infirmière doit tenir en bride son imagination, son humeur et son langage. Ce sont les principes que mon père m'a inculqués... et il a de bonnes raisons de s'y connaître.

— Votre père? (Il y eut une note d'intérêt dans sa voix). Ah, oui! Vous avez un père veuf à qui vous êtes très attachée, n'est-ce pas?

— Non, ma mère vit toujours, Dieu merci!

— Il est pasteur?

— Non. Il est médecin. Un médecin de campagne comme il y en a tant.

— Bon sang! Pas Raine... « le doux Raine... » qui faisait partie de l'hôpital, à un moment donné? Je m'en souviens très bien.

— Ah? C'était son surnom, Je l'ignorais.

— Pas très fin comme surnom, n'est-ce pas? Mais... il lui a été donné bien avant mon temps, alors ne m'en tenez pas responsable. Votre père le devait à sa prédilection pour la « miséricorde », comme il est dit dans le fameux serment d'Hippocrate.

— Pas mal choisi. Il n'a rien d'inexorable.

Il ne fit aucun commentaire. Elle mit en place la roue de secours et resserra les écrous. Quand elle se redressa, elle constata qu'il avait rangé le pneu crevé dans le coffre et s'était enfermé hermétiquement dans la cabine téléphonique. Elle éprouva le ridicule désir de rouvrir toute grande cette porte close. Elle s'efforça de se reprendre... et de discipliner son imagination. Ces émotions étranges qui bouillonnaient en elle devaient être maîtrisées avant qu'il soit trop tard.

Quand il revint à petits pas vers elle, Inez avait replacé les outils et fermé le coffre. Elle s'essuyait les mains sur la mousse au pied d'un arbre.

— Tout est en ordre? Merci infiniment, dit-il d'une voix brève. J'allais prendre une tasse de café et un sandwich...

— A 3 heures de l'après-midi?

— Même s'il était encore plus tard, cela ne me ferait pas de mal.

— Vous n'en avez pas eu après déjeuner? Ou votre café est-il, comme le nôtre, le genre jus de chaussette?

— Je n'en sais rien. Je ne mange pas à l'hôpital. J'ai horreur des repas pris en groupe, répliqua-til avec impatience.

— Alors vous n'avez pas déjeuné du tout? Vous devez mourir de faim.

— J'ai soif... et j'ai découvert un endroit où l'on sert du café et des sandwiches dignes de ce nom. Venez y goûter avec moi!

Inez fut si surprise qu'elle se redressa sur ses talons et le dévisagea.

— Je ne peux pas. C'est impossible. Merci tout de même.

— Pourquoi ne pouvez-vous pas?

— Il ne faut pas. Vous devez bien le savoir.

— J'ai devant moi deux heures de liberté... et vous aussi. J'ai téléphoné à Ursula... Mlle Shelley... et elle m'a affirmé que le petit opéré se portait bien. Je lui avais dit que je passerais jeter un coup d'œil...

— Oh! vous attendiez pour téléphoner à l'hôpital? Pourquoi ne pas l'avoir dit au lieu de me laisser supposer je ne sais quoi?

— Vous ne m'en avez pas donné le temps. Vos réactions ont la promptitude de l'éclair. J'avais préféré m'assurer que l'on n'avait pas besoin de moi quand je me suis rendu compte que cette crevaison allait me retarder.

— Maintenant, c'est moi qui vous retarde...

— Eh bien, accompagnez-moi! Nous pourrons toujours nous disputer en cours de route.

— Je ne dois pas... Vous n'imaginez pas les commérages qui se déclenchent ici sous le moindre prétexte.

— Moi? (Sa voix était amère.) Je m'en rends compte cent fois mieux que vous... mais qu'importe!

— Ce n'est guère agréable...

— Excusez-moi. Vous, vous y attachez de l'importance. Je l'oubliais. Vous avez d'autres engagements. Je l'oubliais aussi.

— D'autres engagements?

— Merci de votre aide, mademoiselle.

Il lui fit un petit salut raide. Il se mit au volant. Avant qu'elle ait saisi ce qu'il voulait dire, il lança la voiture pleins gaz dans l'avenue. Inez le regarda disparaître, figée sur place. Pourquoi s'en était-il allé comme s'il était pourchassé par des Furies?

D'autres engagements? Elle n'en avait pas; du moins pas au sens romanesque du terme. Il n'avait tout de même pas cru qu'elle téléphonait à un amoureux? Peut-être que si? Il devait connaître le surnom de cette cabine. Il devait l'avoir entendue dire « chérie » à sa mère et « A samedi ». Il en avait aussitôt conclu qu'elle avait donné rendez-vous à son bon ami.

Des nuages filaient dans le ciel. Le pâle soleil hivernal s'éclipsa, reparut, disparut. L'air sembla soudain plus froid.

D'autres engagements?... Et ceux de Patrick Elbure, donc? Il semblait intime d'Ursula Shelley... et il était amoureux d'une fille appelée Evelyn.

— C'est un réel soulagement, car ton père a vraiment besoin de repos... Mais est-ce un bon signe? dit pensivement Molly Raine. Cela ne prouve-t-il pas qu'il se sent mal en point?

— Ou simplement qu'il a vu à temps le signal d'alarme, corrigea Inez. Ne te tracasse pas, maman. Un remplaçant pour un mois, cela permettra à papa de souffler un peu. C'est une idée excellente.

— Cela lui ressemble si peu, surtout avec les épidémies qui font rage en ce moment. Il y a encore trois nouveaux cas de rougeole dans le village.

— Cela signifie simplement que, pour une fois, il a décidé de se montrer raisonnable, conclut Inez avec une gaieté de commande.

Elle avait été très surprise quand sa mère lui avait annoncé que son père cherchait à obtenir un remplaçant. Il devait donc ressentir un pressant besoin de repos. Inez songea qu'il était inutile que sa mère s'alarme avant d'avoir des raisons précises de le faire.

— J'espère qu'il n'a rien de grave aux yeux, reprit Molly Raine d'une voix soucieuse. Il a toujours d'affreux maux de tête.

— Il est surmené.

— Je l'ai tout le temps connu comme ça, soupira Molly. La moitié du temps, la femme d'un médecin ne sait même pas qu'elle a un mari. Et, le reste, elle le passe à se tourmenter à son sujet.

— Je sais.

— Oui? Et pourtant tu épouseras probablement un médecin, toi aussi. Tu as eu des nouvelles récemment de ton gentil Christophe?

— Non. Pas depuis Noël. J'aimerais bien que tu n'en parles pas comme de *mon* Christophe.

— Vraiment, chérie, je ne te comprends pas. Tu as de l'affection pour lui, sans quoi en parler te serait égal.

— Je l'aime bien... mais enfin pas assez...

— J'ai trouvé Christophe très sympathique. Il était si gai et si équilibré. Facile à vivre, j'en suis sûre. Les caractères aigris, amers, comme le fameux chirurgien sans âme, vous rendent l'existence impossible.

— Il n'est pas inhumain en réalité... Seulement d'une réserve et d'une maîtrise de soi exagérées.

— Oh! mon Dieu! Est-ce que tu commences à prendre sa défense? Attention mignonne! Ce n'est pas du tout le genre d'homme que je choisirais pour toi. Il y a cette vieille histoire qui court sur son compte...

— Tu es ridicule! Nous nous sommes rencontrés une seule fois. D'ailleurs, il a des vues sur quelqu'un d'autre, intervint Inez vivement. Qu'est-ce que c'est, cette histoire?

— Il avait des rendez-vous la nuit avec une jeune fille... une élève infirmière. On les a surpris un soir, alors qu'il était de garde.

— Oh! non, je ne le crois pas.

— C'est arrivé pourtant. La directrice a renvoyé la jeune fille, mais la plupart des gens ont blâmé Patrick Elbure. Il aurait dû être plus raisonnable.

— Oui. Il était certainement amoureux fou.

Bizarre comme cette idée était pénible. Inez eut honte de sa réaction. Que lui importait ce vieux scandale? Oui, mais il n'était pas si vieux... et Patrick aimait toujours la jeune fille appelée Evelyn.

Inez frissonna et sa mère dit :

— Il fait froid, n'est-ce pas? Nous n'avons pas souvent des gelées comme celles de la nuit dernière. Je crois d'ailleurs qu'il gèle encore. J'espère que ton père sera prudent. Est-ce que les routes sont glissantes?

— Pas tellement. On a jeté du sable sur la nationale, répondit Inez mécaniquement.

L'interlude familial fut interrompu par l'arrivée d'une bande d'amis, conduits par les jumeaux adolescents du pasteur et un maigre neveu de Mme Henrick venu passer le week-end chez elle. Ils affirmèrent que l'étang de l'Eglise était, pour une fois, assez ferme pour qu'on patine dessus et implorèrent Inez de se joindre à eux.

Il n'était d'ailleurs nul besoin de la supplier longtemps. Patiner était un de ses sports favoris et elle n'avait guère eu l'occasion de s'y livrer, cet hiver. A Londres, elle avait fréquenté régulièrement la patinoire d'*Earl's Court*.

— Tu n'as encore rien mangé, protesta Molly Raine.

Mais les jumeaux brandirent un panier contenant réchaud à alcool et bouilloire. Ils avaient l'intention de pique-niquer près de l'étang, et la moindre contribution serait la bienvenue.

Molly partit chercher dans la cuisine gâteaux et marrons à griller, tandis qu'Inez montait se changer. Il y avait plusieurs années que l'étang n'avait pas été gelé suffisamment pour qu'on y patine. Effleurer la glace dans ce cadre familier ramena Inez à une période moins compliquée de son existence. Mme Henrick et Mlle Ipplepin, bien emmitouflées contre le froid, étaient blotties au pied du mur qui dominait l'étang, avec le vieux phono à manivelle de Mme Henrick. La femme du pasteur supervisait l'installation d'un feu à bonne distance de la glace sur laquelle évoluaient déjà bon nombre de patineurs. Il y avait des gens du village et d'autres de Saint-Chad. Certains patinaient avec art. D'autres en étaient encore au stade des chutes.

Inez se joignit à eux avec une énergie qui surpassait même son entrain habituel, dansant avec ceux qui dansaient, entraînant ceux de ses amis qui débutaient. Elle cherchait inconsciemment à s'étourdir par un rude exercice physique et dans la compagnie de vieux amis... mais rien n'y fit.

Juste au moment où le soleil commençait à baisser, rouge et or comme dans les cartes postales, sa nervosité la poussa à s'écarter des groupes. Elle fila sur la glace et commença des évolutions compliquées. Dans son costume de patinage rouge, avec ses bottes blanches, avec ses cheveux noirs flottant derrière elle, elle offrait un spectacle magnifique. Elle virevoltait sur un pied dans une arabesque prolongée quand quelqu'un la saisit aux épaules et la redressa lentement.

— Oh! s'exclama-t-elle. Oh! c'est vous...

— J'ignorais que vous saviez patiner, sans quoi je serais venu plus tôt.

— Oui? Je veux dire : pourquoi?

Elle était maintenue contre l'épaule de Patrick Elbure avec légèreté mais fermeté. Elle tourna la tête pour apercevoir son visage hâlé qui ne souriait pas. Il haletait comme s'il avait couru. Son souffle ressemblait à de la fumée dans l'air froid et calme. Il portait un sweater noir et un pantalon de velours côtelé également noir. Il avait l'air maigre, dur, presque effrayant.

— Comment arriverons-nous à faire connaissance si nous ne nous rencontrons jamais... sauf aux heures de service? dit-il. Je ne sais absolument rien de vous. Vous vous en rendez compte? Je ne savais même pas que vous habitiez ici avant de chercher le numéro de votre père dans l'annuaire.

— Ah?

— J'avais l'intention d'aller chez vous. Je me suis arrêté pour regarder les patineurs et je vous ai aperçue. J'avais emporté mes patins avec l'espoir que la glace serait suffisamment bonne.

Elle était troublée et émue. Et elle avait peur. Elle rejeta ses cheveux en arrière. Une mèche effleura le menton de Patrick Elbure.

Il dit à mi-voix :

— Cela vous ennuie-t-il? Il fallait que je vous revoie...

— L'étang est à tout le monde... mais je suis surprise que vous m'ayez reconnue.

— Cela n'a rien d'étonnant. Cette ressemblance extraordinaire...

Il s'interrompit. Inez sentit les battements de son cœur se calmer. Il n'y avait rien de glorieux pour elle à jouer les doublures pour une fille qui lui ressemblait.

— Est-ce qu'elle patine bien? demanda-t-elle froidement.

— Qui? Evelyn? Oh, non. Pas du tout. Elle a toujours vécu en Cornouailles. Elle n'a jamais eu l'occasion d'apprendre.

— Ah? Et... elle est en Cornouailles maintenant?

— Probablement. Dansons-nous avant que la nuit tombe?

Il n'attendit pas son acquiescement. Il la saisit par la taille et l'entraîna. Il patinait à merveille, elle était obligée de le reconnaître. Ses mouvements agiles, assurés, avaient une grâce et un naturel qui s'accordaient avec ses propres mouvements. Il avait presque la classe d'un champion international. Elle s'était naïvement enorgueillie de sa propre habileté, mais celle de Patrick était supérieure. Danser avec lui était une expérience merveilleusement stimulante. Les joues fraîches d'Inez rosirent. L'étincelle de son regard brun s'aviva.

Ils valsèrent au son du *Beau Danube Bleu* et de la *Valse des Patineurs.* Puis le neveu de Mme Henrick mit l'un des derniers disques à la mode. Il fonça sur le couple, tendant les mains vers Inez d'un air engageant. Elle secoua la tête.

— Pas maintenant, Timothée.

— Oh, si, Inez! Un petit peu de rock n'roll, implora-t-il.

— Pas maintenant. Demande plutôt à Sandy.

Sandy, c'était la fille du pasteur, blondinette de dix-sept ans. C'était une admiratrice de Timothée, mais, comme à ses précédents séjours chez sa tante, il avait tendance à la traiter comme un bébé.

Patrick avait l'air renfrogné quand le garçon les quitta à regret.

— Ce n'est sûrement pas lui?

— Lui? Lui qui?

— Avec qui vous preniez rendez-vous pour ce soir. Ce n'est qu'un gosse.

Elle le regarda sans comprendre. Puis elle se rappela la conversation téléphonique qu'il avait interrompue. Apparemment, il ne s'était pas rendu compte qu'elle parlait à sa mère. Il avait conclu qu'elle donnait un rendez-vous à un garçon quelconque. Pourquoi lui expliquer sa méprise? Il n'aurait pas dû écouter. Elle redressa le menton.

— Non. Ce n'est pas lui.

— Alors, qui est-ce?

Le regard de Patrick, soudain morne, allait nerveusement d'un patineur à l'autre.

— Donald Mackenzie? dit-il d'une voix sèche. De Saint-Chad?

« Mac », le neurologue aux cheveux roux, était l'idole des élèves infirmières. Il avait fait une ou deux tentatives auprès d'Inez, mais elle n'avait eu nulle envie de l'encourager. Elle secoua de nouveau la tête.

— Vous ne répondez pas? Pourquoi?

— Pourquoi me confierais-je à vous, monsieur Elbure? Nous sommes virtuellement des étrangers l'un pour l'autre. D'ailleurs, je ne suis guère portée aux confidences.

— Je veux savoir.

— Et ce doit être pour moi une raison suffisante? Ne vous montrez donc pas si arrogant et autoritaire! Nous ne sommes pas en service... et je suis chez moi dans ce village, répliqua-t-elle d'un ton de défi.

— C'est bizarre de penser que vous êtes née ici. Il y a des années que je viens patiner sur cet étang quand la glace est assez dure. Est-ce que nous nous sommes déjà rencontrés? Il me semble que je m'en serais souvenu.

— Oh, pourquoi? J'étais toute petite.

Elle pensa : « Et vous, vous pensiez à Evelyn. Vous ne m'auriez même pas remarquée. Vous ne seriez pas en ce moment avec moi si Evelyn était dans les parages. »

— Vous êtes très jeune, évidemment. Assez jeune pour vous enticher des dernières toquades. Du rock n'roll!

Ses lèvres fines se retroussèrent tandis qu'il observait les contorsions et virevoltes de Timothée et de Sandy.

— Vous pratiquez le rock n'roll?

— Cela m'est arrivé. C'est amusant.

— C'est d'un grand manque de dignité.

— Oh, allons! s'écria-t-elle en riant, un brin vexée, vous attendez-vous donc à me voir rivaliser avec Mlle Shelley?

Le visage de Patrick se ferma... comme une anémone de mer que l'on touche avec un bâton. Inez fut consciente d'un léger sursaut interne. Mlle Shelley? Pourquoi mentionner son nom de façon aussi anodine amenait pareille réaction?

— Vous pourriez faire pire que d'imiter Ursula Shelley, rétorqua Patrick d'une voix sèche, tendue.

— Oui, oui, bien sûr.

Il y eut un horrible silence entre eux. Inez s'aperçut soudain que le ciel s'assombrissait. Le soleil avait presque disparu à l'horizon et les dernières flammes du couchant pâlissaient... s'estompaient. Une petite bise aigre s'était levée et les cinglait. La glace avait perdu son éclat séduisant. Ce n'était plus un lac enchanté, mais de l'eau boueuse et figée. A l'une des extrémités de l'étang, les branches nues des saules se découpaient en noir sur le ciel. Elles avaient l'air foudroyées.

Leur merveilleux accord n'existait plus. Leurs mouvements avaient cessé de s'enchaîner. Inez sentit se relâcher l'étreinte des doigts de Patrick. Elle retira sa main sans humeur, mais d'un geste délibéré qui signifiait « fini pour aujourd'hui ».

— Evelyn... (Il se reprit.) Je veux dire... quel est votre autre nom? A part Raine?

Il ne s'était donc même pas souvenu de ça? Elle eut un serrement de cœur et répliqua d'une petite voix neutre :

— Puisque ce n'est pas Evelyn, quelle importance?

— Aucune peut-être.

Sa voix était aussi déprimée qu'elle-même.

— Il faut que je m'en aille, dit-elle vivement.

— Pourquoi?

Comment lui expliquer? Elle s'écarta :

— Si vous voulez encore patiner, je vous suggère de demander à l'une des autres infirmières de danser avec vous. Ce serait sage.

— Pourquoi?

— On vous a sûrement reconnu. Je ne pense pas que Mac bavarde. C'est un garçon très chic. Mais les infirmières peut-être. Si vous patinez avec plusieurs d'entre nous, cela ne fera jaser personne...

— Je ne désire patiner avec personne d'autre, merci!

Il lança cette réplique comme s'il maîtrisait avec peine sa colère. Pourquoi? Cet homme était un faisceau d'énigmes. Elle se dit avec désespoir qu'elle ne parviendrait jamais à le comprendre.

— Raine, qu'est-ce qui se passe? Qu'est-ce que j'ai dit ou fait qui vous a glacée? demanda-t-il.

— Rien. Je me suis beaucoup amusée, répondit-elle avec politesse.

— Alors...

— La femme du pasteur me fait signe. Il faut que j'aille l'aider à préparer le goûter.

Main dans la main, ils glissèrent sur leurs patins jusqu'à la rive. Patrick lui lâcha la main et lui adressa sa brève inclinaison de tête habituelle.

— Inez, ma chérie, on vient d'apporter un message pour vous, dit la femme du pasteur affectueusement. De votre mère. Elle veut que vous rentriez tout de suite.

— Maman? Pourquoi? Qu'est-il arrivé? questionna Inez, soudain tendue.

— Votre père n'est pas bien. C'est bien ça, n'est-ce pas, Alfie?

Le fils du maréchal-ferrant, un gamin ébouriffé qui habitait en face des *Safrans*, secoua la tête avec importance :

— C'est ce qu'elle a dit : « Le docteur est malade, demandez à Mlle Inez de revenir tout de suite. » Et j'ai couru pour vous avertir.

— Merci beaucoup, Alfie, dit mécaniquement Inez.

Elle se laissa tomber au revers du fossé, tirant sur les courroies de ses patins avec des doigts soudain gourds et maladroits.

— Permettez, dit Patrick qui s'agenouilla près d'elle. Du calme!

— Merci.

Il s'était déjà débarrassé de ses propres patins. Il ramassa les siens. Puis, comme elle se relevait, il lui prit de nouveau la main.

— Je vais vous conduire.

— Ne vous dérangez pas. Ce n'est pas loin...

— Je pourrai peut-être être utile.

Elle ne dit plus rien. Elle sut répondre machinalement au chœur inquiet de ses amis réunis autour du feu, puis elle se hâta avec Patrick vers la voiture. Elle claquait des dents. Elle se mordit férocement la lèvre inférieure. Ce n'était pas le moment de céder à la panique.

— Qu'est-ce que c'est? Vous avez une idée? questionna-t-il en mettant le contact.

— Pas exactement, mais... je crois que je le craignais.. que je redoutais quelque chose de grave, répliqua-t-elle d'une voix hachée. Papa avait beaucoup changé depuis quelques semaines. Il avait des maux de tête terribles. Il se montrait irritable, et il a eu une ou deux fois des trous de mémoire.

— Oui?

— Il avait dû se rendre compte qu'il couvait une maladie, car il a brusquement décidé de prendre un remplaçant. Du moins je crois que sa décision a été brutale, car il n'en a prévenu maman qu'hier soir.

Elle pouvait parler à Patrick comme elle n'avait pas osé le faire avec sa mère. Tous les petits signes, dont le moindre pouvait avoir de l'importance, lui revinrent en tête. Elle les rassembla pour Patrick et les déposa à ses pieds comme un chien de chasse bien dressé.

— Est-ce... croyez-vous que ce soit...

— N'échafaudons pas d'hypothèse. Attendez que j'aie eu le temps de l'examiner.

Elle apprécia la sagesse du conseil, mais il la glaça. Ne se rendait-il pas compte à quel point elle avait envie d'être rassurée? Ne pouvait-il pas lui dire « de ne pas se faire de la bile » ou quelque autre petit rien réconfortant? Non. Il en était incapable... car ce n'était pas dans sa nature. Il ne possédait pas un brin de « rondeur » professionnelle. Ce n'était pas le genre de médecin « ami de la famille ». Jamais il ne le serait. C'était « le spécialiste », froid, détaché, insensible.

— Inez, ma chérie... (Molly Raine se précipita vers eux avant qu'Inez eût refermé la porte d'entrée :) Dieu merci, te voilà! J'avais téléphoné au

Dr Thornecombe qui remplace d'habitude ton père, mais il était parti en week-end. Je ne sais pas quel autre médecin appeler. Est-ce que je téléphone à Saint-Chad?

— Où est papa? Qu'est-ce qui s'est passé?

— Il s'est effondré juste au moment où il remontait en voiture, à la ferme Tuckett. Heureusement Tuckett était avec lui et a eu l'intelligence de le reconduire ici. Oh, chérie, a-t-il eu une attaque?

— Je ne sais pas, maman. Voici le Dr Elbure. Il nous dira ce que c'est...

— Le chirurgien sans âme? Oh, mais c'est un médecin qu'il nous faut, déclara Molly, manifestement affolée. Ton père est malade et...

Molly, qui faisait face avec un merveilleux sang-froid à presque tous les cas urgents soumis à son mari, avait complètement perdu la tête. Elle enfilait nerveusement des propos incohérents. Inez se sentit envahie par la panique. La situation change quand c'est un être cher qui est dangereusement malade. Toute la discipline acquise ne peut être d'aucun recours contre la peur. Elle prit dans les siennes les mains de sa mère. Elles étaient tremblantes et glacées.

— Voyons, maman, dit-elle en s'efforçant au calme, ce n'est rien. Où est papa?

— Dans son cabinet de consultation. Il a une mine atroce.

C'était la stricte vérité. Debout près du divan où tant de patients du Dr Raine avaient attendu avec confiance son verdict, Inez fut frappée par son changement. Il lui semblait presque regarder un étranger. Ses yeux étaient ouverts, mais avaient le regard vague. Les paupières étaient agitées de tics nerveux. Quand Patrick lui prit le poignet, il gémit.

Elle murmura d'une voix étranglée :

— Papa...

Et elle se tut sur un bref froncement de sourcils de Patrick.

— Où se trouvent les instruments de votre père, mademoiselle Raine? demanda-t-il d'un ton réprobateur.

Elle eut l'impression de recevoir une douche froide. C'était ce dont elle avait besoin, elle s'en rendit compte. En l'appelant « Mademoiselle Raine », il l'avait forcée à se souvenir qu'elle était infirmière, comme lui était médecin. Ils n'étaient pas des amateurs bien intentionnés. Sa mère était excusable de se perdre en sanglots et en explications affolées, mais pas elle.

Elle entraîna sa mère hors de la pièce.

— Chérie, va nous préparer un peu de thé, dit-elle vivement. Nous nous occuperons de papa. Ne te tourmente pas.

Puis elle retourna près du divan.

Patrick était redevenu « le chirurgien de Saint-Chad ».

Toute note d'humanité avait disparu. Il était difficile maintenant de l'identifier avec l'homme qui avait dansé avec elle sur la glace, quelques instants auparavant. Même sa tenue peu conformiste ne servait pas de lien entre les deux personnages. Inez se dit qu'il était chirurgien avant tout; ensuite — mais bien après — un être humain. Heureuse maintenant de cette efficacité et de ce détachement glacés, ils la paralysaient quand même.

Extérieurement, elle était l'infirmière qualifiée qui assiste à une consultation. Intérieurement, elle était malade d'inquiétude et la proie d'une terreur grandissante. Elle connaissait la signification de tous les tests que faisait Patrick. Celle des réactions du malade... ou de son manque de réaction.

Le temps semblait couler au ralenti; chaque minute paraissait encore plus longue que la précédente. L'aspect familier de cette pièce et le silence inaccoutumé qui y régnait accentuaient l'impression de vivre un cauchemar. Elle ne pouvait pas parler — elle n'osait pas — mais elle aurait souhaité que Patrick le fasse. Ne comprenait-il pas que son mutisme rendait pour elle l'épreuve encore plus atroce? Probablement pas. Il ne se préoccupait pas des émotions; ni de celles du patient, ni de celles de sa famille. Il ne devait même plus se rappeler qu'elle était la fille de son présent malade.

Il se redressa et dit, d'un ton presque indifférent :

— Nous allons l'emmener à Saint-Chad. Voulez-vous téléphoner pour demander une ambulance?

— Oui, mais... qu'est-ce que c'est? Je vous en prie, dites-le-moi.

— Quelque chose fait pression sur le cerveau, répliqua-t-il évasivement. Nous serons vraisemblablement renseignés après une radio et une ponction spinale.

Elle se rendit compte que le sang quittait son visage. Pendant une seconde, elle eut l'impression d'être suspendue entre ciel et terre, en plein vide. Elle ne prêta même pas attention au bref regard de Patrick, mi-préoccupé, mi-agacé. Elle ferma les yeux, luttant contre l'évanouissement et la nausée de la panique, enfonçant ses ongles dans ses paumes. Quand elle se fut dominée, Patrick téléphonait, près du bureau de son père.

Sa voix résonnait, très lointaine. Elle s'efforça d'écouter, mais le tam-tam frénétique qui lui emplissait les oreilles noyait ce qu'il disait.

Il revint vers elle et dit sèchement :

— Reprenez-vous, mademoiselle!

— Excusez-moi, c'est passé, articula-t-elle fermement.

Il se dirigea vers le lavabo, comme poussé par la force de l'habitude. Les lèvres d'Inez tremblaient.

Elle regarda les mains de son père, tellement plus grandes, plus chaudes, plus amicales que celles de Patrick Elbure. Leurs taches de rousseur sur les phalanges, leurs rides et leur duvet blond étaient quelque chose de connu et de cher. C'était angoissant et étrange de les voir comme maintenant inertes et immobiles.

Elle dit d'une voix étranglée :

— Une pression? C'est... c'est-à-dire une tumeur?

— Probablement. Les nerfs optiques sont comprimés dangereusement.

— Est-ce localisé? Peut-être est-ce simplement un kyste?

— Possible.

— Mais... vous ne le croyez pas. Vous pensez que... que c'est une tumeur maligne?

— Chère mademoiselle... (Il se retourna, le visage comme du granit.) Je ne pense rien... dans ce sens-là. Quand je saurai, je vous le dirai...

5

C'est ainsi qu'avait commencé le cauchemar... un cauchemar qui semblait ne jamais finir. « *La pire épreuve qui soit* », pensait Inez, désespérée. Car rien n'y était nettement défini. Elle et sa mère trébuchaient dans une nuit impénétrable. Elles auraient mieux supporté une opération d'urgence, si dangereuse fût-elle. L'épreuve aurait été limitée dans le temps. Elles auraient accepté une mort subite, quelque éprouvant que ce dût être. On a toujours assez de force pour supporter l'inévitable. Mais, ce qui était une tension annihilante, c'était d'être condamné à regarder un père très aimé mourir à petit feu. Ce ne serait même pas une lente et imperceptible glissée vers les ténèbres finales comme pour des gens âgés ou des maladies plus miséricordieuses.

Le Dr Raine n'était pas dans le service d'Inez, mais dans une chambre particulière dépendant du service de chirurgie des hommes. Il avait repris connaissance au bout de vingt-quatre heures passées dans une espèce de coma... et il était inutile de tenter de lui farder la vérité. Il avait déjà soupçonné une pression anormale sur les nerfs optiques. Il avait voulu prendre un remplaçant, puis aller se faire examiner sérieusement dans un hôpital. Malheureusement, il avait trop tardé.

Du moins était-ce le verdict de M. Manuden. Le Dr Raine refusait de le croire. Il avait toujours eu une certaine obstination tranquille. Elle se déchaînait presque en obsession maintenant qu'il s'agissait de choisir le meilleur traitement pour son état.

Molly Raine, étonnamment brave une fois avertie du pire, le soutint de toutes ses forces.

— Ton père a le droit de décider, déclara-t-elle. S'il insiste pour être opéré immédiatement... et s'il exige que ce soit par M. Elbure... eh bien, il faut le faire.

— La question n'est pas aussi simple, maman, dit Inez amèrement.

Elle ramenait sa mère chez elles en voiture après une longue visite au Dr Raine.

— Mais si, chérie. Ton père sait mieux que nous.

— Tu crois? Les médecins peuvent-ils juger quand eux-mêmes sont en cause? Manuden est convaincu que ce traitement par rayons X est le seul espoir qui reste.

— Ce n'est pas un espoir. Ton père estime que cela ne servira à rien.

— Il ne peut pas savoir ça, maman.

— Il dit qu'il en est convaincu. Au mieux, cela ne

fera que prolonger ses souffrances, et il a la presque certitude de perdre la vue. Il ne veut pas... vivre comme ça. Ce n'est pas juste de le lui imposer.

— Patrick Elbure n'opérera pas... Il l'a dit!

— Il faut le faire changer d'avis.

— Comment?

— Coince-le dans un corridor. Essaie ce soir, après ton service.

— J'aimerais que tu me laisses rester près de toi, maman.

— Quelle bêtise! Je n'ai besoin de rien. Elsie Ipplepin est la force incarnée, et tout le monde est très gentil pour moi. Je préfère te savoir à Saint-Chad, près de ton père, au cas où il aurait besoin de toi, répliqua Molly avec fermeté.

— Dis-tu cela parce que tu crois préférable pour moi de travailler au lieu d'avoir du temps libre pour broyer du noir?

— Mieux vaut que nous ayons toutes les deux de l'occupation, ma chérie. Je dois répondre au téléphone et transmettre les communications au Dr Thornecombe. Il faut que je mette de l'ordre pour accueillir le remplaçant. Il arrivera demain soir, rappela Molly Raine. C'est bien de ton père d'avoir tout préparé pour que sa maladie dérange le moins possible.

— Si seulement il nous avait averties...

— Il voulait raccourcir au maximum notre temps d'épreuve, le cher homme! Il ne faut pas le contrarier maintenant. Tu ne comprends pas ça?

— Si, maman, mais... on ne peut pas donner d'ordres à quelqu'un comme Patrick Elbure.

— Aie une bonne discussion avec lui. Entreprends-le en terrain neutre, ailleurs qu'à l'hôpital. Ne te soucie pas des convenances, supplia sa mère. Promets-moi d'aller le voir ce soir.

Inez promit à regret. Sa mère comprenait mal la

situation. Comment oser tenter de forcer un chirurgien à opérer quand il en jugeait autrement? Il refuserait certainement. La tentative ne pouvait qu'être désagréable pour lui et humiliante pour qui s'y livrait.

Chose curieuse, c'est Mlle Shelley qui mit fin aux hésitations d'Inez. Quand Inez prit son service à 5 heures, la surveillante s'enquit de son père avec un intérêt évident. Informée du résultat des derniers tests, elle déclara qu'une opération immédiate s'imposait.

— C'est ce que désire mon père, mais ni M. Manuden, ni M. Elbure ne sont d'accord, répondit Inez. Ils estiment que le risque est trop grand.

— Je n'ai jamais connu de risque assez grand pour faire reculer Patrick Elbure, répliqua vivement Ursula Shelley. Quelle est l'alternative? La cécité? La folie? La mort à petit feu?

— Oh! ne dites pas cela! s'exclama Inez, bouleversée.

— En pareilles circonstances, il faut être objectif. Il est inutile de laisser ses émotions obscurcir son jugement, dit sereinement la surveillante. Si votre père meurt de l'opération, au moins aura-t-il eu une fin rapide. S'il survit, et que la tumeur réappataisse, au moins aura-t-il eu un temps de sursis, ce qui est appréciable.

— Oui. Oui, bien sûr...

La cruauté inconsciente d'Ursula troublait Inez.

— On ne peut pas affirmer avec certitude jusqu'à quel point c'est étendu, ni dans quelle catégorie il faut placer le mal... Vous le savez..., poursuivit inexorablement la surveillante. Naturellement, ouvrir un crâne pour retirer une tumeur du cerveau n'a rien d'une partie de plaisir, mais Patrick Elbure s'en tirera à merveille. Il a déjà accompli de très belles opérations du cerveau avant...

— Avant quoi?

— Avant son départ pour l'étranger. Il est grand temps qu'il s'y remette. Ce ne sont pas des conférences qui le feront parvenir au sommet de sa profession.

Inez se dit avec une ironie amère que Mlle Shelley tenait plus à ce que Patrick démontre ses brillantes facultés qu'à ce que la vie du Dr Raine soit sauvée. Le résultat en ce qui concernait le malade n'était qu'une considération secondaire. Mais ce bon sens avait quelque chose de stimulant. La chirurgie était la seule solution. Elle révélerait au moins la nature de la tumeur et son étendue.

La soirée fut chargée dans le service; plus même qu'à l'accoutumée. Il y avait plusieurs opérés graves à surveiller. Inez espérait et redoutait à la fois que Patrick Elbure vienne les examiner, mais elle apprit qu'il avait déjà vérifié où ils en étaient.

A 8 heures, au lieu d'aller au réfectoire, Inez retourna à sa chambre pour se changer. Sa mère avait raison. Il lui serait plus facile d'attaquer Patrick ailleurs qu'à l'hôpital. Ici, elle était entravée par l'usage qui interdisait à une simple infirmière de discuter avec un chirurgien. Elle aurait des ennuis si on la surprenait à rendre visite à Patrick chez lui, mais il lui fallait en courir le risque.

Ce risque était moindre que s'il avait habité dans le pavillon de la direction. D'ailleurs, elle avait dépassé le stade où l'on n'écoute que sa prudence. Le portier lui avait donné l'adresse de Patrick. Il vivait dans une vieille maison particulière qui avait été vendue par appartements. C'était à sept ou huit cents mètres de l'hôpital.

Elle se munit de la lampe de poche de Patrick et réussit à s'en aller sans que personne remarque son départ. Elle se hâta le long de l'avenue de bouleaux, mince silhouette sombre aux cheveux imprisonnés dans un foulard. Si Patrick était sorti, elle devrait attendre son retour. Il fallait absolument qu'elle lui parle ce soir. La nécessité d'agir vite l'aiguillonnait. Tout délai pouvait maintenant être fatal.

Elle trouva facilement la maison. Elle passait devant chaque fois qu'elle rentrait chez elle. La porte d'entrée était ouverte. Elle pénétra dans un hall carré, très nu. Il y avait une carte sur la porte fermée en face d'elle... Mais ce n'était pas celle de Patrick. Rien dans le hall n'indiquait où il habitait.

Elle monta lentement l'escalier, parcimonieusement éclairé. Ses pieds lui semblaient être de plomb. Elle n'avait rien de lâche, mais aujourd'hui elle avait terriblement peur... peur que Patrick en sache plus sur le cas de son père qu'il n'en avait dit.

Sa carte était fixée sur une porte du deuxième étage. Il y avait une sonnette. Elle dut faire un effort pour appuyer dessus. C'était un instant de sa vie qu'elle ne pourrait plus oublier, elle en avait l'intuition. Une fois cette porte ouverte, elle serait obligée d'avancer sans avoir la possibilité de revenir en arrière.

Le battant s'écarta et Patrick se trouva devant elle. Il poussa une exclamation étouffée.

Avait-il dit « Evelyn? ». Elle n'en savait rien. Son cœur battait la chamade. Elle resta un instant incapable de prononcer un mot.

— Vous..., dit-il d'une voix toujours étouffée. Qu'est-ce qu'il y a? Que voulez-vous?

— Il fallait que je vous voie.

Une seconde, elle crut qu'il allait lui claquer la porte au nez. Puis il haussa les épaules.

— Eh bien, entrez!

Il ferma la porte et la conduisit dans une vaste pièce étrangement nue. A part une bibliothèque pleine de livres et un bureau encombré de papiers, elle ne contenait pas un objet personnel. Les murs étaient ivoire, la moquette était grise, les meubles de série sans originalité. Il n'y avait pas de feu, bien que la soirée fût fraîche. Il n'y avait ni tableaux ni fleurs. L'atmosphère était aussi glaciale que Patrick lui-même.

Il ne l'invita pas à s'asseoir. Il lui sembla qu'il la considérait avec réserve, pour ne pas dire avec une hostilité masquée.

— Eh bien? questionna-t-il.

— C'est... c'est au sujet de mon père.

— Oui?

Elle tendit les mains dans un geste de supplication.

— Il veut que vous l'opériez. Vous le savez. Pourquoi refusez-vous?

— Je ne peux pas...

— Vous ne pouvez pas? Vous pensez que... c'est inutile?

— Non. J'estime que c'est son seul espoir. Il a raison. Nous n'avons aucune preuve que c'est du type pernicieux comme le redoute Manuden. Il y a des chances pour que ce soit un kyste... qui s'enlève aisément. Un œil risque d'y rester. Mais le contraire est également possible. Si vous voulez mon avis, c'est une chance à courir. Mais... pas par *moi*.

— Mon père tient absolument à ce que ce soit vous qui vous en chargiez.

— Impossible.

— Pourquoi?

— Vous devriez le savoir.

Il ne la regardait plus. Il contemplait ses mains en se massant les doigts de la main droite. C'était un tic qu'elle avait déjà remarqué.

— Moi? Comment le saurais-je?

— Excusez-moi. (Il leva la tête, sourcils froncés.) Vous n'êtes pas Evelyn. Vous êtes... Quel est votre nom? Enid?

— Non, Inez.

Il l'étudia longuement, puis dit d'un ton impatient :

— Enlevez donc cette écharpe.

Elle obéit, faisant mousser ses cheveux épais. Il hocha lentement la tête.

— C'est mieux. Vous ressemblez moins à un fantôme venu me hanter...

— Je n'ai rien d'un spectre. Je vous en prie...

— Vous n'avez pas le droit de me demander l'impossible. Ce n'est pas loyal. Voulez-vous donc tout gâcher?

— Je ne comprends pas... Je voudrais comprendre!

— Vous ne savez pas pourquoi j'ai quitté Saint-Chad? Vous avez sûrement entendu des bruits là-dessus?

Elle secoua la tête.

— Asseyez-vous donc, puisque vous insistez. Je tâcherai d'être bref, mais c'est une longue histoire. Elle remonte à mes années d'étudiant et même plus loin. Il y a toujours eu Evelyn, vous savez...

Elle se laissa vivement tomber sur un des fauteuils de cuir crème. Ses genoux se dérobaient sous elle. Elle n'avait aucune envie d'entendre parler d'Evelyn... mais elle y était obligée.

— Nous nous aimions. Depuis des années, dit-il d'une voix hachée. Je ne me suis jamais intéressé à une autre fille. J'estimais la question réglée : un jour, Evelyn et moi, nous nous marierions. Elle pensait comme moi. Mais parfois je m'irritais des liens qui nous attachaient. Je me refusais à être entravé par qui ou quoi que ce soit. Je voulais pouvoir me consacrer entièrement à mon travail. Cela vous semble-t-il pompeux? Je ne peux pas trouver une autre façon de m'exprimer. J'avais compris qu'aucune femme ne vaudrait pour moi ce que représentait mon travail. Je ne pouvais pas supporter l'idée d'en être distrait...

— Même par Evelyn?

— Non. J'ai ressenti un certain soulagement quand elle a décidé de devenir infirmière. Je me suis dit que cela l'aiderait à comprendre ce qu'était pour moi ma profession. Et aussi, bien que nous ne puissions pas nous retrouver souvent, j'étais heureux de savoir qu'elle était à Saint-Chad. Je croyais que sa vocation était aussi ferme que la mienne. Je suppose que je voulais vendre le lard et garder la bête, comme dit le proverbe. Mais c'était une erreur. J'aurais dû l'épouser.

— Pourquoi?

— Je n'aurais pas été dévoré par la jalousie. Je ne me serais pas demandé ce qu'elle faisait ou avec qui elle était. Je n'aurais pas été secoué chaque fois que je l'apercevais ou obligé de réprimer mes sentiments extérieurs. Elle était séduisante à l'extrême et beaucoup trop impulsive.

Il arpentait la pièce, parlant d'une voix sèche, dure. Il s'immobilisa, massant les cicatrices de sa main droite.

— A la fin, nous nous sommes mutuellement entraînés dans une catastrophe. Elle s'en est tirée avec une simple réprimande de la directrice. J'ai eu la main et le bras droits sérieusement endommagés...

— C'était terrible pour vous. Comment est-ce arrivé?

— N'importe qui pourra vous le dire, si cela vous intéresse.

— Comme si j'allais questionner les gens!

— Non? Eh bien, nous nous sommes trouvés enfermés à minuit dans le clocher. La porte s'était coincée. J'ai essayé de descendre par le toit, et les gouttières ont cédé. J'ai atterri au milieu des tombes... sur un vase cassé!

— C'était terrible pour vous... et pour elle.

— Je pensais que cela ne changerait rien. Elle

prétendait vouloir me compenser cela, comme elle disait. La directrice l'a renvoyée chez elle pour laisser aux commérages le temps de s'apaiser. Ma blessure se cicatrisait... et je commençais à la considérer comme un handicap temporaire. Je suis retourné à la maison et...

— Oui?

— Je ne sais pas exactement comment cela s'est passé, mais... j'ai déçu Evelyn. Peut-être a-t-elle pris ombrage du souci que je me faisais pour ma carrière et ma réputation. J'étais probablement égoïste comme elle le pensait... mais je ne me suis jamais montré inhumain envers elle. Quand il fut temps de revenir à Saint-Chad, elle y renonça et je dus partir seul. Quelques semaines plus tard, elle s'est mariée... avec un autre.

— Oh! s'exclama Inez. Elle est mariée?

— Oui. Tout ce qu'il y a de plus mariée. Et très heureuse, je crois. (Sa voix était incroyablement morne.) Cela m'a beaucoup secoué. Je n'ai pas pu assister au mariage.

— Cela ne m'étonne pas.

— Le jour de la cérémonie, je devais pratiquer une opération... dans le genre de celle de votre père. Tout était prêt et j'allais commencer, quand ma main blessée est devenue toute raide. J'avais les doigts paralysés. J'ai dû céder la place à Manuden. Comprenez-vous quel effet cela m'a fait?

— Oui. Vous avez dû être très ébranlé.

— D'autant plus que je savais... j'étais certain que les dégâts matériels avaient été réparés. C'était un malaise uniquement cérébral. J'ai lutté pendant des jours sans réussir à m'en défaire. Je n'osais plus opérer de crainte que ma main se raidisse en cours d'intervention. Je risquais de tuer le malade. D'autre part, la femme sur qui je n'avais pu pratiquer l'opération est morte... sur la table... devant moi qui regardais et savais que j'aurais pu la sauver. Le contraire était possible, bien sûr, mais j'avais la main tellement plus sûre... en ce temps-là.

— En ce temps-là? Vous êtes remarquable maintenant. Je vous ai vu opérer, vous vous rappelez?

— J'ai dû quitter Saint-Chad. J'avais l'impression que si je m'en allais j'arriverais à oublier... Evelyn... et l'accident. J'ai donc accepté une offre d'Amérique. Pendant quelques mois, je me suis contenté de faire des conférences. Puis je me suis trouvé devant un cas d'urgence et j'ai opéré très normalement, sans y penser. La confiance m'est revenue. J'ai continué. Si seulement je n'étais pas revenu!

— Pourquoi l'avez-vous fait?

— Par orgueil, je suppose. Je voulais me convaincre que j'avais bien enterré le passé. Manuden m'avait écrit en me demandant si par hasard j'accepterais de lui succéder. D'ailleurs, je considérais Saint-Chad un peu comme mon foyer.

Il se tut, la regarda d'un air étonné, meurtri, qui fit se crisper le cœur d'Inez :

— Pourquoi a-t-il fallu que vous soyez là? Pourquoi m'avoir pris au piège dès ma première semaine ici? J'étais décidé à ne plus jamais, *jamais*, faire attention à une fille, à ne plus jamais me rendre vulnérable... Et vous m'attendiez...

— Ne dites pas de bêtises, s'écria-t-elle d'une petite voix nette. Je ne suis pas Evelyn. Je ne dois même pas lui ressembler beaucoup. Nous ne sommes pas apparentées, il n'y a donc aucune raison pour que je sois son sosie. C'est un tour de votre imagination qui se sert de moi comme d'un test.

— Peut-être. La dernière épreuve? Si je vous résiste... si vous n'arrivez pas à m'émouvoir... la guérison est complète?

— Quelque chose comme ça...

— Mais... si je ne voulais pas vous résister? S'il m'était trop dur de supporter une constante solitude? Il est possible que tenter d'éviter son destin soit une erreur. Je ne cesse de penser à vos cheveux noirs, à votre bouche provocante, à votre menton étroit qui se redresse pour me défier. L'histoire se répète, et je suis impuissant à l'empêcher.

— Vous pouvez mettre la bride à votre imagination. Je vous en prie...

— J'essayais de vous faire comprendre pourquoi je ne pouvais pas... Je n'osais pas opérer votre père. L'enjeu est de trop grande envergure.

Elle resta silencieuse un instant, étourdie par sa confession et ce qu'elle impliquait de torture morale. Il avait été plongé dans une sorte d'horrible cauchemar où la vie avait dû lui paraître intolérable, inutile : un fardeau et un tourment. C'est sous l'empire de cet état d'esprit que bien des êtres d'une brillante intelligence se suicident. Il fallait compter au crédit de Patrick qu'il ne se fût pas laissé finalement abattre; qu'il eût réussi à revivre.

Inez regarda son visage morose, aux pommettes saillantes, aux yeux profondément enfoncés, dont le regard était comme hanté, aux lèvres trop fermement serrées par la volonté. Elle eut un frisson intérieur. Il avait atrocement souffert. Les cicatrices s'effaceraient-elles jamais? Probablement pas. Pourquoi serait-elle obligée de se sentir responsable envers lui? En tombant amoureuse de quelqu'un, elle voulait que tout soit neuf et doux comme un rayon de soleil dans l'herbe. Elle ne voulait pas s'engluer dans les souvenirs amers d'un homme; elle refusait d'être considérée comme une doublure de son premier amour.

— Eh bien, vous savez toute l'histoire maintenant. Ne vaut-il pas mieux que vous partiez? demanda-t-il.

— Ce... ce que vous m'avez raconté... n'en représente qu'une partie, s'écria-t-elle. Ne voyez-vous pas que tout se passera bien cette fois? Vous allez opérer mon père avec succès et vous pourrez oublier cette autre fois... où vos doigts vous ont refusé tout service.

— Je ne peux pas le faire...

— Si, vous le pouvez et vous le *devez*. C'est la seule façon de vous prouver à vous-même que vous êtes redevenu comme avant.

— Ce n'est pas aussi simple que vous le dites. Tant que le cerveau n'est pas mis à nu, personne ne peut prévoir avec certitude ce qu'on y trouvera. Dans le cas de la femme dont je vous ai parlé, il y avait une tumeur en araignée. Pour l'enlever, il fallait tailler profondément, avec le risque que la patiente meure d'hémorragie... C'est ce qui s'est produit. Mais n'en ôter qu'une partie aurait été inutile. Le mal n'aurait fait que se propager.

— Je sais. Papa a envisagé lui aussi toutes les possibilités.

— Vous oubliez les liens qu'il y a entre nous. Si votre père meurt, en dépit de mes efforts, sa mort sera toujours un obstacle entre nous. Vous vous demanderez toujours si un autre chirurgien n'aurait pas pu le sauver. Vous vous demanderez peut-être même si je n'ai pas de nouveau perdu ma sûreté de main. Je risque de la perdre avec un tel enjeu...

— Non. Et... quel que soit le résultat, je vous serai reconnaissante d'avoir fait ce que papa demandait. Je vous en prie, croyez-moi!

— Vous êtes jeune... si terriblement jeune. Vous ne pouvez pas préjuger de votre réaction.

— Bien sûr que si! Je sais qu'au cas où... où il ne survivrait pas, ce sera aussi pénible pour vous que pour nous. Jamais je ne vous en ferai reproche, je vous le jure!

Elle se leva comme pour donner plus d'emphase

à sa promesse. Il lui saisit les mains. Les doigts d'Inez tremblaient dans les siens. Elle se demanda, comme elle se l'était demandé dans les bosquets, ce que ce serait que d'être pressée contre lui dans une étreinte ardente, possessive. Un jour, elle le saurait, elle le pressentait, et il lui faudrait s'y préparer.

« Mais pas maintenant, pria-t-elle silencieusement. Qu'il fasse ce qu'il veut... après. Pas maintenant. »

— Vous avez froid, dit-il subitement.

— Vos mains sont froides, elles aussi. Il fait très frais, ce soir. Vous n'avez pas de feu ici?

— Il n'y a pas le radiateur électrique? (Il jeta un coup d'œil machinal vers la cheminée vide.) C'est bizarre. Je suis sûr d'en avoir un quelque part. Béatrice me l'avait donné.

— Béatrice?

— Ma belle-mère.

Son cœur se serra. Elle ne savait pas qu'il avait une belle-mère. Elle ignorait tout de son foyer ou de sa famille. Ils étaient des étrangers sur un certain plan, ou du moins de simples connaissances. Sur un autre, elle le connaissait d'une façon presque hallucinante. Elle avait transpercé sa façade : il s'était penché vers elle et l'avait attirée derrière ce mur de froideur. Pourquoi? Comme compensation? Parce qu'il avait perdu Evelyn? Cette idée la faisait souffrir comme une blessure.

— Il faut que je m'en aille maintenant, dit-elle d'une voix neutre.

— C'est ce que vous dites toujours quand nous sommes ensemble. Pourquoi? Un complexe de culpabilité? (Il l'examinait attentivement :) Y a-t-il quelqu'un d'autre? Etes-vous déjà engagée?

— Non.

— Sûr? Quand vous avez téléphoné l'autre jour, vous disiez « chéri » à quelqu'un.

— Je parlais à ma mère.

— Alors, vous n'avez aucune raison de me fuir. Vous n'avez pas peur de moi?

— Absolument pas.

Elle mit dans sa réponse autant de conviction qu'elle put, tout en sachant que ce n'était pas entièrement vrai. Elle avait peur non pas de lui, mais de l'effet bouleversant qu'il avait sur ses nerfs jusque-là fort bien équilibrés.

— Alors rasseyez-vous. Je vais préparer du café. Ensuite, je vous reconduirai à l'hôpital.

Il lui lâcha les mains, et elle éprouva une sensation de soulagement; l'impression d'être sauvée. Elle prit son écharpe et la renoua autour de sa tête. Et, rompant le silence qui venait de s'établir, la sonnette retentit.

Patrick, qui se tournait vers une porte donnant manifestement accès à la kitchenette, se figea sur place. Il regarda Inez, qui lui rendit son coup d'œil : ils ne bougèrent ni ne parlèrent.

La sonnette retentit à nouveau et les sourcils noirs de Patrick se contractèrent.

— Le diable l'emporte! (Il fit un geste vers la porte de communication.) Allons mettre l'eau à chauffer. Si ce type ne reçoit pas de réponse, il finira peut-être par s'en aller.

La sonnette résonna pour la troisième fois.

— Peut-être a-t-on besoin de vous d'urgence, dit Inez avec nervosité.

— Il y a le téléphone. Si on avait besoin de moi à Saint-Chad, la surveillante de nuit m'aurait appelé.

Elle hocha la tête. Ouvrir était risqué, sa présence dans l'appartement devant inévitablement exciter la curiosité du visiteur. Ils attendirent, furieux l'un et l'autre. Leur vexation mutuelle se lisait sur leurs visages. Il était stupide et humiliant de se sentir ainsi « pris sur le fait ».

Puis il y eut un léger déclic, comme d'une clef tournant dans une serrure, et la porte s'ouvrit.

Une voix haute et claire s'écria :

— Pat? Ta lumière est allumée, alors je sais que tu es là.

Avec une crispation du visage, il avança vivement vers la porte du living-room, mais il n'avait pas été assez prompt. Ursula Shelley fit l'entrée de quelqu'un sûr de l'accueil qu'il recevra. Elle contempla Inez avec surprise... et Inez la contempla de même. Ce fut une minute déconcertante.

— Ursula! (Le ton agacé de Patrick était froid :) Je t'ai dit de téléphoner si tu voulais me voir.

— Tu es toujours occupé... ou du moins c'est ce que tu prétends quand je t'appelle. Tu m'as évitée toute la journée, répliqua calmement Ursula. Il fallait que je te parle ce soir, et il semble que Mlle Raine a eu la même idée.

— Elle est venue me parler de son père, répliqua brièvement Patrick.

— Pas très prudent de votre part, mademoiselle, mais compréhensible étant donné les circonstances, dit Ursula d'un ton méditatif.

Inez était interdite. Ursula Shelley possédait la clef de l'appartement de Patrick... et n'hésitait pas à s'en servir. C'était une découverte bouleversante à laquelle Inez ne réussissait pas à s'habituer.

— Qu'est-ce qui te tourmente, Ursula? Tu as reçu des nouvelles des *Sources*? questionna Patrick avec un certain embarras.

— Rien de spécial. J'ai eu une lettre de Béatrice ce matin. Elle a l'impression que ton père ne se porte pas très bien, mais j'estime qu'elle exagère, répondit Ursula. Je voulais te voir à propos du père de Mlle Raine.

L'expression sombre de Patrick ne disparut pas.

— Je ne comprends pas en quoi la situation du Dr Raine te concerne, ma chère, dit-il sèchement.

— Tout ce qui touche à une de mes infirmières me touche. Inez est inquiète pour son père... et contrariée par ton refus d'opérer, répliqua Ursula d'un ton uni.

— Je refuse d'en discuter. J'allais raccompagner Mlle Raine à Saint-Chad. Je vais sortir la voiture...

Il semblait avoir oublié le café. Son unique désir, maintenant, c'était visiblement de se débarrasser d'elles deux. Pourquoi? Parce que la présence d'Ursula Shelley l'embarrassait? Parce qu'il redoutait ce qu'elle pourrait dire?

Ursula était ravissante dans son manteau d'écureuil gris, un petit chapeau noir sur ses cheveux dorés, les chevilles gainées dans des bottillons noirs bordés de fourrure. Elle retira ses gants fourrés gris et fit la moue en regardant le foyer vide.

— Vraiment, Pat, tu n'as aucun sens du confort. Où est le radiateur que t'a donné Béatrice?

— Aucune idée.

— Tu es désespérant! (Elle avait adopté un ton de propriétaire teinté d'affection.) Tu n'as même pas tiré les rideaux... et moi qui avais pris tant de peine pour choisir du velours assez épais pour garantir des courants d'air... Tu as tout de l'iceberg, ma parole.

— Il faut que je parte, murmura Inez.

— Inutile de vous presser maintenant que je suis là pour sauver les apparences, répliqua suavement Ursula. Il n'aurait certainement pas été sage de vous attarder ici sans chaperon. Les commérages se déchaînent avec une facilité effrayante.

Est-ce à ce moment-là que se produisit la première fissure dans l'admiration qu'éprouvait Inez pour Ursula Shelley? Elle s'avisa soudain que l'angélique sainte Ursula de l'hôpital offrait une ressemblance frappante avec un chat persan. La fourrure grise étroitement drapée sur sa silhouette souple et mince semblait faire corps avec elle. Même sa voix aux modulations étudiées évoquait un ronronnement aimable qui contenait en puissance une menace.

— Il faut que je parte! répéta Inez.

— Cela vaudrait peut-être mieux, acquiesça Ursula d'un ton charmant. Votre admirateur et ami de West Wheystone ne serait pas content si des mauvais bruits parvenaient à ses oreilles.

Inez se demanda pourquoi la surveillante lui attribuait un admirateur. Etait-ce une rumeur née du fait qu'elle retournait si fidèlement chez elle chaque fois qu'elle avait des heures de liberté?

— Je vais vous raccompagner, intervint Patrick.

— Et, si quelqu'un vous voit, on dira que j'ai ramené Mlle Raine en disgrâce. Mieux vaut la laisser rentrer seule. Ce n'est pas loin, dit Ursula d'un ton catégorique. Je vais préparer du café et chercher ce radiateur, Pat. On ne peut pas te permettre de geler sur pied.

Avec un salut gracieux à Inez, Ursula disparut en direction de la kitchenette. Inez se dirigea en aveugle vers la porte d'entrée.

— Vous êtes sûre que vous pouvez repartir seule? questionna Patrick avec une courtoisie un peu guindée.

— Mais oui, naturellement.

— Reprenez au moins ma lampe de poche.

Une fois de plus, il la lui mit entre les doigts, mais cette fois-ci le boîtier n'avait pas été tiédi par sa main. Il était resté sur la table où Inez l'avait déposé en arrivant. Le métal lui parut glacé, mais ce n'était rien en comparaison du froid de l'humiliation qu'elle éprouvait.

Patrick l'accompagna jusque sur le palier. Elle ne

le regarda pas. Elle en était incapable. Elle se remémorait le déclic de la clef dans la serrure... la clef qui était en la possession d'Ursula. Elle ne s'attarda pas à chercher pourquoi Ursula avait cette clef. La réponse se devinait rien qu'en voyant l'attitude d'Ursula envers Patrick.

— Enid..., dit-il d'une voix basse, pressante.

Inez fut la proie d'une flambée de colère : il ne s'était même pas rappelé son prénom.

— Ni Enid ni Evelyn! répliqua-t-elle d'un ton sec. Bonne nuit, monsieur Elbure.

Elle descendit l'escalier en courant. Elle avait été si près de faire une sottise monumentale qu'elle se rendait à peine compte qu'elle ne l'avait pas faite. Ils devaient — tous les deux — reconnaître qu'elle avait eu une raison parfaitement valable d'aller chez Patrick Elbure. Elle se raccrochait à cette idée. Le sourire de la surveillante, teinté d'ironie, semblait signifier : *Vous aussi*? Mais Inez essaya de se rassurer en se disant que c'était un tour de son imagination. Si la surveillante la croyait nantie d'un soupirant à West Wheystone, elle pouvait difficilement la soupçonner de se pâmer devant Patrick Elbure.

Patrick claqua la porte. Il se sentait énervé. Il s'arrêta pour allumer une cigarette. Il n'avait nulle envie d'affronter Ursula ce soir.

Il y avait eu des moments où il avait considéré Ursula comme son ange gardien. Il y en avait eu d'autres où elle s'était montrée sous le jour d'une gouvernante. Il ne l'avait jamais, chose curieuse, considérée comme une sirène enchanteresse. Il admirait sa beauté classique, mais elle ne suscitait en lui aucune réaction. Peut-être la flamme cachée au plus profond de lui-même était-elle intuitivement avertie de la froideur qui était le fond même de la nature d'Ursula.

Elle avait enlevé son manteau et elle était agenouillée sur le tapis en peau de mouton, branchant la prise d'un appareil électrique coûteux.

— Ne te donne pas tout ce mal, dit-il avec impatience.

— Quel idiot tu fais, Pat, tu ne trouves pas? commenta-t-elle.

Le radiateur commença à rougir avec lenteur d'abord, puis il prit un vif éclat. Ursula se releva gracieusement et s'assit dans le fauteuil de cuir qu'avait occupé Inez. C'est elle qui avait choisi le mobilier de cette pièce. Pour la première fois, Patrick se rendit compte qu'il n'aurait pas opté pour du cuir crème. Ni pour ce tapis crème, ces rideaux gris foncé ou cette moquette gris perle. Il n'y avait ni couleur ni éclat dans cette pièce. Elle était glaciale, austère, réfrigérante.

Pourquoi avait-il laissé carte blanche à Ursula? Elle était connue pour son goût parfait... mais ce n'était pas son goût à lui.

— On est mieux, n'est-ce pas? dit Ursula avec satisfaction.

Il contempla les résistances rougies. C'était une chaleur artificielle, sans âme. Elle n'avait ni l'éclat ni la gaieté ou la vitalité d'un feu de bois ronflant. C'était certainement pratique et conforme à sa situation, mais fallait-il toujours se préoccuper de ce genre de critère?

— J'ai mis en route le percolateur. Assieds-toi, Pat, ordonna Ursula de son habituel air d'autorité.

— Qu'est-ce qu'il y a? Qu'est-ce que tu veux? demanda-t-il peu aimablement. Pourquoi ne m'as-tu pas prévenu que tu venais?

— Je suis tout de même tombée à point, non?

— Comment ça?

— Ne me fais pas cette tête, mon cher! Je sais aussi bien que toi que cette petite infirmière est une enfant innocente et gracieuse... Mais tu ne prendras jamais assez de précautions.

— Je n'ai pas invité Mlle Raine ici!

— Je m'en doute un peu. (Les yeux de myosotis d'Ursula s'agrandirent.) Cette idée-là ne me viendrait même pas. Personne ne t'a jamais accusé de t'attaquer aux enfants au berceau!

— Elle n'est pas si jeune que ça...

— C'est un bébé en comparaison de nous. Une charmante petite, intelligente et travailleuse. Ce serait dommage qu'elle devienne l'objet de médisances. Ne te montre pas trop aimable avec elle, même si elle se fait du souci pour son père. Remets-la avec tact à sa place.

— Ton attitude envers elle se voulait pleine de tact? Elle était en tout cas mortifiante.

— Mon cher Pat, il fallait que je m'en débarrasse le plus doucement possible. J'ai cru m'y être prise gentiment.

Il arpenta la pièce avec agacement. Ursula était une personnification de la raison. On ne pouvait pas discuter avec elle. Elle avait été plus gracieuse envers Inez que bien des surveillantes ne l'auraient été. Elle avait admis comme excuse l'inquiétude d'Inez au sujet de son père. Il n'était guère en droit de s'irriter de la méthode qu'elle avait employée pour mettre fin à une situation embarrassante. Ce qu'il supportait mal, c'est le fait même qu'elle fût intervenue.

— Le percolateur bout, dit-elle. Va chercher le plateau, mon chou.

Elle avait l'ouïe aussi fine qu'un chat. Il songea qu'il y avait des moments où elle était extraordinairement féline. Pourquoi devrait-il la servir? Pourquoi s'étirerait-elle avec ce demi-sourire pendant qu'il irait lui chercher l'équivalent d'une soucoupe de lait? « La force de l'habitude », conclut-il avec résignation.

Elle n'expliqua le but de sa visite que lorsqu'ils dégustèrent une tasse d'excellent café, assis chacun d'un côté de la cheminée. Ursula ne se pressait jamais. Elle abordait tout d'une façon froide, méthodique, calculatrice.

— A propos du Dr Raine..., commença-t-elle avec calme.

— Oh, non! Pitié, pas ça!

— Est-ce que ma petite infirmière a tenté de t'influencer? Pas de chance, reprit-elle d'une voix douce. J'espère que tu as été ferme avec elle.

— En quel sens?

— A la vérité, Pat, je voulais que tu opères. Si tu avais réussi, ç'aurait été une bonne chose pour toi. Le Dr Raine est connu et très aimé. L'avoir sauvé aurait augmenté ta réputation.

— Que de conditionnels!

— Pour une fois, Manuden a raison. Il n'y a aucune chance. J'en ai parlé à Mme Prescott. Jai examiné les radios. J'ai discuté avec Max, qui est un neurologue qualifié. C'est à coup sûr un gliome (1).

— Aucune certitude...

— Je ne veux pas t'influencer, Pat, mais je te conseille vivement de faire venir un spécialiste de Londres.

— Tu veux m'influencer... sinon pourquoi serais-tu ici?

— Pour te mettre en garde, Pat. Je vois beaucoup plus clair et plus loin que toi. Quand le Dr Raine mourra... comme cela se produira dans un mois ou deux, même s'il survit à l'opération... les gens critiqueront le chirurgien qui l'aura opéré. On n'y manque jamais.

(1) *Gliome* : tumeur inextirpable parce que faisant corps avec les cellules.

— Alors...?

— Alors je préfère que ce ne soit pas *toi*. Voilà tout.

Il y eut un silence glacial. Ce n'était pas la première fois que Patrick s'étonnait des méthodes simplificatrices d'Ursula. Rien ne comptait maintenant pour elle, à part l'effet qu'aurait sur sa carrière une intervention ratée.

— Il faut savoir assumer des risques, finit-il par dire.

— Pas toi, Pat. Du moins, pas encore. Tu dois affermir ta position. On a encore pas mal de doutes sur ton compte. Les commérages sont toujours lents à s'apaiser. Jusqu'à un certain point, tu es en sursis. Un faux pas et tu es perdu!

— Tu veux me faire peur?

— Tu te montres téméraire quelquefois. Je t'avertis de prendre garde... dans tous les domaines.

Elle ouvrit son sac de daim gris, en sortit un étui à cigarettes en platine marqué à son chiffre, prit une cigarette à bout doré et l'alluma avec le briquet incorporé à l'étui. Tous ses mouvements étaient calmes et précis. Patrick avait parfois l'impression qu'elle jouait une perpétuelle partie d'échecs.

Elle avait paré toute riposte aigre de sa part simplement en ouvrant son sac et en allumant une cigarette. Il avait été contraint de se rendre compte — comme si souvent auparavant — qu'elle ne prêterait pas la moindre attention à un éclat. Elle l'ignorait comme si son indignation légitime était une simple colère d'enfant.

Il brûlait de rage... et d'une émotion plus profonde, plus amère encore. Il considéra avec désespoir le beau visage serein d'Ursula, élevée avec sa cousine Evelyn, en sœur aînée d'Evelyn. Aucune ressemblance avec son amour perdu. Pas une intonation, un geste ou une impulsion qui lui rappelle Evelyn. Pourtant jamais il ne se trouvait avec elle sans éprouver le poids terrible de sa perte. Peut-être était-il augmenté du fait qu'Ursula se refusait sereinement à admettre qu'il avait subi une perte? Ursula avait toujours déploré en Evelyn ces qualités mêmes qui avaient attiré Patrick vers elle.

Il avait tenté de ne s'appuyer que sur lui-même, de se consacrer uniquement à sa vocation et de s'immuniser contre les émotions. Il avait échoué. Quelque chose en lui avait soif de la chaleur et de la vitalité, la gaieté et la témérité, la passion et la tendresse d'Evelyn Shelley. Elle avait été si près d'être sienne... et soudain, sans raison plausible, elle s'était détournée de lui, le traitant d'individu inhumain et affirmant qu'il n'y avait pas de place pour l'amour — ni pour elle — dans sa vie. Il était trop orgueilleux et avait été trop profondément blessé pour la supplier. Il l'avait laissée partir.

Il avait lutté une fois encore pour ne pas céder à son cœur. Il avait cru y avoir réussi. Il était revenu à Saint-Chad, déterminé à prouver sa suprême indifférence pour les joies humaines ordinaires. Il n'était pas resté une semaine sur ce haut lieu glacé. Une rencontre — une seule brève rencontre par une soirée pluvieuse — et l'ancienne tempête d'émotions s'était réveillée en lui.

Impossible que ce fût pure coïncidence. Ce devait être un piège du Destin pour le perdre. Il n'avait pas seulement entrevu ce visage, si éclatant de vie, qui lui rappelait tant Evelyn. Il avait serré la jeune fille contre lui... et il avait eu l'impression de tenir Evelyn dans ses bras. De tenir un être merveilleusement vivant et chaleureux. Bien des filles auraient été heureuses de remplacer Evelyn pour lui, mais il n'en avait pas eu la moindre envie. Il savait qu'elles n'éveilleraient aucune passion en lui.

Cette jeune Raine, avec ses boucles d'ébène vivantes, son teint rosé et ses yeux noirs étincelants, son nez spirituel, sa bouche frémissante, l'attirait irrésistiblement. Réussirait-il à faire sa conquête? Peut-être... mais alors?... La garderait-il? Ou l'abandonnerait-elle comme l'avait fait Evelyn? Il n'osait pas risquer une seconde épreuve aussi amère. Mais, s'il n'essayait pas de courir sa chance, il verrait un autre entreprendre sa conquête et triompher. Cela non plus, il ne pouvait pas le supporter.

— Pat, mon cher...

La voix douce, soyeuse d'Ursula lui donnait l'impression de s'enrouler autour de lui comme si la jeune femme lançait un filet pour paralyser ses mouvements. Elle serait horrifiée si elle devinait ses pensées. Elle le croirait fou.

Si seulement Ursula n'était pas arrivée à un moment aussi inopportun, il aurait pu établir une sorte de contact avec Inez. Mais elle avait été humiliée par Ursula et, réaction fort légitime, elle avait fui. Elle avait peut-être même interprété à tort l'irruption d'Ursula qui avait loué et meublé cet appartement avant son retour en Angleterre. Il avait oublié — s'il l'avait jamais su — qu'elle en avait encore une clef.

Il dit subitement :

— Tu feras bien de me rendre ma clef.

— Pourquoi?

— Il n'y a pas de raison que tu la gardes maintenant. J'aime autant en avoir une de rechange, au cas où j'égarerais la mienne.

— Eh bien, tu me la demanderas. J'aime me dire que je peux venir ici n'importe quand, que tu y sois ou non. C'est un refuge, dit-elle en lui souriant. On se lasse de la vie en commun.

— Bien sûr, mais...

— C'est aussi une protection pour toi.

— Une protection?

— Contre les demoiselles entreprenantes et les

situations compromettantes. Je sais bien que la petite Raine avait une raison plausible de venir ici, mais ne valait-il pas mieux que je sois arrivée à ce moment-là? Si elle avait été tentée d'exploiter la situation, elle a dû voir que c'était inutile.

— Merci, Ursula, mais je n'ai pas besoin de ce genre de protection.

— Tous les célibataires en ont besoin, répliqua la jeune femme aimablement. En particulier quand leur réputation doit être absolument inattaquable. Des commérages te démoliraient. Il ne faudrait pas qu'on se remette à jaser, n'est-ce pas?

Comme elle savait raviver délicatement mais sûrement cette vieille blessure! Et comme il était impuissant à la faire taire! Elle était résolue à ne pas le laisser oublier.

— Il serait sage d'annoncer nos fiançailles, ajouta-t-elle d'un ton positif.

— Nos fiançailles? répéta-t-il sans comprendre

— Cela nous éviterait pas mal d'ennuis et de désagréments.

— Cela en créerait, au contraire. De fausses fiançailles provoqueraient automatiquement des complications.

— Elles n'auraient rien d'imaginaire, ces fiançailles! répliqua-t-elle calmement.

— Ursula!

Elle éteignit soigneusement sa cigarette. Elle se leva et ramassa les tasses à café. Elle lui adressa un gracieux sourire.

— Je ne t'aurais pas épousé il y a deux ans. Après le fiasco de cette histoire avec Evelyn, j'étais vraiment furieuse contre toi, je te méprisais, dit-elle avec franchise. Maintenant... eh bien, je n'ai jamais eu l'intention de t'en tenir rigueur indéfiniment. Une fois que tu auras repris confiance en toi et que tu auras succédé à M. Manuden, nous pourrons nous marier.

— Merci tout de même. Tu m'as l'air d'avoir tracé un beau plan de vie à mon usage. (Il releva la tête orgueilleusement.) Mais t'ai-je jamais demandé de m'épouser?

— Cela n'a-t-il pas été convenu depuis toujours entre nous? répliqua-t-elle sans hâte. Si tu n'avais pas perdu la tête à propos d'Evelyn, nous serions mariés depuis plusieurs années. Je n'ai jamais jeté les yeux sur quelqu'un d'autre que toi, tu le sais.

— Vraiment, Ursula...

Il voulait lui crier : « Je ne t'aime pas. Je ne t'ai jamais aimée. Tu es froide... froide comme un iceberg et tout aussi dangereuse... »

Il ne le fit pas, car il était impossible de dire quoi que ce fût de dramatique ou de passionné à Ursula. Elle souriait avec une légère ironie de tout ce qui dépassait la mesure ordinaire.

— Il est tard. Il faut que je te ramène chez toi, murmura-t-il gauchement.

— Chez moi? Saint-Chad n'est pas mon chez moi. Mon foyer, c'est là où tu es, Pat. Depuis que Béatrice s'est mariée avec ton père et qu'Evelyn a épousé Val, tu es toute la famille que j'ai et mon bien le plus cher...

« Je n'ai aucun lien de parenté avec toi et je ne suis absolument pas tien », pensa-t-il, bouleversé... Mais il ne réussit pas à formuler à haute voix sa protestation.

6

— Et voilà! N'est-ce pas une merveilleuse surprise? C'est une idée de ton père, s'écria Molly Raine.

Elle ouvrit la porte du cabinet de consultation avec l'air d'un prestidigitateur exécutant un de ses plus beaux tours. Inez entra et... s'immobilisa.

— Christophe! *Chris*! Qu'est-ce que tu fais là?

— Je remplace ton père. C'était une surprise! répliqua joyeusement Christophe Denyer.

— Je ne comprends pas...

— Tout était arrangé depuis des semaines, mais ton père avait insisté pour qu'on garde le secret. Je suis vraiment désolé qu'il ne puisse pas être là pour me présenter, ajouta Chris d'un ton de regret. C'est affreux qu'il ait eu cette crise. Mais il la surmontera. Il n'a rien de grave, sinon il n'aurait pas pu continuer si longtemps...

— Mais... Quand cela a-t-il commencé? Personne n'en sait rien.

— Ce n'est pas une attaque imprévue, puisqu'il m'avait écrit juste après Noël.

— N'est-ce pas typique de ton père? interrompit Molly. Il avait deviné qu'il devrait entrer à l'hôpital et il était décidé à trouver le meilleur remplaçant possible pour s'occuper de nous et de ses malades.

— Je ne me rends toujours pas compte, murmura Inez. C'est... c'est incroyable de te voir ici.

— Mais non. Ton père m'a demandé de le remplacer dès que je serais libre avant de reprendre un autre poste. Voilà ce dont nous sommes convenus.

— N'était-ce pas gentil de sa part? Il savait que Christophe nous soutiendrait pendant cette affreuse épreuve mieux qu'un étranger. Je me sens mieux rien que de le savoir dans la maison, dit Molly.

— Merci, madame Raine. (Christophe esquissa un salut.) Je suis très content d'être ici. Beaucoup plus qu'Inez l'est de me voir, je le crains.

— Tu m'as coupé le souffle, répondit Inez mollement.

— Je vais préparer le thé, déclara Molly, qui sortit et referma la porte derrière elle.

— Oserais-je tenter de te rendre ton souffle, chérie? questionna Christophe.

Il n'attendit pas la réponse. Il l'enlaça et la serra contre lui. Inez eut un sursaut mais ne fit rien pour se dégager. Elle était la proie d'un tourbillon intérieur.

Tout en Christophe lui était familier... sa voix, son sourire, son étreinte, les taches de rousseur de son nez et la fossette de son menton. Même son odeur... le mélange de son eau de toilette et des cigarettes turques pour lesquelles il avait un faible... avait quelque chose de nostalgique. Dans cette atmosphère de cauchemar, il représentait un élément connu et réconfortant.

— Chère Inez, dit-il après l'avoir embrassée, c'est un bonheur d'être de nouveau avec toi... C'est divin. Dis que ça te fait un peu plaisir de me revoir.

— Mais oui. Bien sûr. Seulement... en ce moment, rien ne peut vraiment me paraître réjouissant, dit-elle avec difficulté. L'attente est pénible à supporter.

— Attendre, c'est toujours terrible, répliqua-t-il aussitôt. Dis-toi que cela ne durera pas.

— Oui. Mais après je me dis que, si cela tourne mal, ce sera encore pire. Tant que papa est vivant, nous continuons à espérer. Seulement, chaque fois que je vais le voir, je sens que je suis égoïste en raisonnant de cette façon. C'est infiniment plus horrible pour lui. Il voudrait que cela se termine le plus vite possible.

— Naturellement. Quand l'opère-t-on?

— Je ne sais pas exactement. Demain, je crois.

— Qui pratiquera l'intervention?

— Patrick Elbure.

— Jamais entendu parler de lui.

Elle faillit s'exclamer. « Je voudrais pouvoir en dire autant. J'aurais préféré ne l'avoir jamais rencontré. »

En cet instant, où les bras de Christophe l'enserraient et ses yeux bleus lui souriaient, Patrick devenait une sorte de spectre sombre et menaçant relégué dans un arrière-plan obscur. Toutes ses rencontres avec lui avaient un cachet d'étrangeté et d'irréalité.

— Patrick Elbure, reprit Christophe, qui est-ce?

— L'étoile de Saint-Chad. Juste de retour d'Amérique. Pour succéder à M. Manuden quand il prendra sa retraite, s'il faut en croire la rumeur, répondit-elle succinctement. Jeune, mais considéré comme hors classe par ceux qui s'y connaissent.

— Oh, un gars de ce genre? (Il avait l'air amusé.) Tu ne t'intéresses pas aux chirurgiens célèbres, n'est-ce pas, mon chou? Tu préfères des médecins ordinaires qui triment dur.

— Comment arrives-tu à cette déduction? rétorqua-t-elle avec une légèreté bien imitée.

— En me référant au passé. Et en jugeant d'après le ton de ta voix. L'étoile de Saint-Chad n'est pas de tes favoris.

— Je le connais à peine...

Mais elle s'écarta de Christophe, comme si elle se sentait coupable de déloyauté.

Elle se rappelait avec netteté l'affreuse épreuve du samedi précédent, dans cette pièce même. Elle revoyait son père prostré et inconscient sur le divan, ses mains douces pour une fois inactives. Elle revoyait cette mince et dure silhouette vêtue de noir métamorphosée en une seconde, du patineur merveilleux absorbé à déceler en elle les traces de son amour perdu, au chirurgien compétent, impassible, résolu. Elle lui avait été follement reconnaissante de sa présence, quand bien même il l'avait glacée volontairement comme un vent âpre. Il avait refréné toute tendance aux larmes ou à la crise de nerfs. Il y avait réussi en lui refusant réconfort et sympathie. Elle l'en avait presque détesté, mais elle savait qu'il avait eu raison.

Elle avait appris, à ce moment-là, quelle différence il y a entre être une infirmière dévouée et consciencieuse et être la fille unique d'un malade. Patrick l'avait forcée à reprendre son rôle d'infirmière. Il l'avait contrainte à dominer ses émotions. Il avait certes dominé les siennes... s'il en ressentait.

Etait-il dur et insensible? Ou bien avait-il été si cruellement affecté par sa passion malheureuse pour cette Evelyn qu'il avait à dessein scellé ses sentiments dans la glace? Inez ne voulait pas le savoir. Songer à Patrick l'emplissait maintenant d'un pénible sentiment d'appréhension.

— Qu'est-ce qui se passe, chérie? Ne te recule pas comme ça, s'écria Christophe d'un ton de reproche. Ne me regarde pas de cet œil hagard, je ne suis pas un fantôme.

Les rayons du couchant tombaient en oblique à travers les vitres sur les mèches lisses et blondes et son visage attachant en dépit de ses traits irréguliers. Il n'était ni beau, ni même séduisant d'aspect. Sa peau claire se couvrait de taches de rousseur et rougissait au moindre prétexte. Ses sourcils étaient si pâles qu'on les distinguait à peine. Son nez était court et épais, sa bouche était trop grande. Mais il avait de très beaux yeux bleus et un sourire chaleureux. Il était de taille moyenne, assez trapu. Pourquoi plaisait-il aux gens? Bien peu auraient pu répondre à la question, mais il plaisait, c'était un fait.

Au début de leurs relations, Inez avait été mi-fière mi-jalouse de l'attitude des autres stagiaires envers lui.

« Ce qu'il est gentil! » « Quel charme! » « Il est

si aimable. » « Il sait vous mettre à l'aise. » « Il a un je ne sais quoi... ce garçon. » « Je ne peux pas m'empêcher d'être attirée par lui. » « Il m'emballe... »

Elle entendait de nouveau les commentaires qu'il suscitait sur son passage. Peut-être avait-il « du charme », cette qualité indéfinissable qui est si rare et si irrésistible. Christophe était facile à vivre... et on pouvait fort aisément en tomber amoureuse. Trop aisément. Il avait été terriblement pénible de le tenir en échec à Londres. Ce serait encore plus difficile ici, alors que les circonstances — et ses parents — conspiraient pour les jeter dans les bras l'un de l'autre. Mais elle ne devait pas se laisser influencer par sa présence, les plans de ses parents ou son intense besoin de réconfort. Il fallait qu'elle garde ses distances jusqu'à... *jusqu'à*...

— Dis-moi, reprit-il du ton affectueux et enjôleur qu'elle connaissait si bien, est-ce que tu t'es laissé embobiner par quelque jeune premier?

— Non... pas du tout!

— Alors qu'est-ce qui te tracasse?

— Tu veux le savoir? Je me demande combien de cœurs tu as brisés depuis notre dernière rencontre...

— Banal, ma chère, et peu digne de ta forme habituelle. Tu sais bien que je me soucie peu de briser les cœurs. Le tien est le seul que je convoite, déclara-t-il avec toute l'apparence de la sincérité. Tu as voulu qu'on attende... et j'ai attendu. Il me semble que tu pourrais m'honorer d'un accueil un peu plus enthousiaste.

— Je croyais l'avoir fait. C'est bon de te voir, Chris, tu n'as pas besoin que je te le dise pour le savoir, répliqua-t-elle avec chaleur. C'est un grand soulagement que tu te charges de remplacer papa. Je m'étais fait du souci pour la clientèle... et pour maman.

Il plissa comiquement le nez :

— Dois-je me satisfaire de cette petite tape amicale sur l'épaule? C'est bien impersonnel.

— Oui, dit-elle. Je ne peux...

Sa mère les appela à ce moment opportun... ou inopportun. Inez n'aurait pas su dire si elle était contente ou non d'avoir échappé à l'insistance de Christophe.

Ils prirent le thé dans le salon avec Mme Raine et Mlle Ipplepin. Elsie Ipplepin s'était installée aux *Safrans* le samedi soir, parce qu'elle « ne pouvait pas supporter l'idée que sa chère Molly Raine serait toute seule dans cette grande maison ». Elle rentrait chez elle pendant la journée et revenait aux *Safrans* à l'heure du thé.

Elsie Ipplepin était une femme de cœur et une amie dévouée.

Elsie n'admettait pas une seconde que le Dr Raine risquait de ne pas revenir un jour complètement guéri. Elle était convaincue qu'un homme d'une telle valeur, par ailleurs fort aimé, ne pouvait pas leur être ôté. Plus tard, tout en aidant Inez à enfiler son manteau, elle essaya d'expliquer sa pensée :

— Le pasteur a prié spécialement pour votre père, dimanche, et nous prierons tous pour lui pendant l'opération, dit-elle d'une voix fervente. Il faut avoir confiance, Inez chérie. Avec Dieu, rien d'impossible, n'oubliez pas cela.

— Je tâcherai, mademoiselle Ipplepin. C'est parfois difficile. On voit des choses si atroces à l'hôpital...

— On voit la souffrance, mais pas ce qu'il y a derrière. *Nous n'apercevons les choses qu'à travers une vitre embuée.* Tout nous sera rendu clair un jour, déclara-t-elle avec la simplicité de la conviction. Il faut savoir nous incliner devant la volonté divine, même quand nous ne la comprenons pas.

Inez regarda son visage tanné et sans grâce tansfiguré par l'expression des yeux pleins de bonté et fut envahie par l'humilité.

— Vous avez raison, dit-elle d'une voix étranglée. La foi est la vraie solution. Quand vous prierez pour papa, voulez-vous prier aussi pour Patrick Elbure? Afin que *sa force ne l'abandonne pas*. L'épreuve risque d'être atrocement pénible pour lui aussi.

Un frisson la parcourut en songeant à ce qui se préparait. Dans l'hôpital de Londres où elle avait fait ses études, pendant ses stages à la salle d'opération, elle avait assisté à des opérations de ce genre. Elle savait que, parfois, le chirurgien avait beau tailler hardiment, il ne trouvait plus de tissus sains. Elle avait vu des chirurgiens en présence d'une alternative dont les deux issues étaient presque aussi désastreuses. Elle s'était demandé s'ils étaient tourmentés ensuite par les décisions qu'ils avaient dû prendre.

Elle n'avait pas de questions de ce genre à se poser cette fois-ci. Patrick Elbure lui avait clairement signifié que l'issue de cette opération aurait sur lui un retentissement personnel. Elle l'avait accepté. Elle avait juré d'en supporter les suites avec lui, sans lui en tenir rigueur. Oui, mais c'était avant l'arrivée d'Ursula Shelley. Les pensées d'Inez revenaient pour la centième fois sur ce moment pénible. Christophe avait insisté pour reconduire Inez en voiture à Saint-Chad. Il avait repoussé d'un ton moqueur son idée d'y retourner à bicyclette. Pendant qu'il vivrait ici, elle n'en aurait pas besoin, avait-il déclaré fermement. Elle n'avait qu'à téléphoner quand elle serait libre et il accourrait la chercher.

— Tu peux être chez un malade, objecta-t-elle, pratique.

— Alors tu m'attendrais, non? Je viendrais le plus vite possible.

— Ou avoir une ribambelle de clients dans le salon d'attente?

— Eh bien, c'est eux qui attendraient que je sois allé te chercher.

Elle avait soupiré, puis souri. Christophe n'avait pas changé. Il avait toujours le chic de la faire se sentir importante à ses yeux... de donner l'impression qu'il la placerait même avant son travail, si l'occasion s'en présentait. Elle ne pouvait pas mettre en doute la tendre sincérité de son accent, mais elle ne pouvait pas non plus oublier qu'il avait refusé de se fiancer avec elle officiellement un an plus tôt.

Christophe n'éprouvait plus la moindre gêne à être vu en sa compagnie maintenant. Il la conduisit au pavillon des infirmières et aurait prolongé leurs adieux si elle ne s'était fermement libérée de son étreinte affectueuse. Même comme cela, il sauta hors de la voiture pour aller lui ouvrir la portière... et Rosemary Harker, qui venait de finir son service, leva les sourcils avec amusement en passant près d'eux.

Inez, les joues en feu, l'arrêta et fit une présentation rapide. Rosemary accepta sans commentaire son « voici le Dr Denyer, le remplaçant de mon père ». Plus tard, au dîner, elle taquina Inez à son sujet.

— Il va vite en besogne, ce séduisant jeune remplaçant, dit-elle ironiquement.

— Oh! non. Enfin, pas dans ce sens. Je connais Christophe Denyer depuis des années. Il était interne quand j'étais stagiaire.

— Ah! C'est ça... répliqua Rosemary d'un ton plein de sous-entendus.

— Oui... et non.

Inez était distraite. Elle examinait nerveusement le réfectoire bondé. Elle ne voyait pas la silhouette souple et le visage de madone parmi les surveillantes. Elle se demanda si Ursula Shelley ne dînait pas quelque part avec Patrick Elbure. Rosemary, qui était restée silencieuse une minute ou deux, lui dit :

— Est-ce que vous voulez en parler ou bien avez-vous accroché une pancarte « secret d'Etat, attention »?

— Je me demandais seulement...

— Quoi?

— Mlle Shelley et M. Elbure s'appellent par leur prénom...

— Eh bien, naturellement...

— Naturellement? Pourquoi? Ils sont fiancés?

— Pas à ma connaissance. C'est sa demi-dœur.

— Sa demi-sœur?

— Plus ou moins. C'est assez compliqué. Elle a été adoptée par sa tante quand elle était bébé. La tante a épousé par la suite le père de Patrick Elbure. Ursula, Evelyn et les deux fils Elbure ont été élevés ensemble.

Inez sentit ses nerfs se tendre.

— *Evelyn?* Qu'est-ce que vient faire Evelyn là-dedans?

— Evelyn Shelley est la cousine d'Ursula. Béatrice Shelley tenait la maison du père d'Evelyn qui était veuf, avant d'épouser le père des Elbure. Les Shelley et les Elbure ne font pratiquement qu'une même famille.

— Oh! murmura Inez. Alors... alors... il n'est pas amoureux d'Ursula Shelley?

— Si par *il* vous entendez notre M. Elbure, je dirai que c'est extrêmement improbable. C'est *Evelyn* Shelley qu'il voulait.

— Elle ne s'appelle plus Shelley maintenant, n'est-ce pas? Vous m'avez dit qu'elle était mariée.

— Non, elle se nomme Elbure, si ce nom-là vous dit quelque chose.

— *Elbure?* Comment cela?

— Elle a épousé le frère cadet de notre M. Elbure. Très simple, vous voyez.

— C'est affreux... pour lui, s'écria Inez, stupéfaite. Son propre frère la lui a soufflée?

Rosemary pencha la tête de côté avec cet air inquisiteur qu'ont les chiens terriers, et qui lui était familier.

— Ne prenez pas cette histoire trop à cœur, conseilla-t-elle, sarcastique. Elle date.

— Tant que ça? N'est-ce pas à cause de cela que Patrick Elbure a quitté Saint-Chad?

— Et alors? Il nous est revenu. Les hommes sont capables de supporter une dose de souffrances morales étonnante, croyez-moi, répliqua Rosemary d'un ton bref.

— Quelques-uns...

— Ne vous faites pas d'illusions sur Pat Elbure. Vous n'êtes plus un bébé. Ce garçon a la peau plus dure qu'un rhinocéros, rétorqua Rosemary, caustique. C'est ce qui avait guéri Evelyn.

— Guéri?

— Elle n'était pas du genre à adorer du cuir gelé. Il la glaçait. Il est inhumain. Il n'a pour lui que son intelligence.

Inez abaissa ses longs cils noirs pour voiler son expression violemment désapprobatrice. Patrick n'était pas seulement l'homme de science impassible et génial. Au fond de lui-même tourbillonnaient des flots de sensibilité. Son erreur avait été de tenter de les canaliser. Ils formaient maintenant une rivière souterraine. Quiconque pénétrerait jusqu'à ces profondeurs et tomberait dans cette rivière ne réapparaîtrait jamais à la lumière. *Jamais.* Il serait entraîné vers Dieu sait quels rochers, chutes et maelströms!

Pensée terrifiante qui avait aussi une certaine

fascination, l'attrait maléfique de l'horreur et du danger. Inez se surprit à l'évoquer, souffle court et regard tendu. En dépit de sa raison, le périlleux et l'inconnu l'attiraient.

— Ne vous laissez pas séduire par le beau chirurgien distant et froid, même s'il accomplit un miracle pour votre père, ajouta Rosemary.

— Oh, oh! voilà qui est bien caustique!

— Je ne suis pas complètement bornée, dit Rosemary gentiment. Je savais qu'Evelyn courait à une catastrophe. Je ne voudrais pas que la même chose vous arrive. Elle avait Val pour la relever, la câliner et la remettre en selle. Vous non. Il n'y aura jamais qu'un Val Elbure.

Les sourcils d'Inez frémirent : ce ton était inconsciemment révélateur. Etait-ce là le secret de l'apparente immunité de Rosemary Harker, de sa dévotion à son métier? Avait-elle subi une déception à cause du frère de Patrick Elbure? Elle avait dû souffrir quand elle l'avait vu prendre possesion d'Evelyn.

— Cette Evelyn doit vraiment être quelqu'un, remarqua Inez, cédant, pour la première fois de sa vie, à un mouvement d'aigreur.

— Oui. La définition est brève et appropriée. C'est quelqu'un, acquiesça Rosemary.

7

— Il faut que tu partes tout de suite, Pat, déclara Ursula. Tu ne peux pas faire autrement.

Patrick se trouvait dans le bureau qu'il partageait avec le Dr Manuden.

Il jeta un coup d'œil au ravissant visage imperturbable d'Ursula et se sentit près de la haïr. Il avait parfois l'impression qu'elle était l'incarnation d'une des Parques. Comme ces Filandières, elle tirait les fils invisibles ou les tranchait... et son entourage se conformait à sa volonté comme des marionnettes.

Il n'y avait pas de triomphe dans son expression présente. Elle avait une douceur inexorable... combinaison typique d'Ursula. Il songea qu'elle aurait cet air-là si elle inoculait du poison à quelque animal nuisible. Ces prunelles à teinte de fleur ne trahissaient pas la moindre émotion. La jeune femme se moquait bien que le père de Patrick soit gravement malade! Ce qui comptait, c'est que cela s'accordait avec son désir de l'empêcher d'opérer le Dr Raine.

Patrick contempla le télégramme qu'elle avait posé sur la table :

Willoughby très malade. Préviens Patrick. Téléphonez aussitôt.

Maman.

— Elle a essayé de nous appeler hier soir, mais sa ligne était en dérangement. On l'a réparée, car j'ai pu avoir Béatrice au fil, reprit Ursula d'un ton patient, comme si elle craignait qu'il n'eût pas compris sa première explication. C'est une hémorragie cérébrale. Il faut que tu y ailles tout de suite. Est-ce que je t'accompagne?

— Non, dit brièvement Patrick. Non.

— Béatrice voudra de moi. Elle ne vaut rien comme infirmière. C'est pourquoi elle a signé le télégramme « Maman ». Elle sait que je préfère l'appeler « Béatrice », mais elle a tenu par là à me rappeler tout ce qu'elle a fait pour moi.

— Vas-y si tu estimes qu'on aura besoin de toi. Moi, je ne peux pas.

— Comment tu ne peux pas? Pat, tu *dois* y aller C'est ton père...

— Que puis-je pour lui? Rien de plus que le Dr Chilton. Tu dis que Val est là-bas?

— Val n'est pas son fils aîné.

— Val a toujours été plus proche de lui que moi. Ils ont le même tempérament. S'il a sa lucidité, ce qui est peu probable, c'est Val qu'il souhaitera avoir auprès de lui, répliqua Patrick simplement.

— Oh, ne sois donc pas si bête, Pat! Pourquoi t'effacer au profit de Val?

— Je ne comprends pas.

— Fais un effort. Pourquoi Val usurperait-il ta place aux *Sources*?

— Voilà comment tu envisages la situation?

Si la voix de Patrick dénotait à peine de l'intérêt, il n'en éprouvait pas moins la montée d'une rage froide, meurtrière :

— Tu ne t'es donc pas rendu compte que j'avais renoncé à mes droits en faveur de Val depuis longtemps?

— Non. Tu veux que Val et Evelyn obtiennent tout? De quel droit?

— Val a Evelyn. Peut-être est-ce *tout* en ce qui me concerne. Puisque tu tiens à le savoir, je te précise que je ne veux rien de la maison ni du domaine. Ce n'est guère le moment de s'occuper de ce genre de choses, tu ne trouves pas?

— Au contraire. Ton père a refait son testament juste après le mariage de Val et d'Evelyn. Un testament très juste. Je l'ai su par Béatrice. Il lègue tout à ces deux-là. Nous n'aurons rien.

— Et pourquoi aurions-nous quelque chose? Il m'a donné ce que je lui ai demandé... la possibilité de suivre ma vocation. Il savait que je ne vivrais jamais aux *Sources* et que je me souciais fort peu du domaine, répliqua Patrick froidement. Quant à toi, tu n'es même pas sa parente.

— Je me suis conduite comme sa fille depuis

qu'il a épousé ma mère adoptive. D'ailleurs toi et moi...

— Ah, non! Ursula. Pas de « toi et moi » dans cette histoire. Nous sommes parents par alliance. Ni plus ni moins, dit-il avec irritation.

— Nous pourrions former un couple très bien assorti, Pat.

— Le ciel m'en préserve! Evelyn disait que j'étais inhumain. Qu'es-tu donc, alors?

— Patrick, mon cher, tu es vraiment d'humeur bizarre, aujourd'hui.

— Tu ne te préoccupes même pas de l'anxiété que Béatrice éprouve pour son mari. Tu ne proposes même pas de courir à la maison pour offrir aide et réconfort. Tu te soucies uniquement de ce que deviendra le domaine si mon père meurt.

— Quelle drôle de manière de voir les choses! Il faut avoir l'esprit pratique, dit-elle d'un ton de reproche. J'ai tes intérêts à cœur, comme toujours. Evelyn ne s'en est jamais préoccupée.

— Laissons Evelyn hors de cette discussion, s'il te plaît.

— Pourquoi Evelyn ramasserait-elle tout l'héritage? Ah, je vois. Tu n'oses pas retourner à la maison parce que tu as peur de tes réactions si tu la rencontres. Imbécile! s'écria Ursula. Evelyn n'a rien de si sensationnel. Tu t'es simplement laissé obséder par son image.

— Je t'en prie, Ursula... (Il eut un geste d'impatience.) J'ai une journée chargée en perspective. Ce n'est pas le moment de discuter d'affaires de famille. Si tu as envie d'aller là-bas, *vas-y*!

— Ton propre père...

— Je ne peux rien pour lui. En revanche, le père d'Inez Raine compte sur moi.

— Tu es décidé à opérer quand même? Bien que ta réputation soit encore branlante? Tu es vraiment parfois d'une obstination stupide! s'écria Ursula sèchement. Tu ne peux pas courir le risque de rater une opération maintenant. Il faut d'abord que tu refasses ta réputation.

— Veux-tu avoir la bonté de me laisser m'occuper tout seul de mes affaires? Je n'ai pas besoin de ta main tutélaire sur mon scalpel. Cela m'exaspère.

— Tu regretteras cet entêtement absurde.

Elle sortit, gracieuse comme un cygne sur l'eau, extérieurement aussi sereine que lorsqu'elle était entrée. Patrick porta ses mains à ses tempes. Son sang battait fiévreusement. Maudite Ursula! Elle avait le chic pour lui mettre les nerfs à vif. Alors qu'il avait précisément besoin de tout son calme, elle avait réussi à l'énerver. Elle était passée maîtresse en l'art de miner ou de renforcer l'assurance des gens. Elle donnait quelquefois l'impression de pouvoir porter bonheur ou malheur. Elle avait certainement tenté de lui donner la guigne ce matin!

Il luttait toujours contre sa colère quand on frappa à la porte.

— Entrez! dit-il sèchement.

C'était Inez... et Patrick se rembrunit. Il avait envie de s'écrier : « Ça, c'est le comble! »

Elle dit doucement :

— Monsieur Elbure...

— Qu'est-ce qu'il y a?

— Je viens d'apprendre ce qui est arrivé à votre père. (Ses mains se crispaient comme si elle faisait un gros effort pour rester calme.) Je voulais vous dire que j'étais désolée. Et... et que, si vous estimiez devoir vous rendre auprès de lui, nous comprendrions très bien. Mon père... nous ne voudrions pas...

Sa voix s'étrangla. Elle s'éclaircit la gorge d'un effort désespéré.

— Grands Dieux! Elle s'est attaquée à vous aussi?

Ce n'était pas une rage aveugle qui possédait Patrick, mais une colère combative. Il se leva d'un bond et s'approcha d'elle. Il prit entre les siens ses doigts crispés.

— Ecoutez, Inez! Jamais je ne reprends ma parole.

— Je sais. Je m'en doutais. C'est pourquoi j'ai tenu à vous voir. Nous ne voulions pas... (Elle s'interrompit, reprit :) Et si votre père mourait pendant que vous opérez le mien?

— Eh bien? Des quantités de gens meurent pendant que j'opère. Les aurais-je sauvés si je m'étais trouvé à leur chevet? Voilà le genre de sentimentalité et de confusion mentale qui me met hors de moi. Si mon père doit mourir, il mourra, que je sois ou non auprès de lui. Je ne suis pas médécin, je suis chirurgien. Mon devoir est d'utiliser mes connaissances pour tenter de sauver votre père. Un point, c'est tout.

— Merci!

— Et n'allez pas me traiter d'inhumain à cause de ça.

— Comme si l'idée pouvait m'en venir!

Elle le regarda, ses yeux bruns trahissant presque une tendre compréhension.

— Tant que vous ne m'en tiendrez pas rigueur si votre père meurt aujourd'hui... Cela, je ne pourrais pas le supporter.

— Quelle situation, n'est-ce pas?

Il lui serrait beaucoup trop les doigts. Il le savait, mais ne relâchait pas son étreinte. Il avait l'impression que le courage, la vitalité et la tendresse d'Inez passaient en lui. Elle était belle... mais pas à la manière classique et froide d'Ursula. Inez était comme Evelyn, débordante de vie. Elle ressemblait à Evelyn par sa générosité, ses réactions passionnées, son ardeur. Mais, au contraire d'Evelyn, elle n'appartenait pas à Val.

Il songea soudain qu'elle était plus brave qu'Evelyn. Evelyn l'aurait supplié de ne pas renoncer à l'opération, de penser d'abord à son père à elle. Inez avait voulu s'assurer qu'il avait librement choisi sa ligne de conduite. Elle n'avait pas voulu l'enchaîner à sa promesse. Inez avait le courage — si rare chez une femme — de laisser aux gens leur liberté d'action. Elle ne s'accrochait pas à lui. C'était même tout le contraire. Elle ne pleurait pas. Ses prunelles brillantes étaient limpides. Sa petite tête se redressait fièrement. Même ses boucles noires semblaient vibrantes de vie.

— Vous ne seriez jamais prête à ramper ou à vous humilier, n'est-ce pas? dit-il brusquement.

Les sourcils arqués qui rappelaient tant ceux d'Evelyn se soulevèrent :

— J'espère que non.

— Vous ne pleurez pas et vous ne vous cramponnez pas...

Elle lui adressa un sourire d'une sagesse qu'on ne possède pas souvent à son âge.

— Cela ne servirait pas à grand-chose, n'est-ce pas? Du moins avec vous. Cela vous gênerait ou vous mettrait en colère, tout au plus.

— Parce que je suis inhumain?

— Non. Bien sûr que non! Parce que vous avez autre chose à faire qu'à... qu'à sécher les larmes d'une jeune fille. Vous pouvez laisser ce genre d'occupation à ceux dont cela flatte la vanité. Il y en a des multitudes, croyez-moi!

— Et je suppose que l'offre répond à la demande?

— C'est possible, mais pas automatiquement. On demandera toujours beaucoup plus de chirurgiens de premier ordre qu'il n'y en aura. Comme pour les pianistes virtuoses. Le don ne s'acquiert pas à force d'études. Tout au plus peuvent-elles l'approfondir et l'enrichir. Ne vous comparez pas aux autres. Vous n'êtes pas des leurs et ne le serez jamais. Vous êtes fait pour les sommets glacés.

— Comme vous êtes intuitive! J'ai toujours rêvé d'escalader les montagnes. Je ne m'étais pas rendu compte que les cimes pouvaient être aussi réfrigérantes... ou aussi solitaires.

Ses yeux gris regardaient un point dans l'espace. Inez retenait son soufle, percevant que cet instant était lourd de signification. Elle le devinait à l'étreinte meurtrissante de ces doigts maigres et puissants. Qu'elle bronche ou qu'elle retire sa main, et il s'envolerait pour toujours. Patrick lui faisait mal. Cela aussi était significatif. Il lui ferait mal sans arrêt, consciemment et inconsciemment, si elle avait l'imprudence de prendre la succession d'Evelyn.

Elle ne voulait pas souffrir. Quel être normal le désire? Et pourtant elle sentait qu'il valait parfois la peine de payer certaines choses très cher. Maintenant, dans ce moment de crise et d'inquiétude, comment pouvait-elle juger sainement ou impartialement? Il y avait tant de choses dans la balance. L'avenir de son père... sa vie même... et l'avenir de Patrick Elbure reposaient peut-être entre ses mains. N'était-ce pas fantastique? Mais... Patrick était un être fantastique. Il ne possédait pas de vanité naturelle pour soutenir sa confiance en lui-même. Il s'était remis cœur et âme entre les mains d'Evelyn, et elle l'avait finalement repoussé.

Il était hanté par la crainte superstitieuse que ses mésaventures se renouvelleraient. Il avait peur d'être condamné... condamné à devoir toujours échouer au moment de l'ultime épreuve. Il fallait le convaincre que les faits se dérouleraient différemment. Inez se dit avec philosophie que sa propre paix d'esprit n'avait guère d'importance. Il y avait des quantités de filles aussi bien qu'elle à tout point de vue et des quantités qui valaient mieux encore. Aucune vie ne dépendrait jamais de son habileté, de sa science, de sa confiance en son inspiration. Patrick Elbure avait en lui cet élément de grandeur qui était aussi impalpable, mais aussi reconnaissable que le charme inné de Christophe.

C'était troublant par sa rareté même. Aucune femme en possession de son bon sens ne veut avoir affaire avec la grandeur sur ce plan-là. Chérir un être génial peut impliquer sa propre récompense, mais cela requiert surtout un effort pénible d'où l'on sort parfois brisé. Il faut être presque toujours celui qui donne et qui s'efface : accepter ce qui ferait reculer de peur, d'orgueil ou de dédain bien des femmes.

Patrick soupira. Il lui lâcha brusquement les mains. Il regarda la pendule sur la cheminée. Elle ne dit rien. Elle n'osait pas.

— Vous n'êtes pas de service? Alors ne traînez pas dans les parages, ordonna-t-il de ce ton si péniblement impersonnel. Rentrez chez vous. Votre mère y est, n'est-ce pas?

— Oui.

— L'opération durera certainement très longtemps. Je vous préviendrai dès que ce sera fini.

— Merci.

Un silence suivit. Devait-elle s'en aller? L'avait-elle déçu? Sa perception aiguisée lui disait qu'il requérait plus d'elle... un mot, un geste... qui satisferait ce besoin qu'il n'arrivait pas à formuler.

Il ne la regardait plus. Il considérait ses mains... massant ces deux doigts balafrés de cicatrices. Ce tic nerveux serra le cœur d'Inez. Et si la crainte de Patrick avait raison de sa foi à elle? Si ses doigts allaient se raidir à nouveau sous l'effet d'une pression mentale?

— Monsieur Elbure..., dit-elle avec hésitation, en

songeant que cette formule de politesse avait un air ridicule.

— Oui? Il faut que vous partiez maintenant, répondit-il d'une voix absente.

— Je vous en prie. (Elle prit son courage à deux mains.) Je voulais seulement que vous sachiez que vous ne serez pas seul...

Ses sourcils se contractèrent. Il leva la tête et lui adressa un coup d'œil interrogateur. Elle était troublée et désespérée. Impossible de le quitter de cette façon. Tant pis, qu'elle se conduise d'une manière ridicule s'il le fallait. Cela valait mieux que d'être lâche. Il fallait qu'elle lui redonne un peu de ce qu'Evelyn lui avait ôté...

Mieux valait n'être pas aimé du tout que d'être aimé à demi, elle le comprit soudain. De l'indifférence n'aurait pas entamé l'âme de Patrick. Mais avoir été rejeté — avoir senti s'effondrer ce sur quoi il s'appuyait — l'avait brisé. On pouvait blâmer cette Evelyn inconnue; mais peut-être avait-elle été démontée par des instants comme celui-ci. Peut-être avait-elle contemplé avec désespoir ce profil impassible et ces yeux au regard perdu dans le vague. Peut-être avait-elle été glacée et effrayée, rendue muette par ses propres émotions.

— Presque l'heure H, dit Patrick d'une voix dépourvue d'expression. Si vous voulez voir votre père avant qu'on le transporte dans la salle d'opération, vous devriez y aller maintenant.

Elle inclina la tête. Elle se tourna en aveugle vers la porte, elle avait la gorge serrée.

Patrick s'avança pour lui ouvrir la porte.

Elle se dit avec affolement : « Oh, mon Dieu, mon Dieu! C'est trop atroce! Je ne peux pas le supporter. Mon père... et le sien... »

— Ensuite, rentrez tout de suite chez vous. Promis?

— Oui. Et... et nous prierons tous. Maman, moi,

Elsie Ipplepin, Mme Henrick, le pasteur et sa femme... Oh, des quantités de gens dont vous n'avez jamais entendu parler, mais qui aiment mon père! Ils prieront pour lui et pour vous. Et pour votre père. Cela aidera. Cela doit vous aider, n'est-ce pas?

— Oui...

— Tout se passera bien.

Mais, des mots, ce n'était pas suffisant. Les bonnes paroles sont chose banale. Bouleversée, trop émue pour trouver une expression personnelle ou suffisamment éloquente, Inez se sentait d'ailleurs incapable de parler. Elle trouva le geste approprié. Elle saisit sa main droite dans les siennes et posa les lèvres sur les cicatrices de ses doigts. Elle n'attendit pas sa réaction. Elle quitta le bureau en courant, sachant qu'elle ne pouvait rien faire de plus.

Des larmes lui brûlaient les paupières, des sanglots s'étouffaient dans sa gorge, mais ce n'était pas encore le moment de s'y abandonner. Une autre épreuve l'attendait. Elle monta vivement jusqu'à la petite chambre où reposait son père. Lui non plus, elle ne l'abandonnerait pas. Un dernier effort... Ce mot « dernier » la fit frissonner. Elle se mordit farouchement la lèvre inférieure. Pas d'hésitation. Pas de désespoir. A quoi bon aimer si cela ne donne pas le courage de sourire quand c'est d'un sourire qu'a besoin celui qu'on aime?

Elle réussit un sourire très présentable... et son père le lui rendit avec lassitude. Il avait l'air curieusement détendu et satisfait, comme s'il était soulagé de se laisser aller vers un oubli réparateur.

— Ma tendresse à... Molly, murmura-t-il, remuant à peine les lèvres. Veille sur elle...

— Oui, papa. Bien sûr.

— Et il s'occupera de toi. N'était-ce pas une bonne surprise?

Pendant quelques secondes, elle ne comprit pas de qui il parlait. Puis elle se rappela Christophe.

— Oh, oui! Magnifique, répondit-elle avec toute la chaleur possible. Chris s'occupe de tout. Il n'y a pas à s'inquiéter...

— Qui s'inquiète donc?

— On vient te chercher... (Elle recula pour laisser passer le chariot.) A bientôt, papa! Au revoir...

Quelle idiote je fais! (Inez se redressa, à la recherche de son mouchoir.) Navrée, Chris! Je ne voulais pas tremper ton gilet.

— Ne t'excuse pas, ma douce. C'est une expérience nouvelle qui ne manque pas d'agrément, déclara Christophe. C'est la première fois que je tiens dans mes bras une Inez qui ne soit pas raide comme un bout de bois.

Elle s'efforça de ravaler ses larmes et s'éclaircit la gorge. Il lui mit dans la main un mouchoir... un grand mouchoir qui n'était pas d'une blancheur immaculée avec l'odeur fraîche de la toile, mais empreint d'un relent d'essence et de tabac. C'était étrangement réconfortant. Comme le geste qu'il eut pour repousser les boucles qui retombaient sur le front d'Inez. Il avait de grandes mains tièdes aux ongles carrés. Il y avait du cambouis sur le dos de l'une d'elles.

— La voiture a fait des siennes? questionna-t-elle.

— J'ai eu un mal de chien à démarrer ce matin.

— Tu donnes trop de gaz. Elle n'aime pas ça.

— C'est moi qu'elle n'aime pas. Elle a réagi presque sauvagement quand j'ai tenté de démarrer à la manivelle. Comment s'appelle-t-elle? Tu as oublié de me le dire.

— Arabella.

— Ah, bon! Peut-être sera-t-elle de meilleure

humeur si je l'appelle « ma douce Arabella » au lieu d' « espèce de vieille ferraille têtue », l'un des sobriquets les plus aimables que je lui aie donnés ce matin.

Inez eut un petit rire tremblant. Christophe était un tonique et un stimulant de la meilleure espèce. Il ferait un excellent médecin. Lui parler suffirait pour apaiser la nervosité des malades. Elle avait eu de la sympathie pour lui dès leurs premières rencontres. Par la suite, elle avait été à demi amoureuse de lui. Elle songea avec remords que maintenant seulement elle l'appréciait à sa juste valeur.

A Londres, en voyant l'effet qu'il produisait sur ses camarades, elle avait ressenti quelque défiance envers son charme. Ce pouvait fort bien être un talent cultivé pour parvenir à ses fins. Elle commençait maintenant à se rendre compte que c'était un don inné prêt à se déverser en faveur de tout un chacun. Ce n'était pas de la comédie. Il aimait les gens à la façon si humaine de son père. Il voulait les calmer et les rendre frais et dispos. Il était essentiellement bon, quand bien même il dissimulait sa gentillesse sous l'ironie.

— Prête? demanda-t-il en se carrant derrière le volant.

— Oui, partons, répondit-elle vivement. Comment va maman?

— Elle est formidable. Je ne jure plus que par elle, dit-il gaiement.

— Elle est adorable, acquiesça Inez, heureuse du compliment. Papa l'adore, bien sûr, mais...

— Quoi?

— Je me demande parfois ce qui vaut mieux pour un médecin : se marier dans sa sphère ou épouser quelqu'un de complètement étranger à son métier. Maman ne s'intéresse absolument pas aux questions médicales. Si elle s'y était intéressée, elle aurait pu seconder papa et le soulager pour bien des choses.

— Mais elle ne lui aurait pas donné le foyer intime et reposant qui est sa spécialité. J'imagine qu'un médecin de campagne aussi surmené que ton père préférera toujours le confort, répliqua sérieusement Christophe. On peut toujours engager des infirmières et des secrétaires médicales.

— Oui, bien sûr!

— En fait, c'est la femme elle-même qui compte et non ce qu'elle est capable ou non d'accomplir. Une bonne épouse vaut plus que tous les diamants de la couronne, conclut Christophe en posant une main sur la sienne.

Elle ne se dégagea pas. Elle resta adossée mollement à la banquette tandis qu'il sortait Arabella du parc de stationnement et tournait dans la cour. Peu lui importait qui la voyait. Elle était presque sûre maintenant d'aimer Chris. Sinon, pourquoi aurait-elle ressenti cette petite piqûre de jalousie, dont il y avait bien de quoi rougir, lorsqu'il avait si chaudement vanté sa mère? Elle savait qu'elle n'était pas du tout du type femme d'intérieur comme Molly Raine. Elle avait été déconcertée d'apprendre que Chris admirait ce genre de femme. Pourquoi, sinon qu'elle voulait que Chris la considère, elle, Inez, comme son idéal?

— Quelle vieille baraque, ce Saint-Chad! s'écria Christophe. Cela me rappelle une fortesse moyenâgeuse.

— Oh, ce n'est pas aussi antique que ça! La plupart des bâtiments datent du début de l'ère victorienne. La chapelle et les parties les plus vieilles sont du temps d'Edouard VI. La salle d'opération et les laboratoires sont modernes. Il faudra que je te fasse visiter... si ça t'intéresse.

— Cela se pourrait, en effet.

— Comment cela?

— Ton père estime qu'il y a pas mal de chances par ici pour un débutant. On demande souvent du personnel médical à Saint-Chad... à moins que je ne m'associe avec ton père. C'est lui qui l'a suggéré, d'ailleurs.

— Ah, oui? (Son cœur se serra.) Il ne nous en a rien dit...

— Que cela ne te tracasse pas. Il ne s'était pas alarmé outre mesure de ses symptômes. Ne t'imagine pas qu'il souffrait le martyre en silence. Ce n'est pas vrai.

— Sûr?

— Tout à fait. Nous correspondions depuis Noël. Il avait commencé à se rendre compte qu'il avait trop à faire... et pas de fils pour l'aider. Je suis touché qu'il m'ait envisagé comme remplaçant. J'aimerais m'installer par ici.

— C'est vrai, Chris? Cela ne te paraîtrait pas trop morne?

— Je ne tiens pas à l'agitation des villes. Je ne dois pas être du type ambitieux, dit-il pensivement. J'aime mon métier et j'aime le faire... en paix pour autant que c'est possible. Et j'aime les gens.

— Je sais. Papa aussi.

Cela pourrait fort bien s'arranger si son père se rétablissait. *Si?* Elle avait la sinistre certitude qu'il y aurait toujours un « si » quand bien même l'opération réussirait. On ne peut pas faire de pronostics dans un cas de ce genre. Il y aurait des contrôles médicaux avec radios à intervalles réguliers. Peut-être la maladie ne se manifesterait-elle plus, et les craintes s'apaiseraient, encore que sans s'évanouir à jamais. Peut-être aussi y aurait-il des symptômes fâcheux.

Ursula Shelley avait insisté sur l'importance de se montrer hardi dans ce genre d'opération. Inez frissonna. Elle savait trop bien que, si une cellule malade s'échappait dans les veines, elle continuerait son œuvre de mort dans une autre partie du corps du malade. Patrick Elbure ne commettrait-il pas pour une fois l'erreur d'être trop prudent?

Au mieux, une ombre pèserait désormais sur le foyer Raine, une ombre que rien ne viendrait dissiper. Mais il y avait toujours quelque chose de ce genre dans la plupart des familles, à ceci près que l'ombre n'est pas forcément visible. L'ennemi était-il moins dangereux quand on ne le connaissait pas? Le père de Patrick Elbure était probablement aussi en danger que son propre père, bien que d'une façon moins spectaculaire.

— Tu aimerais que je reste? demanda Christophe.

Il abandonna sa main pour tourner et aborder la route. Inez eut une sensation non pas d'évasion comme lorsque Patrick Elbure avait lâché ses mains, mais d'abandon. Le contact de Chris était réconfortant.

— Oui, bien sûr, répondit-elle impulsivement.

— C'est tout ce que je désirais savoir.

Il souriait. Le remords la taquina. Qu'avait-il interprété? Plus qu'elle ne pensait?

— Je ne veux pas dire..., commença-t-elle.

Puis elle s'arrêta. Somme toute, elle avait simplement répondu à sa question. Il n'avait rien formulé de personnel, n'est-ce pas?

— Parfait, mon chou. On s'occupera des détails plus tard, reprit Chris d'un ton léger. Parle-moi de Saint-Chad. Quels sont les principaux inconvénients?

— Les traditions sont exaspérantes... ainsi que la vanité de ceux qui ont fait leurs études ici.

— La directrice?

— Comme toutes les autres. Grâce à Dieu, je n'ai jamais eu à comparaître en sa présence. On m'a dit qu'elle pouvait être effrayante, mais quelle directrice ne l'est pas? Elle est d'une parfaite efficacité, à part...

— Quoi donc?

— Je me demande si elle donne dans le favoritisme. En tout cas, mon chef, Mlle Shelley, semble faire ses quatre volontés, sinon cinq. Elle vient d'éliminer une infirmière médiocre pour la remplacer par une qui vaut plus. Je ne sais pas comment elle s'y est prise. Elle paraît être bien avec les puissants du jour. Peut-être grâce ses relations avec « notre monsieur Elbure ». C'est son demi-frère.

Elle était persuadée que Patrick Elbure était incapable de jouer de ses relations familiales, mais elle en était beaucoup moins sûre en ce qui concernait Ursula.

— A quoi ressemble-t-il?

Comment répondre à cette question? Elle en ignorait la réponse. Elle redoutait de la chercher.

— Génial, dit-elle évasivement. Il s'est spécialisé dans la chirurgie du cerveau, à ce qu'on m'a raconté, avant... avant de partir pour l'Amérique.

Chris lui jeta un vif coup d'œil :

— Séduisant?

Elle eut un haussement d'épaules qui imitait bien le désintéressement :

— Tous les célibataires sont des points de mire, ici surtout, où il y a tant d'hommes mariés et pot-au-feu. Celui qui s'occupe de médecine générale est du type brusque et rougeaud, avec moustache, et nanti d'une nombreuse famille. Son assistant est un jeune fantaisiste qui vient de se marier. Le cardiologue est lui aussi un père de famille d'âge mûr qui a l'air de souffrir de maux d'estomac produits par une cuisine mal faite. Mac, le neurologue, un Ecossais blond et de caractère gai, est, avec Patrick Elbure, notre seule ressource en jeunes premiers.

— Tiens? Et les étudiants...

— Oh, je ne les compte pas, dit-elle avec le dédain d'une infirmière diplômée. Ce sont des gamins pour la plupart. Une petite troupe charmante, mais, individuellement, ils n'ont rien de sensationnel.

— Je parie que ce n'est pas leur avis en ce qui te concerne.

— Oh...

Elle ne prit pas la peine de le nier. Elle savait que Chris tentait de la faire parler pour occuper à la fois sa langue et son esprit. Elle lui en fut reconnaissante, mais c'était inutile. Elle pouvait bavarder avec lui tout en restant en imagination dans cet étincelant univers blanc de mosaïque, d'acier et de vapeur sortant des stérilisateurs. Elle voyait les silhouettes masquées et vêtues de blanc et le corps inanimé pour le salut de qui ils jouaient leur rôle dans cette symphonie. Elle avait la nette vision du soliste mince, grand, résolu. Les gants de caoutchouc dissimulaient les cicatrices de ses doigts, arriverait-il à les oublier? Oublierait-il le contact des lèvres d'Inez sur ces doigts? Ce geste l'aiderait-il?

— Rapproche-toi, lui dit Chris à l'oreille. Ne me fuis pas. Subissons cette épreuve ensemble.

— Oui, merci, Chris.

— Ce sera certainement long.

— Je sais.

— Ta mère est en train de faire l'inventaire de sa cuisine. C'est Mlle Ipplepin qui le lui a suggéré. C'est un bienfait des dieux, cette femme.

— Oui, c'est vrai.

Inez songea que peu d'hommes auraient su s'en rendre compte; ils auraient pris Elsie Ipplepin pour une vieille fille maniaque et ennuyeuse. C'était au crédit de Christophe qu'il eût reconnu son bon cœur et sa sagesse affectueuse.

— Et à toi, qu'est-ce que je vais prescrire?

— Du travail. Je vais t'aider au dispensaire.

— Tu pourras aussi m'aider pour un accouchement qui risque d'être difficile. Veux-tu?

— Bien sûr.

Ils commencèrent par se réconforter dans la cuisine ensoleillée et accueillante des *Safrans*. Inez fut soulagée de voir sa mère en apparence calme et gaie. Son manque d'intérêt pour ce qui touchait à la médecine lui servait maintenant. Elle ne se rendait pas compte des issues pénibles dont la possibilité hantait sa fille.

Inez accompagna Chris dans sa tournée. L'accouchement avait commencé... et le préoccupait visiblement. Il fut heureux de l'aide d'Inez. L'infirmière du district était épuisée à force de pédaler d'une maison à l'autre, étant donné le nombre d'enfants malades au village. Elle ne survint d'ailleurs qu'une fois le bébé né.

Il était juste 2 heures quand Inez et Chris revinrent aux *Safrans* et le sang-froid de Molly Raine était à bout.

— Pourquoi rentrez-vous si tard? Les bouchées à la reine vont être desséchées, s'écria-t-elle d'un ton fâché qui lui était inhabituel. Chris m'a dit qu'il n'avait pas mangé de bons biftecks et de bouchées dignes de ce nom depuis des années et j'en ai préparé spécialement pour lui.

— Place! Place! Laissez-moi courir les dévorer! s'exclama Christophe avec un enthousiasme plein de tact.

— Il n'y a aucune nouvelle de Saint-Chad. Est-ce que tu ne devrais pas téléphoner, Inez?

— Non, maman. Nous serons prévenus... dès que ce sera fini.

— Mais... il est 2 heures et demie. Ce doit être fait maintenant.

— Probablement pas. C'est très long, expliqua

Chris pour la rassurer. Certaines opérations de ce genre peuvent durer cinq ou six heures.

— C'est un vrai test d'endurance! s'écria Elsie avec surprise. On doit être épuisé. Tout ce temps-là sur une seule opération?

Inez inclina la tête. Elle avait la gorge horriblement sèche. Elle se sentait incapable d'avaler la pâtisserie dorée et légère à miracle cuisinée par sa mère. Elle était reconnaissante à Christophe de réussir à manger et à bavarder comme s'il n'y avait aucune raison d'être soucieux. Chris avait ce don précieux de pouvoir discourir avec charme et intelligence sur une quantité des sujets divers. Il lança Elsie et Molly dans une discussion sur la fabrication des liqueurs, et elles confrontèrent leurs recettes personnelles avec une réelle animation.

Le dispensaire était ouvert de 3 à 4. Inez en fut soulagée, mais sa mère, qui donnait de nouveau des signes d'énervement, s'écria :

— Je me demande comment tu peux...

— Chris a besoin d'aide et papa s'attend à ce que je le seconde.

— Je regrette que tu ne sois pas restée à l'hôpital. Qui sait s'ils n'ont pas oublié de nous téléphoner?

— C'est impossible. M. Elbure lui-même a promis de nous appeler dès que ce serait terminé. Nous ne pouvons qu'attendre.

— Il a dû se passer quelque chose. Téléphone donc!

Inez se mordit la lèvre inférieure. C'était le moment le plus pénible... Voir les aiguilles tourner sur le cadran sans savoir pourquoi l'attente se prolongeait.

— Maman chérie, cela ne servirait à rien. Seuls ceux qui sont dans la salle d'opération pourraient nous répondre. Les autres ne sont pas au courant. Il faut attendre que ce soit fini, répéta Inez avec patience.

— Allons, ma petite Molly, pas d'énervement! Si nous voulons que nos prières soient exaucées, il faut prier avec foi, intervint vivement Elsie. Retournons à l'église faire une petite prière. Le soleil brille, et prendre un peu l'air nous fera du bien.

Elle réussit à entraîner Molly hors de chez elle, sachant que la femme du docteur se maîtriserait en public pour ne pas s'offrir en spectacle dans son propre village. Inez les vit partir avec soulagement. Mieux valait qu'elle et sa mère soient séparées pendant ces heures de crise. Elles se connaissaient trop pour ne pas se déchirer mutuellement.

Elle s'absorba farouchement dans son travail au dispensaire, se forçant à écouter l'habituel flot de clients qui l'entretenaient de leurs bobos. Mais elle ne pouvait empêcher son cœur de se serrer chaque fois que le téléphone sonnait. A mesure que les minutes passaient, elle avait l'impression que les chances de son père diminuaient. Elle devait faire un effort pour se retenir de consulter sa montre à chaque instant.

— C'était le dernier? demanda Chris à 4 heures et quart.

— Oui.

— Et maintenant?

— Quelques visites. Veux-tu prendre le thé d'abord?

— Ça vaut peut-être mieux...

Ils évitaient de se regarder. Elle sentait qu'il évitait tout contact de peur que sa maîtrise ne l'abandonne. Il n'osait lui offrir ni réconfort ni sympathie. Elle n'osait pas non plus se rapprocher de lui pour les mêmes raisons.

Elle se rendit d'un pas vif dans la cuisine. Le plateau du thé était déjà préparé. Il ne lui restait plus qu'à brancher la bouilloire électrique et... à attendre. Chris, assis devant le bureau de son père, prenait des notes.

La maison était soudain silencieuse... étrangement silencieuse.

Un claquement de portière résonna avec une violence anormale à ses oreilles. Elle courut à la fenêtre. Elle reconnut instantanément cette longue voiture noire. Elle vit Patrick... sans manteau et sans chapeau... qui se dirigeait vers le perron. Son cœur bondit. Elle eut l'impression de mourir. Son sang se figeait dans ses veines. Elle eut tout juste l'énergie d'aller de la cuisine à la porte d'entrée. Le pire avait dû se produire. Voilà pourquoi il était venu. Il était venu pour lui rappeler sa promesse de ne pas lui en tenir rigueur. Ou pire encore... pour l'accuser d'avoir causé sa défaite par son insistance. Si l'échec était dû à Patrick, quel affreux avenir leur serait réservé?

Elle n'était ni assez forte ni assez vaillante. Elle avait cru l'être, mais elle s'était trompée. Elle ne pouvait pas le supporter. Oh, si, il le fallait...

Elle ouvrit la porte, le regarda... regarda ce visage ascétique, tendu, farouche.

Elle murmura : « Patrick... » et fut incapable d'en dire plus.

— Ça y est! s'écria-t-il.

Et ses lèvres se détendirent, sans esquisser à proprement parler un sourire, plutôt une grimace de triomphe.

— Je suis venu vous prévenir. C'est fini.

— Vous voulez dire... (Elle avala sa salive.) Tout va bien?

— Pour autant qu'on peut en juger.

— C'était grave?

— Oui. Mais pas autant qu'on aurait pu le craindre. Je pense que l'intervention a eu lieu à temps.

— Ah, Dieu soit loué! Entrez! Vous avez une minute?

— Bien sûr. Rien à faire pour le moment qu'à se laver les mains et prier. Il ne reprendra pas conscience avant des heures. Probablement pas avant demain.

Elle l'attira à l'intérieur de la maison d'une main hésitante. Jamais les mots ne lui avaient paru si inadéquats à exprimer ce qu'elle pensait.

Elle balbutia :

— Voulez-vous un peu de thé?

— Du thé?

— Ou quelque chose d'autre...

— Merci. C'est déjà l'heure du thé?

— A peu près. Aviez-vous perdu toute notion du temps?

— L'opération a duré longtemps...

Puis la porte du cabinet de consultation s'ouvrit et Chris les rejoignit. Inez se tourna machinalement vers lui. Elle n'eut pas conscience de ce qu'elle disait. Elle fit machinalement les présentations, incapable de se rendre compte de la réaction de Patrick. Christophe le saluait... le félicitait... le questionnait. Comme d'habitude, Chris prononçait les mots appropriés. Elle était contente, pour le moment, de lui laisser toute initiative. Elle n'aurait jamais cru que le soulagement puisse paralyser au même titre que l'émotion. Elle ne s'était même pas aperçue que Chris avait passé un bras autour de sa taille.

— Assieds-toi vite, ma douce, ou tu vas chavirer! s'écria-t-il en l'entraînant vers le salon. Tu deviens verte.

— Non, je suis très bien...

Mais elle était secouée de frissons.

— Courage! Je vais te chercher à boire, dit vivement Chris.

Et la voilà sur le divan, ses yeux papillotants levés vers Patrick qui, planté devant le foyer, la dévisageait d'un air froid et accusateur.

— Pourquoi avoir menti? lança-t-il.

— A propos de quoi?

— De votre rendez-vous.

— Je ne sais pas... je ne comprends pas ce que vous voulez dire, balbutia-t-elle, ahurie. Quel rendez-vous?

— Tiens, belle enfant. Avale vite ça.

Chris lui mettait un verre dans la main. Il l'aidait à l'approcher de sa bouche. Elle avala et s'étrangla.

Puis de la cuisine monta une clameur plaintive :

— Inez, Inez! Qu'est-ce que tu fabriques? Tu as laissé brûler la bouilloire!

C'en était trop pour ses nerfs tendus à l'extrême. Elle éclata d'un rire spasmodique tandis que les larmes lui brouillaient les yeux. Elle réussit à se maîtriser au bout d'une minute, mais c'était soixante secondes trop tard. Quand elle releva de nouveau la tête, Patrick avait disparu.

8

— Ça va mieux? (Christophe était assis près d'Inez, lui essuyant les yeux, avec son mouchoir.) Du calme! Faut-il te gifler ou t'embrasser?

Cette question était si typique de Christophe qu'elle ravala ses larmes et esquissa un sourire tremblant.

— Je suis navrée... Je ne m'étais encore jamais conduite aussi sottement.

— Tu n'avais jamais eu à endurer une période de tension nerveuse aussi longue, lui rappelat-il. Détends-toi, mon chou. C'est fini, maintenant.

— Vraiment?

— A lire entre les lignes, on peut dire que notre ami le chirurgien en est persuadé. Drôle de type.

— Drôle?

— Il se précipite ici avec les bonnes nouvelles et il ne reste même pas pour les fêter. Il a filé comme s'il avait tout l'enfer à ses trousses.

Elle frissonna. C'était sa faute. Patrick s'était de nouveau blessé les doigts... ou du moins il l'avait cru. Il était venu la trouver les mains tendues, et il avait été cruellement repoussé. Elle avait trahi son espérance, simplement parce qu'elle avait été étourdie de soulagement et incapable de se reprendre à temps.

A temps? Il lui en avait accordé bien peu. Il n'avait pas attendu qu'elle recouvre son état normal; il ne lui avait pas laissé une seconde de grâce. Pourquoi ne pouvait-il donc faire des concessions? Christophe avait compris. Christophe avait vu qu'elle était sur le point de s'évanouir. Christophe l'avait conduite vers le divan et avait couru lui chercher un remontant. Christophe s'était montré merveilleusement attentionné.

Patrick ne possédait pas cette qualité. Autant qu'elle l'admette tout de suite. Il ne savait pas faire preuve d'attentions, ni accueillir ces attentions quand elles lui étaient prodiguées. Elle l'avait déçu parce qu'elle l'avait oublié. Elle aurait dû rester debout et mettre ses mains dans les siennes. Elle aurait dû lui offrir ses lèvres, son cœur, ce qu'il était venu chercher auprès d'elle. Toujours et toujours il demanderait en silence, farouchement, et il faudrait qu'elle soit là pour déposer ce qu'il exigerait d'elle entre ses mains meurtries. C'était une perspective sombre, terrifiante. Etait-il surprenant qu'Evelyn l'ait repoussé? Ou bien... Patrick avait-il été différent avec Evelyn? Etait-il plus allant, plus facile à vivre, moins replié sur lui-même quand il se croyait aimé d'Evelyn?

« Ce n'est pas juste. Pourquoi devrais-je payer le mal qu'elle lui a fait? » songea Inez avec désespoir.

Puis sa mère et Elsie Ipplepin vinrent les rejoindre, et Christophe leur raconta la visite de Patrick.

— Mais... où est-il? Pourquoi n'a-t-il pas attendu? Il devait bien penser que je voudrais le remercier, s'écria Molly Raine. Inez, tu n'aurais pas pu le retenir? Bizarre qu'il soit reparti si vite... A moins qu'il n'ait été obligé de retourner auprès de ton père?

Un point d'interrogation dansait dans ses prunelles couleur de myosotis... des prunelles voilées par les larmes qu'elle avait si vaillammant tenté de retenir. Christophe réagit aussitôt, la rassurant avec un flot de paroles réconfortantes et amicales. La tension disparut. Elsie fit le thé, et ils s'assirent pour le boire paisiblement.

Ils ne se montrèrent pas très bavards. Même Molly Raine, d'ordinaire si volubile, se taisait maintenant. C'était le silence du jardin après une brusque averse. La pluie cesse et le soleil brille à nouveau, mais pendant un moment l'air est d'un calme quasi surnaturel et les fleurs restent immobiles comme épuisées par l'épreuve. Pareille à un oiseau après la pluie, Molly redresserait bientôt la tête vers le soleil, gazouillerait et secouerait les gouttelettes de l'orage. Ils recommenceraient à deviser et à tracer des plans gaiement. Ils diraient — et probablement croiraient — qu'ils avaient toujours su que tout se passerait bien. Que leurs prières seraient exaucées. Que le mari, le père, le médecin très aimé se rétablirait.

Hommes de peu de foi, pourquoi avez-vous douté? citerait Elsie Ipplepin.

La vie continuerait... mais elle serait différente. Elle ne pourrait plus jamais être la même. Le souvenir de cette attente angoissante laisserait sa cicatrice sur leur cœur. On dit que la souffrance ennoblit, mais c'est ce qui se produit rarement. Ils étaient silencieux et humblement reconnaissants maintenant. Ils se montreraient bientôt maussades et irritables : contrecoup d'émotions trop violentes.

Inez ressentit une irritation bien mesquine lorsque Christophe déclara :

— Il est inutile que ta mère aille à Saint-Chad ce soir. Cela ne ferait que la déprimer inutilement.

Molly Raine et Elsie Ipplepin venaient d'emporter la vaisselle du thé à la cuisine. Inez et Christophe se trouvaient momentanément seuls ensemble. Au lieu d'être heureuse de cette attention envers sa mère, Inez en éprouva de l'agacement. Pourquoi protéger et chouchouter perpétuellement sa mère? Ce n'était plus une enfant à qui il faut épargner tout spectacle pénible.

— Maman voudra le voir, répliqua-t-elle.

— Ma chérie, tu sais bien qu'il sera encore sous l'effet de l'anesthésie. Il y aura probablement des bouffissures et une décoloration des tissus. Ta mère ne connaît rien aux conditions ou aux traitements post-opératoires, lui rappela Christophe. Pour l'homme de la rue, un appareil de transfusion est déjà affolant.

Inez hocha la tête, honteuse de son mouvement d'humeur. Elle avait l'habitude des bruits et des spectacles de l'hôpital. C'était différent pour sa mère. L'y soumettre maintenant serait inutilement cruel. Molly pouvait fort bien être au courant des merveilles de la science moderne et en être reconnaissante, mais cela ne lui rendrait pas plus supportable la vue de son mari inanimé, des aiguilles dans les veines et des appareils effrayants à son chevet. Christophe avait raison. Il serait plus sage d'attendre vingt-quatre heures. C'est ce qu'aurait préféré le Dr Raine. Il s'efforçait toujours de protéger au maximum sa femme qu'il adorait.

— Qu'est-ce qui se passe, ma doucette? demanda Christophe, comme s'il sentait son trouble sans réussir à l'analyser.

Elle ne pouvait pas lui dire qu'elle était la proie de la réaction primitive des femmes seules envers les épouses qui ont l'habitude d'être choyées à l'extrême.

C'était de la jalousie, tout simplement, Inez le reconnaissait avec un serrement de cœur. Jamais elle ne serait de ces épouses aimées et protégées. Tant par nature que par éducation, elle était faite pour lutter dans la vie côté à côte avec son partenaire. Elle lutterait avec et pour lui. Elle subirait les coups durs en même temps que lui. Elle serait peut-être parfois lasse, glacée, découragée, mais elle n'irait jamais chercher refuge dans ses bras. Peut-être même son compagnon ne se rendrait-il jamais compte qu'elle en aurait eu besoin.

Christophe avait été aimable et compréhensif, mais il attendait d'elle qu'elle se ressaisisse et redevienne comme avant. Quant à Patrick, il ne lui avait même pas accordé ces instants de répit. Il avait été ulcéré et rendu furieux par sa faiblesse.

— Tu veux retourner à Saint-Chad bien que tu ne sois pas de service, je suppose, dit Christophe.

— Oui. Naturellement.

Elle crispa ses mains croisées. Bien entendu, elle voulait rentrer à Saint-Chad. Elle voulait voir son père. Elle tenait à être là quand il reprendrait conscience. S'il y avait jamais des complications, elle serait prévenue aussitôt. La surveillante de nuit l'autoriserait probablement à veiller son père cette nuit. Il ne la reconnaîtrait pas, mais il sentirait peut-être sa présence et, d'autre part, sa mère serait réconfortée de la savoir là-bas.

— Je serai prête dans une demi-heure, dit-elle d'une voix ferme.

Elle monta dans sa chambre. Elle se remaquilla et se coiffa très soigneusement, comme si le résultat de ces soins était très important. Il semblait incroyable qu'elle eût son apparence de tous les jours. Sa peau avait son habituel teint de pêche, ses cheveux luisaient toujours comme des écheveaux de soie noire et ses yeux bruns n'avaient rien perdu de leur éclat. Les ombres légères qui les cernaient pouvaient n'être dues qu'à un fard discret. Elles ajoutaient à la beauté de ses yeux au lieu de l'atténuer. Même ses lèvres avaient une chaude teinte incarnat. La bouche de sa mère avait été toute la journée pâle et crispée. Sa mère avait souffert plus qu'elle. Elle n'avait pu que prier et attendre, sans comprendre exactement ce qui allait se produire.

De retour au rez-de-chaussée, Inez embrassa tendrement sa mère, essayant inconsciemment de pallier son indigne petit accès de jalousie. Molly lui rendit son étreinte avec une affection consolante.

— Tu m'as été d'un très grand réconfort, chérie. Ne te fatigue pas trop, dit-elle avec douceur. Et... et ne considère pas que tu as une dette à payer...

Elles se trouvaient dans le hall. Christophe était parti au garage chercher la voiture. Par la porte ouverte, Inez entendait ses vains efforts pour faire démarrer la capricieuse Arabella.

— Une dette? répéta-t-elle, presque du ton d'une coupable.

L'intuition de sa mère était-elle plus grande qu'elle ne l'avait supposé? Elle n'avait donné à sa mère aucun détail sur son expédition à l'appartement de Patrick. Elle n'avait jamais parlé de la fameuse Evelyn... ni de cette ressemblance entre elles.

— Christophe est tellement gentil. Un garçon si loyal et qui t'est si attaché! s'écria Molly. Tu as de l'affection pour lui, n'est-ce pas?

— Oui, beaucoup.

— Alors ne laisse pas ce Patrick Elbure s'imposer à toi...

Molly avait enfin exprimé ouvertement le fond de sa pensée. Elle humectait nerveusement ses lèvres pâles tandis qu'Inez, les yeux perdus dans la pénombre, prêtait l'oreille aux efforts de Christophe et se remémorait le dédain glacé quand il l'avait accusée de lui avoir menti.

Peut-être avait-il une tendance à toujours supposer le pire. Peut-être était-ce pour cela qu'Evelyn s'était écartée de lui. Rosemary semblait croire qu'Evelyn avait beaucoup souffert à cause de lui, qu'elle n'avait rompu que lorsqu'elle avait atteint les limites de son endurance.

« Peut-être suis-je plus résistante qu'Evelyn. Peut-être suis-je capable d'en supporter plus. En tout cas, je ne le laisserai pas tomber, se dit Inez. »

Elle s'efforça de sourire, de répliquer quelque phrase rassurante qui ne l'engagerait à rien, mais elle avait l'impression désagréable que sa mère lisait sa pensée.

— A bientôt, maman! Il faut que j'aille aider Chris, dit-elle précipitamment et elle courut au garage.

Chris, lui, n'avait pas deviné les courants dangereux qui s'étaient établis entre elle et Patrick Elbure. Chris se conduisit comme d'habitude, possessif, mais pas d'une façon outrageuse, en la reconduisant à Saint-Chad. Il avait probablement compris qu'elle avait eu suffisamment d'émotions pour la journée. Il se montra gai et terre à terre... ce qui donnait à Inez envie de lui sauter au cou. Ce soir, elle avait besoin d'un ami solide et pas d'un amoureux exigeant, et Chris avait eu l'intelligence et la gentillesse de le comprendre et d'en assumer le rôle.

Elle ressentait le désir bien féminin de se blottir contre lui, de se laisser entraîner à se lier à lui irrévocablement. Mais elle y résista. Elle lui effleura à peine la main et prit le raccourci à travers les bosquets, bien qu'elle n'eût aucunement besoin de se hâter et qu'il n'y eût aucune objection à ce que Chris la dépose devant le pavillon des infirmières. Elle se sentait obligée de revivre chaque instant de cette étrange première rencontre. Il était alarmant de découvrir à quel point chaque détail était resté imprimé dans sa mémoire. Les buissons ne ruisselaient pas de pluie, ce soir. Ils étaient contractés par l'approche de la gelée, mais l'âpre senteur des feuilles mortes n'avait pas changé.

Elle était convaincue qu'elle se heurterait de nouveau à Patrick Elbure au tournant fatal et qu'elle entendrait cette voix un peu rauque l'appeler « Evelyn ». Ou peut-être, cette fois, dirait-il « Inez ».

Ses genoux se mirent à trembler. Sa gorge se dessécha. Elle voulait pivoter sur ses talons et s'enfuir pendant qu'il en était encore temps. Elle dut faire un effort pour continuer sa route à pas lents, hésitants.

Elle eut une terrible déception quand, le coude de l'allée franchi, elle vit qu'il n'y avait personne. Elle ne fut même pas soulagée. Elle était comme abasourdie. Il aurait dû être là. Pourquoi n'y était-il pas? Il aurait été si bien de se retrouver dans cette pénombre protectrice. Elle aurait pu s'expliquer et s'excuser, et il aurait été obligé de l'écouter. Elle l'aurait convaincu qu'elle n'était pas engagée envers Christophe? S'il n'y avait pas eu d'autres moyens, elle aurait posé une fois encore sa main sur la sienne. Les mots peuvent tromper ou s'enfuir comme les gouttes de pluie glissent sur les vitres, mais le contact ne trompte pas.

Elle émergea du sentier dans la grande cour de l'hôpital. Elle était incapable de réfléchir raisonnablement, de se dire qu'elle était venue pour le rencontrer et qu'il n'était pas là, mais qu'il n'avait pas pu savoir qu'elle emprunterait ce chemin précisément à cette heure. Ce genre de télépathie n'existait pas encore entre eux. Elle devrait se préparer à le rencontrer dans l'hôpital. Les murs blancs, les éclairages crus et la présence d'observateurs intéressés la handicaperaient sérieusement, mais elle n'osait pas retourner le trouver dans son bureau.

Elle se rendit aussitôt au pavillon de la chirurgie et monta à la petite pièce où était son père. Christophe avait eu raison. Il aurait été cruel d'amener sa mère. L'homme étendu dans le lit était à peine reconnaissable. Pour sa mère, le choc aurait été terrible.

Inez pouvait le supporter, ayant l'habitude des grands opérés de la tête. Elle n'était même pas déconcertée par le visage blême et boursouflé de son père ou son état d'inconscience.

Sa voix était calme et détachée en s'adressant à l'infirmière de garde. Elle était même légèrement amusée d'être à son tour du côté de ceux qui reçoivent les paroles habituelles de réconfort. Elle projeta de revenir plus tard. Elle était certaine que la surveillante de nuit, qui était en général surmenée et à court de personnel, tolérerait sinon accepterait avec joie sa présence. Elle aurait pu offrir d'assurer le service de nuit, mais elle craignait que sa proposition soit mal reçue. Elle était encore trop nouvelle, trop « venue de l'extérieur ».

Elle dîna au réfectoire comme d'habitude. Elle

attendit ensuite que les infirmières de nuit eussent pris leur service, avant de se présenter au pavillon de la chirurgie. La surveillante, le feu aux joues et les cheveux en bataille, le nez brillant et le regard vif derrière son pince-nez, lui sauta dessus. Oui, certes, Mlle Raine pourrait veiller le Dr Raine ce soir. Il y avait eu un accident et le personnel était débordé. Une affreuse collision sur la nationale. Un car bondé de supporters revenant d'un match de football avait heurté une voiture particulière, était monté sur le talus et s'était retourné. Le service des accidentés s'occupait des blessés légers, mais ceux qui devaient être opérés avaient été amenés ici. Trois au moins étaient dans un état grave.

L'infirmière détachée auprès du Dr Raine lui transmit les consignes avec cette remarque :

— M. Elbure est passé juste après 8 heures. Il a dit qu'il reviendrait plus tard... mais ce sera certainement beaucoup plus tard.

— Oh, pourquoi?

— Parce qu'il est surchargé de travail en ce moment. Il est dans la salle d'opération en train de réduire une fracture du crâne. Il aura ensuite une amputation, je crois, reprit l'infirmière Lindsay. Peut-être deux. C'était un bel accident.

— M. Elbure avait déjà eu une rude journée.

— Heureusement, il est relativement jeune et solide comme un chêne, répliqua l'autre d'un ton allègre. Si vous avez besoin d'aide, Raine, criez... et peut-être que vous en obtiendrez.

— Merci.

Même une fois la porte refermée, Inez entendait le remue-ménage dans la salle voisine. Elle regrettait de ne pas y être plongée. Les urgences sont énergétiques. Elle avait le genre d'esprit qui se complaît à surmonter des difficultés imprévues, qui aime s'activer et réagir vite. Elle aurait bien voulu en ce moment faire partie de l'équipe de la salle d'opération.

Tout en surveillant méthodiquement l'état de son père et en régularisant de temps à autre l'écoulement du sérum physiologique, elle songeait à Patrick Elbure. Etait-il aussi résistant que les gens le supposaient? Son abord froid n'était-il pas trompeur? Pouvait-il être parfaitement impassible? Ne devait-il pas souffrir quand il essuyait une défaite?

Il était presque 1 heure du matin quand il survint. Il ouvrit la porte sans bruit et aperçut Inez qui se détachait sur la paroi blanche, avec ses cheveux noirs comme la nuit. Elle se délassait de son mieux dans le fauteuil d'osier, ses longues jambes fines allongées, la tête penchée de côté, le menton reposant dans la main. Ses longs cils ombraient sa joue. La grâce de sa pose était enchanteresse.

Patrick n'avait pas fait de bruit, mais elle leva la tête comme si elle avait senti le poids de son regard. Leurs prunelles se croisèrent. Elle lut dans celles de Patrick une soif si ardente et désespérée que son cœur lui sembla s'arrêter de battre. Pas une parole, pas un geste n'aurait été aussi éloquent, aussi révélateur que ce regard. Rien n'aurait pu balayer aussi efficacement et aussi rapidement les hésitations d'Inez.

« Oh, mon amour... mon cher amour, tu es affamé, épuisé, solitaire... Personne ne se soucie de toi! songea-t-elle, émue de pitié. Personne pour te prendre par la main et t'emmener te reposer; personne pour t'ouvrir ses bras, pour éloigner de toi les cauchemars. »

Elle n'aurait pas su dire comment elle le savait, mais elle avait compris ce dont il avait besoin; ce n'était pas une supposition. Elle savait qu'il ne dormirait pas, qu'il ne pourrait même pas se reposer dans l'état où il était. Il lui fallait de la chaleur, de la tendresse, de l'amour vrai. Inez avait envie de le presser contre elle et de le câliner jusqu'à ce que tous les soucis et toute la lassitude de la journée l'abandonnent.

Quelques traces de ses sentiments devaient transparaître dans ses yeux, car il fit deux pas vers elle, et elle vit se détendre la ligne serrée de ses lèvres. Elle se dressa, les mains tendues en geste d'accueil. Leurs doigts allaient se toucher. Alors, au moment crucial, un froufrou familier se fit entendre. Les mains d'Inez retombèrent à l'ordonnance le long de son corps, ainsi que l'exigeait la coutume de Saint-Chad. Par-dessus l'épaule de Patrick, elle vit que la surveillante redressait cocassement son nez luisant.

— Monsieur Elbure..., dit la surveillante d'une voix un peu haletante.

Il se tourna vers elle aussitôt, la tête légèrement inclinée, courtoisement attentif. Il n'y avait plus dans ses yeux gris qu'un intérêt professionnel. Il arrêta de la main les explications précipitées de la surveillante concernant la présence d'Inez à la place de l'infirmière habituelle. Elle ajouta que Mme Lindsay reprendrait son poste dès que les accidentés auraient été soignés. Elle avait pensé que Mlle Raine pourrait monter la garde une heure ou deux. C'était peut-être un peu irrégulier, mais le cas était exceptionnel. Quel terrible accident! Pourquoi les conducteurs de car ne prendraient-ils pas une conscience plus aiguë de leurs responsabilités envers le public?

La surveillante de nuit, une fois lancée, ressemblait à un cours d'eau traversant une ville populeuse et charriant dans ses eaux toutes sortes de débris. Ceux qui la connaissaient bien la laissaient débiter ses propos et cessaient machinalement d'écouter. Patrick dit brièvement :

— Je ne doute pas que Mlle Raine soit à la hauteur de sa tâche...

Mlle Raine? Bien sûr, il ne pouvait pas parler d'elle en d'autres termes, se dit Inez, mais cette voix mesurée, cet éclat d'acier dans ses yeux provoquèrent en elle un choc désagréable. Une minute plus tôt, son regard l'avait déclarée sienne, l'avait revendiquée sans atermoiement, et sans détour.

A cette demande ardente, elle aurait pu répondre, elle aurait voulu répondre, fièrement et totalement, sinon le cœur léger. Maintenant, elle était abandonnée à elle-même. Elle avait la même impression que lorsqu'on manque une marche et qu'on tombe avec violence. Comment Patrick réussissait-il à reprendre si vite son rôle de « chirurgien sans âme »? Aucun battement de cils qui trahisse les sentiments que sa présence pouvait éveiller. Avait-elle déjà cessé d'exister pour lui?

Il se pencha sur son malade. Il fit les vérifications habituelles. Il examina les feuilles de température. Il dit :

— Il s'en sort très bien. Dans quelques heures, il réclamera son petit déjeuner.

La surveillante émit un petit rire, comme si elle s'y sentait obligée par politesse. Inez ne broncha pas.

Il se retourna pour la regarder, mais son coup d'œil était scrutateur et sur la réserve, et n'apprit rien à Inez. Il dit calmement :

— Faites relever Mlle Raine dès que possible, madame. Elle a eu une dure journée.

— Oh, non, monsieur Elbure! Elle n'était pas de service aujourd'hui. Sans cela, bien entendu, je ne l'aurais jamais autorisée à nous aider, si débordées que nous fussions, protesta la surveillante.

— Elle n'était pas de service? Oui. C'est bien ce

que je veux dire, expliqua Patrick avec un demi-sourire. Il y a des occasions où il est plus dur d'être libre que de travailler. N'est-ce pas, mademoiselle?

— C'est exact, monsieur Elbure, répliqua Inez. Mais le service est dur aussi et... vous avez eu une journée terriblement longue!

Elle n'aurait pas dû faire ce commentaire. Ce n'était pas conforme aux conventions. Les yeux de la surveillante scintillaient derrière ses lunettes. Et pourtant comment Inez aurait-elle pu le laisser partir sans un mot, si banal fût-il? S'il lui était interdit de prendre la main de Patrick, elle pouvait sûrement lui parler. Elle trouvait insupportable l'idée qu'elle n'avait pu établir aucun contact avec Patrick. Même un fil d'araignée aurait été préférable à ce vide effrayant qu'il avait laissé entre eux quand il s'était enfui des *Safrans*.

— Oui, une longue journée, répéta-t-il d'une voix sans timbre. Le garçon qui avait une fracture du crâne est mort pendant l'opération... Quel gâchis.

La surveillante claqua de la langue et se lança dans une ribambelle de commentaires plus ou moins judicieux sur les accidents de la route. Inez ne dit rien. Elle regardait Patrick. Elle comprenait maintenant pourquoi il s'était immobilisé sur le seuil, avec cette soif dans le regard. Elle se rendait compte du mensonge de son invulnérabilité, ce masque pathétique d'invulnérabilité. Implacable? Oui, quand son métier l'y obligeait, mais ensuite? Son dévouement, son génie chirurgical, son « métier » s'arrêtaient au seuil de sa vie privée. C'était lorsque les malades étaient de retour dans les chambres, lorsque les lumières de la salle d'opération étaient éteintes et lorsque les stérilisateurs devenaient silencieux... c'est alors que Patrick Elbure avait besoin de chaleur, d'amour et de tendresse. Quand il était seul... poursuivi par ses mauvais rêves.

Hanté par d'amers souvenirs? Par la crainte de l'avenir? Par la douleur causée par cette Evelyn qui avait tenu son amour entre ses mains et l'avait rejeté? Qui sait? Seule une autre fille qui aurait le courage de plonger avec lui dans ces sombres remous trouverait la solution. Il ne pouvait pas plaider sa cause, il ne pouvait pas supplier. Il pouvait seulement quémander de ce regard éloquent, qui trahissait la même exigence que sur la glace, lorsque Patrick avait surgi derrière elle et l'avait arrêtée dans sa course sur l'étang gelé. Elle ne s'en était pas rendu compte à ce moment-là. Elle avait été simplement troublée. Maintenant, elle comprenait son regard, mais comment lui dire qu'elle en acceptait le défi?

C'était impossible... ici, avec son père entre la vie et la mort, et en présence de la surveillante empressée. Inez ne pouvait que regarder Patrick, et presque aussitôt il détourna son regard du sien. Il ne prit même pas congé d'elle. Il sortit de la pièce, suivi de la surveillante.

9

Rosemary Harker était ordinairement d'humeur égale et gaie. C'était la perle du « Tout-Saint-Chad », de l'avis d'Inez. Ce matin-là, un radieux matin de ciel bleu et de rosée étincelante, avec un bon air pur et frais, Rosemary bondissait d'allégresse en traversant la cour de l'hôpital.

Inez la rattrapa :

— Que se passe-t-il? Promotion?

— Temporaire, mais quel soulagement! Tout un long week-end sans Sainte Ursula! Vous vous rendez compte? répliqua Rosemary.

— Elle a congé?

— Mieux encore. Elle est partie chez elle.

— Chez elle?

— En Cornouailles. Son beau-père est malade. Thrombose cérébrale. Ce n'est pas ce qui me réjouit, laissez-moi vous le préciser tout de suite. C'est un homme charmant.

— Oh! Ah, oui, j'avais entendu dire qu'il était malade. Son état n'a pas empiré?

— Pas à ma connaissance. Mais il est paralysé et la famille de Sainte Ursula l'a harcelée de télégrammes suppliants. Evelyn s'en est occupée, mais elle ne peut pas rester là-bas indéfiniment.

— Evelyn?

Encore ce nom? Inez se demanda si elle arriverait jamais à l'entendre sans en avoir le cœur serré.

— Evelyn est sa bru et elle a fait des études d'infirmière assez poussées, mais il faut bien qu'elle s'occupe de son mari et de son propre foyer.

— Elle habite tout près?

— Grands dieux, non! De l'autre côté d'Exeter. Pendant la semaine tout au moins. En général, ils passent le week-end aux *Sources*. Sainte Ursula doit les retrouver là-bas et essayer d'arranger les choses.

— Je comprends. Elle restera là-bas tout le week-end?

— Ils sont partis tard hier soir. Je pense qu'ils n'en reviendront que lundi après-midi.

— Ils? Vous avez bien dit *ils*?

— Bien sûr, Patrick Elbure l'y a conduite. Après tout, c'est son père, le malade!

— Oui. Oui, c'est juste.

— Hé, hé, que se passe-t-il? Vous voilà pâle comme un linge, Raine. (Rosemary inclina comiquement la tête sur le côté selon son habitude :) Seriez-vous en train de perdre la tête?

— Pas d'une manière trop apparente, j'espère.

— Il y a ce jeune homme si charmant au sein même de votre demeure, avec une alliance toute prête dans sa poche, certainement.

— Oui? dit-elle, comme si elle s'en moquait.

— Oh, ma pauvre petite, quel démon vous a ensorcelée? Envisagez-vous sérieusement de prendre la succession d'Evelyn Shelley?

— Je n'en sais rien. Mais en tout cas ce ne serait ni pour m'amuser, ni pour gagner un pari.

— Excusez-moi, dit Rosemary en lui adressant un coup d'œil apitoyé et scrutateur. Cela n'aboutira pas, bien entendu. C'est une consolation. Sainte Ursula y veillera.

— Ah?

— Et une bonne chose, en ce qui vous concerne, déclara Rosemary avec franchise. Vraiment, Raine, à votre âge, vous devriez avoir depassé le stade où l'on s'emballe pour le héros qui fait une action d'éclat. M. Elbure a réussi une opération miraculeuse sur votre père, je vous l'accorde, mais c'est son métier. Il ne l'a pas fait pour vos beaux yeux noirs.

« C'est pourtant le cas tout de même », songea Inez, qui se contenta de secouer la tête.

— C'est un garçon génial qui atteindra des sommets si Dieu lui prête vie, prophétisa Rosemary. Mais, question sentiment, c'est un iceberg. Pire, c'est la rancune incarnée. Il n'a jamais pardonné à Evelyn cette histoire du clocher et de la blessure de sa main.

Inez aurait aimé avoir des détails, mais une délicatesse instinctive lui ferma la bouche.

Elles furent ensuite absorbées par les tâches multiples de leur service, le départ des infirmières de nuit et l'activité matinale pour mettre tout en ordre avant les visites. L'atmosphère était-elle plus gaie et plus légère ce matin? La suppléante Harker était aussi efficace que pouvait l'exiger la directrice la plus exigeante. C'était une excellente organisatrice, mais bien sûr Ursula aussi. Où était la différence? Etait-ce qu'Ursula avait le chic pour embobeliner de fils soyeux patients et personnel? Ursula recherchait et recevait adulation et témoignages de gratitude. Rosemary non.

Rosemary était vive et précise. Elle était incapable de se gorger d'hommages ou de chercher à conquérir les cœurs. Elle ne se voyait pas sous les apparences d'un ange bienfaiteur, ni n'encourageait les malades à lui voir une auréole. A part l'espèce de fraîcheur qui en résultait dans l'atmosphère, la matinée fut on ne peut plus normale. Le soleil répandait toujours ses rayons tentateurs. Un papillon, une petite sanesse aux brillantes couleurs, sortit de son hibernage et voleta dans la salle, à la grande joie de plusieurs garçonnets. Inez dut l'attraper en veillant à ne pas trop abîmer ses pauvres ailes déjà en bien mauvais état. Elle ouvrit une croisée et le libéra, le suivant du regard dans son vol incertain à travers les rayons du soleil qui inondaient la cour.

Elle se demanda machinalement si les papillons sortaient aussi de leur retraite en Cornouailles pour jouir de cet avant-goût du printemps. Patrick se promenait-il au soleil en ce moment? *Les Sources*, était-ce le nom du village ou de son domaine familial? C'était agaçant d'en savoir autant et pourtant si peu sur son compte. Se promenait-il auprès de ces « sources », quelles qu'elles fussent, en compagnie d'Evelyn? Rêvait-il à ce qui aurait pu être et ne serait jamais? Comparait-il dans son esprit la fille qui lui rappelait Evelyn avec l'original? Comment Inez Raine se tirait-elle de cette comparaison? Ses cheveux étaient-ils d'une soie aussi noire, ses yeux aussi sombres, ses lèvres aussi rouges, son port de tête aussi fier et son corps aussi merveilleusement souple? Ou bien Inez n'était-elle plus dans la mémoire de Patrick qu'une image fade sans intérêt?

Patrick, après un séjour dans la chambre du malade, se tenait sur la terrasse dominant le lac et les ruisseaux à qui la demeure devait son nom. Il fumait, mais il éteignit sa cigarette par politesse quand sa belle-mère franchit la porte-fenêtre pour venir le rejoindre. Il avait une certaine affection teintée de respect pour Béatrice. Elle n'avait jamais cherché à obtenir plus de lui. Elle était restée veuve pendant longtemps avant de se remarier avec Willoughby Elbure. Elle l'aimait beaucoup et était sincèrement inquiète pour lui. Patrick ne lui tenait pas rigueur d'être également agacée par le bouleversement de sa vie ordinairement bien réglée. Béatrice aimait mener une vie calme, et aussi une vie active. Elle supervisait admirablement l'administration des *Sources*. Elle dirigeait également l'Institut féminin et le conseil paroissial, et faisait partie du conseil municipal. Elle était à la tête du Club des Jardiniers. Elle s'était spécialisée dans les fleurs, qu'elle exposait aux divers concours. Elle était toujours du comité organisateur quand il était question de fêtes ou de ventes de charité. Willoughby Elbure était le « squire » du lieu, le seigneur, pour autant que le titre eût encore quelque signification, et elle l'aidait à tenir son rang avec bon sens et compétence.

Il y avait un nuage sur le front habituellement serein de Béatrice, qui ne se dissipa pas même après qu'il eut répondu à ses questions sur l'état de son père.

— Ne pourrais-tu sermonner Ursula? questionna soudain Béatrice. S'il y a quelqu'un qui a de l'influence sur elle, c'est bien toi.

— Que veux-tu que je lui dise?

— Persuade-la de rester ici jusqu'à ce que ton père aille mieux. Tu ne crois pas que c'est son devoir? Moi, si.

— Mais la question est de savoir si elle est de cet avis.

Béatrice eut un soupir d'impatience :

— C'est très difficile de connaître Ursula. Elle n'a pas eu d'autre mère que moi, puisque je l'ai adoptée à la mort de ma sœur et que je l'ai élevée comme ma propre fille. On pourrait s'attendre au moins à un peu de gratitude et de considération maintenant, tu ne trouves pas?

Patrick eut un hochement de tête diplomatique. Béatrice ne se rendrait donc jamais compte qu'il avait horreur d'être impliqué dans une discussion familiale?

— Je n'ai aucune influence sur Ursula, dit-il lentement, évitant le regard agacé, plein de reproche, de Béatrice. Elle ne veut rien entendre de toi?

— Non. Je suis ulcérée par son attitude. Je ne m'étais pas doutée qu'elle était aussi égoïste, se lamenta Béatrice. La petite Evelyn s'est montrée merveilleuse, mais il n'est pas juste de trop exiger d'elle en ce moment. Elle va avoir un autre enfant, tu le sais.

Patrick sursauta :

— Ah? Non, je l'ignorais...

— Elle est en bonne santé, mais Val, c'est bien naturel, ne veut pas qu'elle se surmène, et le petit Willoughby est turbulent. Il y a son père aussi. Lawrence a eu plusieurs bronchites cet hiver. Quand Evelyn et Val viennent pour le week-end, elle aime rester à la Cure avec son père.

— C'est juste.

— Tu comprends, n'est-ce pas? Quelle que soit son affection pour Willoughby, il n'est que son beau-père. Il faut être équitable, ou tenter de l'être.

— Equitable? Qu'est-ce qui serait équitable?

— J'estime que, toi et Ursula, vous devriez nous aider, répliqua sèchement Béatrice. Voilà ce que j'entends par équitable. Veux-tu au moins faire la morale à Ursula?

— Si tu le désires...

Béatrice pinça les lèvres. C'était une femme agréable à regarder, bien faite, qui n'avait jamais été ce qu'on appelle jolie, mais qui ne serait jamais laide. Ses traits étaient éclipsés par la beauté classique de ceux d'Ursula, mais elle supportait bien l'épreuve du temps. Elle avait un teint et des dents éclatants. Son regard avait le brillant de la jeunesse. Seules les rides autour de sa bouche et sur son front trahissaient son âge quand elle quitta la terrasse.

Patrick resta en proie au sentiment d'impuissance et d'échec qui l'accablait si souvent quand il était en contact avec ses semblables. Pourquoi avait-il été incapable d'exprimer sa sympathie profonde pour Béatrice? Pourquoi n'avait-il pas entouré ses épaules de son bras et ne lui avait-il pas fait comprendre qu'il était de cœur avec elle dans son heure d'angoisse? Même les femmes les plus maîtresses d'elles-mêmes ont besoin de s'appuyer sur quelqu'un dans des moments pareils. Patrick pensa : « Val n'y aurait pas manqué. Val n'aurait pas glacé Béatrice par son silence et sa raideur... »

Il en avait été de même dans la chambre de son père. En dépit de toutes ses années d'expérience, il n'avait pas su quoi dire à son propre père. Ses brèves paroles de réconfort lui avaient semblé banales et peu convaincantes. Il craignit d'avoir alarmé plutôt que rassuré le patient.

Patrick se dit que venir aux *Sources* avait été une erreur. Il n'en était advenu aucun bien. Avec amertume, il alluma une autre cigarette. Il avait affolé son père et ennuyé Béatrice. Il n'avait témoigné ni à l'un ni à l'autre de son affection et de son inquiétude pour eux. S'il devait se laisser entraîner dans semblables situations, il ferait bien à l'avenir d'emmener avec lui un interprète... en supposant qu'il découvre pareille rareté.

Il méditait tristement au soleil en arpentant la terrasse lorsque survint Ursula, aussi séduisante qu'Eve et potentiellement aussi dangereuse. Elle portait une robe bleu jacinthe dans un tissu moelleux et collant qui soulignait les contours sensuels de son corps bien proportionné. Sur la plupart des autres femmes, cette robe aurait été infiniment aguichante. Sur Ursula, elle semblait simplement le cadre approprié à un très beau tableau. Du moins est-ce ainsi que Patrick envisageait les choses. Elle le salua par ce reproche :

— Pat, fais donc attention! Je ne sais pas ce que tu as raconté à ton pauvre père, mais il est convaincu que tu es revenu pour lui dire un dernier adieu.

— Quelle blague! Je lui ai dit qu'il faisait autant de progrès qu'on pouvait en espérer à ce stade.

— Comme il ne peut bouger ni le bras ni la jambe gauches, pas plus que sortir de son lit, voilà une belle consolation. Tu es stupide! Tu ne t'es donc pas rendu compte qu'il était en pleine panique?

— Panique? Pourquoi?

— Parce qu'il ne peut pas supporter de devoir demander assistance à quelqu'un.

— Cela ne durera pas très longtemps. Des massages lui permettront vite de recouvrer l'usage de ses membres.

— Pourquoi ne pas lui avoir enfoncé cela dans la tête, au lieu de le terrifier?

Son ton impatient de sœur aînée augmenta le

malaise de Patrick. Il jeta sa cigarette et l'écrasa sous son pied.

— Il est vraiment dommage que je sois venu, dit-il froidement.

— Oh, ne dis pas de sottises! Il faut que nous organisions quelque chose pour ton père et Béatrice. Il a besoin d'une infirmière tant qu'il est dans cet état. Tu t'en rends compte?

— Bien sûr.

— Evelyn s'est débrouillée avec l'aide de l'infirmière du pays, mais elle ne peut pas rester ici indéfiniment. Val ne la laissera pas faire. D'autre part, ce n'est pas recommandable. Elle et Val n'ont déjà que trop d'influence ici!

Les lèvres finement ourlées d'Ursula avaient une ligne dure et ses yeux bleus avaient l'éclat du métal.

— Leurs désirs ont force de loi. Tu ne l'as pas remarqué? conclut-elle.

Patrick haussa les épaules. Ursula l'inspecta avec une irritation non dissimulée.

— Cela t'est égal. Je ne te comprends pas, dit-elle sèchement.

— Je suis de la meilleure volonté du monde, mais je ne vois pas ce que je peux faire. Béatrice veut que tu restes ici quelques semaines. Pourquoi refuses-tu?

— Et Saint-Chad? J'en démissionnerais?

— Bien sûr que non. La directrice te donnerait un congé.

— Et Rosemary Harker prendrait ma place? Tu n'as aucune idée du travail qu'il m'a fallu pour organiser mon service. J'ai choisi moi-même presque toutes mes infirmières. Je tiens tous les fils comme ça... (Elle plia et déplia ses longs doigts blancs.) Je ne peux pas courir le risque de les lâcher pour avoir à tout recommencer de zéro. Il faut du temps pour connaître les gens et découvrir comment les manœuvrer.

— Je m'en doute, dit-il avec un dégoût non déguisé. C'est comme cela que tu juges ton personnel? Ce sont pour toi uniquement des instruments?

— Des instruments humains avec des défauts humains, corrigea-t-elle. On apprend à les discerner et à s'en servir.

Il s'abstint de tout commentaire. Cette théorie lui paraissait répugnante. Sur l'un des rosiers maintenant dépouillés qui étaient en été une des gloires de la terrasse, il y avait une toile d'araignée tout endiamantée de rosée. Il considéra la perfection des fils impalpables. Puis il aperçut la filandière sur une feuille morte; une araignée dodue aux aguets. Son attitude d'attente et de sûreté de soi ressemblait étrangement à celle d'Ursula. Il fit quelques pas nerveusement et elle dit :

— Tu grisonnes aux tempes, Patrick. Tu as bien vieilli depuis la dernière fois que tu es venu ici.

— Exact!

— Tu as l'air beaucoup plus âgé que Val. Oncle Lawrence et Evelyn te trouveront bien changé. Quand iras-tu à la Cure?

— Je ne sais pas. Je n'irai peut-être même pas.

— C'est absurde! Après tant de temps? Oncle Lawrence serait affreusement blessé si tu ne lui rendais pas visite. Je ne m'étonne plus qu'Evelyn t'ait qualifié d'inhumain. Tu te conduis comme s'il n'existait que toi dans l'univers.

Sa voix était calme, froide et mesurée. Elle plantait des banderilles avec une habileté consommée. « Pourquoi? » se demanda Patrick en essayant de brider la colère qui commençait à l'envahir.

— Va tout de suite à la Cure! La matinée est splendide et la promenade te fera du bien. Tu ne prends pas assez d'exercice, continua sa tourmenteuse d'un ton uni. Le bébé sera en train de dormir et tu pourras bavarder tranquillement du bon vieux temps avec Evelyn.

— Je ne tiens pas à bavarder avec Evelyn, merci.

— Oh, allons, Pat! (Ursula lui décocha un sourire plus affligé qu'irrité.) Tu ne peux pas haïr éternellement cette pauvre Evelyn. T'avoir laissé tomber pour Val était ce qu'elle pouvait faire de plus intelligent. Elle n'aurait jamais pu s'adapter à toi et à ton genre de vie.

— N'en parlons plus, s'il te plaît.

— Ainsi donc... le bât te blesse encore? Oh, Pat! C'est complètement stupide! Quand tu la reverras, tu te demanderas comment tu as pu t'imaginer que tu l'aimais. Veux-tu que je t'accompagne pour te donner du courage?

— Ma chère Ursula, un de ces jours, tu te feras assassiner.

Ses lèvres étaient pincées, ses narines blêmes. Ursula reconnut les signes avant-coureurs de sa colère et sourit :

— Tu as envie d'essayer? Tu ne me fais pas peur. J'ai toujours su te mater quand tu étais petit. Ta colère est plus nuisible à toi-même qu'aux autres. Tu es à bout de nerfs, en ce moment. Tes mains tremblent.

— Veux-tu me ficher la paix?

Elle l'examina en silence. Il sentait qu'elle concentrait toute sa volonté pour le faire plier. Il voyait presque les banderilles dans sa main. Il savait qu'elle manœuvrait pour le forcer à se rendre à la Cure. Elle ne le laisserait pas tranquille avant. *Pourquoi?* Il questionna à haute voix :

— Pourquoi?

— Parce qu'il est grand temps que tu te guérisses de ce coup de folie pour Evelyn. Tu l'as laissé devenir une phobie. Tant que tu ne l'auras pas surmonté, tu ne te décideras jamais à te marier.

Etait-ce vrai? Il était incapable d'en juger. Il avait cependant l'idée que, si Inez Raine avait été libre, nulle phobie n'aurait réussi à le retenir.

— Cette histoire était vouée à l'échec dès le début, dit Ursula calmement. Tu m'as toujours été destiné, de même qu'Evelyn était pour Val. N'as-tu pas déjà payé assez cher pour cette amourette ridicule? Alors, au nom du ciel, va là-bas et rends-toi compte à quel point tu es ridicule.

Il pivota sur ses talons. « Pourquoi pas? se dit-il soudain. Pourquoi toujours éviter les rencontres avec Evelyn? » C'était absurde, étant donné le temps écoulé depuis. Elle était la femme de son frère; la mère du fils de son frère. Elle avait changé depuis qu'il avait vu en elle son premier amour. Pourquoi souffrirait-il de la revoir?

Avait-il transformé Evelyn en quelque chose qu'elle n'était pas? En avait-il fait l'incarnation de son idéal? Avait-il jamais donné à une autre femme la chance de lui faire oublier cette Evelyn?

« Il est grand temps que tu guérisses », avait dit Ursula.

Sur ce point, elle avait raison, il le reconnaissait, mais elle se trompait du tout au tout si elle s'imaginait que, guéri, il se tournerait... vers elle. En fait d'obsession, Ursula semblait s'en être forgé une, et tenace. Elle n'avait aucune raison de le considérer comme sa propriété : n'avait-il pas clairement indiqué sa position sur ce point autrefois? L'idée même de penser à elle sous cet angle l'horripilait. Ils avaient vécu si longtemps ensemble qu'il la considérait à jamais comme la sœur aînée autoritaire et parfois abusive de son premier et unique amour. Qu'il se tourne vers Ursula pour quémander ce qu'Evelyn avait refusé de lui donner était hors de question. Comment Ursula ne s'en rendait-elle pas compte?

Ursula était aveugle sur ce point. La faiblesse et la force d'Ursula tenaient à son incapacité fondamentale à admettre qu'elle ne pouvait pas avoir ce qu'elle désirait. Elle ne s'attendait pas à ce que les alouettes lui tombent toutes rôties dans la bouche. Elle était prête à manœuvrer longuement et à patienter le temps voulu. Si elle devait faire du mal aux gens, elle le regrettait, mais ne se laissait jamais arrêter par cette éventualité. Elle avait cinglé Patrick délibérément. C'était la seule méthode pour l'envoyer à la Cure. Une fois qu'elle le vit en route, elle se contenta d'attendre. Elle ne commit même pas l'erreur classique de le questionner à son retour. Elle ne marqua ni curiosité ni triomphe. Elle constata qu'il avait l'air las et songeur, mais pas autrement abattu. Si la guérison n'était pas complète, du moins était-elle en bonne voie, se dit-elle.

Pour les détails, elle les obtiendrait directement de sa cousine. Au début de la soirée, ayant posté Patrick au chevet de son père, elle s'en alla à la Cure. Elle trouva Evelyn, comme elle s'y était attendue, en train de baigner son fils. Le jeune Willoughby était un gros bébé aux joues couleur de pomme d'api, aux cheveux roux, à la voix forte et au tempérament entreprenant, pour ne pas dire agressif... ou du moins est-ce sous cet aspect qu'il apparut à Ursula. Evelyn et Val l'adoraient et l'appelaient « Petit Willie » à cause d'une ressemblance imaginaire avec son grand-père paternel. Ursula estimait ce surnom de très mauvais goût et pas le moins du monde drôle. Elle y voyait une allusion cousue de fil blanc au fait que le jeune Willoughby chausserait un jour les bottes de son grand-père.

— Je suis sûre que tu lui donnes trop à manger.

A Saint-Chad, nos bébés ne sont pas aussi gras ni aussi rouges, déclara Ursula d'un ton critique en esquivant une giclée d'eau. Tu n'as aucune autorité sur lui, Lyn. Ne peux-tu donc pas le faire rester tranquille?

— Il s'amuse, Dieu le bénisse! s'écria Evelyn paisiblement. Pourquoi n'éclabousserait-il pas s'il en a envie, le pauvre petit chou?

— Petit chou? Il est odieux, un point c'est tout, dit Ursula glaciale.

Evelyn lui adressa le sourire mi-furieux mi-indulgent familier à toutes les jeunes mères du monde quand elles discutent avec les célibataires de la famille. Ursula avait envie de la gifler. Elle regarda avec insistance la taille épaissie d'Evelyn sous son tablier imperméable.

— Tu n'arrives même pas à te faire obéir de ce gosse, et tu vas en avoir déjà un autre. C'est écœurant.

— Pourquoi? Val et moi, nous aimons les enfants. Nous en voulons des quantités, répliqua Evelyn sans le moindre énervement. D'ailleurs, je n'en ai pas « déjà » un autre. Elle ne naîtra pas avant la fin juin.

— Elle? Ce sera une « elle », cette fois?

— Nous avons pensé qu'il serait bien agréable d'avoir une fille, maintenant. Non pas d'ailleurs que nous y tenions absolument, dit Evelyn avec sérénité. (Elle était ravissante; le mariage et la maternité lui avaient donné un nouvel éclat. Patrick avait-il été de cet avis? Etait-il retombé sous le charme? Ou bien cet enfant dodu et remuant n'avait-il pas rompu l'ensorcellement?) Regarde ses mains, Ursula! Il a exactement les mêmes ongles que Val, s'écria Evelyn avec fierté. Viens, Willy, mon mignon! Hop!

Elle sortit avec adresse l'enfant de la baignoire et

le déposa sur ses genoux. Il ne poussa pas de rugissements, comme Ursula s'y attendait, il gazouilla et brandit ses petits poings.

— Il arrive presque à se tenir debout tout seul, reprit Evelyn en l'essuyant avec la serviette moelleuse. Il essaie d'aller partout. Il marchera quand sa petite sœur sera là.

— Quelle fête!

— C'en est une, tu sais, répliqua Evelyn avec ce sourire de sagesse maternelle nouveau chez elle. C'est extrêmement amusant...

— Qu'as-tu pensé de Pat?

La question avait fusé. Pour une fois, la patience d'Ursula était à bout.

— Quoi? Oh... Pat! dit Evelyn d'une voix indifférente.

— Tu m'as l'air d'avoir oublié fort opportunément que tu étais folle de lui. Tu prétendais qu'il était unique en son genre.

— Il l'est toujours. Je suis contente de l'avoir revu.

— *Contente?* C'est tout ce que tu as à dire? Il ne représente donc plus rien pour toi?

— Que veux-tu qu'il représente?

Evelyn haussa les sourcils noirs qui semblaient dessinés sur le même modèle que ceux d'Inez Raine :

— J'ai de l'affection pour Patrick. Naturellement. Après un premier amour, peut-être devrait-il rester une espèce de tendresse, mais nous avons dépassé ce stade depuis longtemps.

— Tu as trouvé Patrick changé?

— Il m'a paru vieilli et plus morose. Je pense qu'il était inquiet à cause d'oncle Willoughby. Non, on ne peut pas dire qu'il ait changé. Il a toujours été taciturne et réservé en comparaison de Val.

Toute l'ancienne jalousie envers Evelyn se réveilla dans le cœur d'Ursula. Elle éprouvait une violente envie de la faire souffrir.

— Tu as de la chance d'être comme tu es. Tu as bien oublié que tu as failli briser la carrière de Patrick, dit-elle sèchement.

Les pupilles d'Evelyn se dilatèrent.

— Je n'ai pas oublié... rien du tout... mais Patrick est très bien, maintenant, non?

— Tu trouves?

— Il est réinstallé à Saint-Chad. Il sera chirurgien en chef quand M. Manuden prendra sa retraite. Il a réussi de très belles opérations, répliqua Evelyn. Il se mariera quand le moment sera venu et...

— Ah? Il t'a parlé de mariage?

— Non, mais j'ai compris qu'il avait une petite amie.

— Une amie? Pat? Sûrement pas!

— Oh? Alors, qui est Inez?

— Inez?

— Deux fois de suite il m'a appelée Inez comme s'il pensait à elle.

Ursula fronça les sourcils. Il lui sembla réentendre la voix glacée, impatiente, de Patrick : *Je ne peux rien pour mon père. En revanche, le père d'Inez Raine compte sur moi.*

C'était la première fois depuis des années que Patrick prononçait le nom d'une jeune fille. Etait-ce un avertissement? Ursula avait estimé que Mlle Raine était liée avec un habitant de son propre village, mais cela n'impliquait pas nécessairement qu'elle n'était pas dangereuse.

Ursula se dit : « Inez est séduisante pour qui aime ce genre de beauté brune! » Elle était vive et intelligente. Elle pouvait fort bien être une menace. « Pas pour moi, résolut Ursula. Je ne permettrai à personne de se mettre en travers de ma route. »

10

— Viens, mon chou! Cela te fera du bien... Et puis c'est probablement l'ultime manifestation de l'hiver, déclara Christophe d'un ton persuasif.

— Je ne sais pas...

Pour une fois, Inez était nerveuse et indécise :

— Patiner un lundi, c'est presque de la débauche. Les pauvres médecins accablés de travail ne devraient pas valser sur la glace le lundi après-midi.

— Tu es ridicule! dit Christophe en riant. Quelle différence que ce soit un jour plutôt qu'un autre? Pourvu que je sois à l'heure pour la consultation, qui peut y trouver à redire?

— Vas-y donc, chérie! Ne laisse pas passer un si bel après-midi, intervint Molly Raine. Elsie et moi, nous allons finir de repeindre le salon d'attente. Les murs sont presque secs et nous pouvons nous occuper maintenant des boiseries.

Avec son goût pour les couleurs vives, Elsie Ipplepin avait insufflé à Molly le désir d'égayer la maison pour le retour du Dr Raine. Apprécierait-il la transformation du cabinet de consultation avec ses nouvelles teintes bleu cendré et vert tendre et le salon en jaune d'or et lapis-lazuli, Inez n'en avait pas la moindre idée. Sa première réaction serait sans doute la reconnaissance envers l'infatigable Elsie pour avoir trouvé une diversion si absorbante.

Molly Raine n'avait jamais tenté d'entreprise plus hardie que de repeindre des meubles ou cirer à neuf un parquet. Armée d'un rouleau elle s'amusait comme un enfant. Elle avait le menton et les mains tachés de peinture, et il y avait même des éclaboussures bleues sur les cheveux blonds qui s'échappaient de son turban. Elle avait passé à la ronde des tasses d'excellent café. Maintenant, elle aidait Elsie à préparer la teinte voulue pour peindre les boiseries.

Christophe, qui venait de ramener Inez de Saint-Chad pour l'après-midi, était assis au bord de la table de la cuisine, et balançait les jambes. Inez était installée à califourchon sur une chaise, le menton dans les mains. Elle regardait sa mère avec une indulgence affectueuse.

— N'oubliez pas de mettre des pancartes « Attention à la peinture », dit Chris en souriant. Sinon, la consultation de 6 heures risque d'être mouvementée.

— Bien sûr!

Elsie exhiba fièrement des morceaux de carton blanc où des lettres étaient artistiquement tracées en rouge et noir.

— Nous veillerons à ce que rien n'entre en collision avec nos beaux murs bien lisses.

Christophe sourit de nouveau. Il essaya de capter le regard d'Inez, mais elle détourna vivement les yeux. Elle était contente qu'il se sente si bien ici. Naturellement. Il avait été d'un grand réconfort pour sa mère. Il avait ôté un poids considérable des épaules de son père. S'il voulait s'installer pour de bon ici, ses parents en seraient enchantés. Jadis, Inez aurait été ravie, elle aussi. Elle aurait aimé pouvoir revenir à ces jours heureux où une sortie avec Chris représentait le summum du bonheur.

Ils n'avaient pas duré... mais c'était la faute de Chris et non la sienne s'ils avaient été interrompus. Il avait prétendu que se vouer à de longues fiançailles officielles était une sottise, et elle avait refusé de se laisser lier par des fiançailles secrètes. Elle s'était trompée sur le compte de Chris, elle était obligée de le reconnaître. Il avait tenu sérieusement à elle sous son air désinvolte. Sa révolte orgueilleuse était inutile. Si elle avait attendu avec patience et tendresse, elle aurait sa vie toute tracée maintenant.

— Viens donc, paresseuse! dit-il en posant sa tasse vide. Tu as l'air d'avoir le crâne bourré de toiles d'araignée. L'air vif de l'étang te revigorera.

Elle acquiesça à regret. Elle n'avait pas d'autre solution. Chris s'était organisé de façon à pouvoir passer avec elle l'après-midi. S'ils n'allaient pas patiner, il proposerait une promenade à pied ou en voiture. Elle pouvait difficilement déclarer qu'elle préférerait être seule. Elle n'était même pas sûre que ce soit vrai. Elle n'avait pas envie de devoir faire la conversation, mais ses propres pensées étaient-elles plus distrayantes?

Elle se demanda quelle serait la réaction de sa mère, de Chris et d'Elsie au cas où elle s'écrierait : « Je suis folle de jalousie... à cause d'une fille que je n'ai jamais vue. Il est avec elle maintenant aux *Sources*. Découvrira-t-il que mille sources... mille kilomètres de séparation... mille semaines ne peuvent éteindre l'amour? Elle est mariée, mais ne paraîtra-t-elle pas d'autant plus désirable qu'elle est hors d'atteinte? N'aura-t-elle pas l'attirance de ce qu'on ne peut avoir? »

Elle se leva d'un bond, bousculant sa chaise. Elle la rattrapa au vol. Si troublé que fût son cerveau, ses réflexes physiques fonctionnaient admirablement. C'est pourquoi ses joues s'enflammaient encore quand elle pensait à sa culbute dans les branches cassées. Ce n'était pas du tout son genre de trébucher et de tomber, même la nuit. Elle avait dû être bouleversée par cette rencontre avec Patrick. Peut-être même n'avait-elle jamais recouvré son équilibre depuis.

— Donnez-moi cinq minutes... dit-elle avec une gaieté forcée — et elle monta en courant se changer.

Molly abandonna ses pots de peinture, ses antennes maternelles en pleine activité :

— Qu'est-ce qu'elle a, Chris? L'état de son père ne s'est pas aggravé, n'est-ce pas? Il était de si bonne humeur hier après-midi. En fait, il était si bien que j'ai dit oui quand il nous a suggéré de ne pas aller le voir aujourd'hui. Il voulait qu'Inez vienne à la maison, au lieu que nous soyons toutes les deux là-bas à tourniquer autour de lui.

— Oh non! Il va très bien. Inez a probablement quelque chose qui la tracasse, répliqua Chris en fronçant ses sourcils blonds. Une des petites histoires habituelles de l'hôpital. On ne peut pas toujours éviter d'être entraîné dans des bisbilles.

— Tant que ce n'est pas le C. S. A., murmura Molly.

— Qu'est-ce que c'est que ça?

Elle lui adressa le coup d'œil mi-espiègle, mi-confus qui la faisait paraître beaucoup plus jeune que son âge :

— Elsie et moi, nous l'appelons le « Chirurgien Sans Ame ». Inez aussi, au début, mais depuis l'opération elle est restée étrangement muette sur son compte. Oh! je sais bien qu'il a réussi un travail délicat et nous lui en serons toujours reconnaissants. Mais... cela ne veut pas dire que nous aimerions l'accueillir dans notre cercle familial.

— Bonté divine! Il n'en est pas question, j'espère? s'exclama Chris. Ce type rébarbatif?

— J'aimerais bien en avoir la certitude. (Le sourire gamin de Molly s'effaça.) Inez a toujours aimé l'aventure et la difficulté. Il représente peut-être pour elle un défi.

— Ou bien un héros, compléta Elsie. Inez admire tout ce qui ressemble à un exploit.

— Je ne me tourmente qu'à cause de sa réputation, reprit Molly d'une voix anxieuse. Je sais bien qu'on l'a étouffé et que mon mari m'a interdit d'en reparler, mais il y a eu un affreux scandale à cause de ce garçon et d'une jeune et jolie infirmière. Tu dois t'en souvenir, Elsie?

— Je ne connais pas l'histoire en détail, et j'espère qu'il n'y avait rien de vrai dedans, répondit Elsie en plissant son front blême. Il a été blessé assez grièvement, n'est-ce pas? Les gens charitables ont dit qu'il avait été suffisamment puni. La jeune fille a quitté Saint-Chad.

— Puisque vous êtes amateurs de commérages, vous serez probablement ravis d'apprendre qu'elle a épousé le frère de votre « Chirurgien sans Ame ». C'est l'unique raison pour laquelle elle n'est pas revenue finir ses études.

Aucun d'eux n'avait encore entendu Inez s'exprimer sur un pareil ton. Ils se tournèrent vers elle d'un air penaud, Elsie en rougissant, Molly en humectant ses lèvres roses, Chris en levant les mains comme pour dissimuler son visage.

— Grâce! Ne nous tue pas, supplia-t-il.

— J'ai horreur des commérages... surtout à propos d'épisodes qui se sont passés il y a des années, répliqua Inez.

— Je sais, chérie. Moi aussi, mais...

— Oh! maman... (Les yeux d'Inez brillaient comme des topazes.) Tu devrais avoir honte de remuer ces ragots, après ce que Patrick Elbure a fait pour papa!

— Chérie, je lui en suis infiniment reconnaissante. Mais... tu es notre fille unique. Nous ne voulons pas te voir engagée avec ce genre d'homme, dit Molly Raine avec élan. Je t'en prie, ne sois pas fâchée.

« Fâchée » était si insuffisant pour décrire le bouillonnement intérieur qui l'agitait, si ridicule, que l'expression tendue d'Inez se relâcha.

— La moralité est une chose si importante, ma chérie, commenta Elsie. Une union où l'on ne trouve ni tendresse, ni intégrité, ni sens de l'humour peut être un calvaire.

— Bien dit, applaudit Chris. Vous avez trouvé les trois qualités primordiales. Voyez-en la démonstration convaincante dans votre humble serviteur!

La tension se dissipa et tous sourirent. Chris était passé maître dans l'art d'alléger l'atmosphère. C'était une de ses plus séduisantes qualités.

— Excuse-moi, maman. Ne fais pas attention. En ce moment je suis à cran.

— Tu as besoin de t'aérer l'esprit, dit Chris en lui prenant ses patins des mains. Nous serons de retour à 5 heures, madame Raine, prêts à avaler des piles de tartines à la confiture de cassis et des bolées de thé bouillant.

« Cher Chris! » songea Inez dans un grand élan d'affection. Il rendait la vie agréable et facile. A en croire sa mère, les malades l'adoraient déjà. Même les plus vieux qu'avaient rendus méfiants sa jeunesse et ses manières charmeuses avaient cédé à leur tour. Pendant le court trajet jusqu'à l'étang, ils furent arrêtés plusieurs fois par des amis ou des clients. Inez admira l'aisance amicale de Christophe, mais son malaise intérieur en fut accentué. Chris s'était presque trop bien inséré dans la vie de West Wheystone. C'était visible dans les sourires et les coups d'œil qui allaient de Chris à elle.

Chris patinait bien, sinon de façon spectaculaire. C'était un partenaire agréable. Et, tandis que ses patins volaient sur la glace, Inez sentit peu à peu diminuer ses angoisses. Il y avait beaucoup de monde sur l'étang, bien que ce fût un lundi après-midi. Elle aperçut un contingent de Saint-Chad, mais fut soulagée de voir qu'elle ne connaissait bien aucune des infirmières. Elle n'avait aucune envie de se montrer sociable. Elle voulait patiner... patiner sans arrêt, jusqu'à ce que la fatigue physique fasse taire les questions qui lui torturaient l'esprit.

L'air était cristallin. Elle le but à longs traits. Les arbres qui entouraient l'étang étincelaient de givre. Une bonne odeur de feu de bois venait du village. La glace était relativement égale et les doigts de Christophe étaient tièdes sur les siens. Le soleil se coucha lentement dans une gloire d'or, d'incarnat et d'orangé.

C'était un après-midi magnifique, et cependant quelque chose manquait. Inez ne se permit pas de chercher quoi. Elle pensait être complètement absorbée dans l'instant présent, pourtant elle eut aussitôt conscience de la longue voiture qui ralentit avec une prudence exagérée en s'engageant dans la rue principale. Elle continua à patiner. D'une pirouette, elle s'écarta même de la berge de l'étang. Elle ne voulait pas s'accorder de regarder cette voiture bien identifiable. Elle savait que le conducteur s'était arrêté, mais elle ne tournerait pas la tête. Elle avait honte de l'accélération de son pouls; honte de l'impulsion qui lui fit faire un bond et décrire une courbe gracieuse. Cette brusque sensation d'excitation et de bien-être était quelque chose de nouveau... et de dangereux. Mais elle échappait au contrôle d'Inez; la jeune fille ne pouvait rien contre cette réaction due à « sa » présence.

Pas plus qu'elle ne put réagir contre l'affreuse déception qui l'étreignit quand elle entendit la voiture repartir. Il s'était arrêté pour regarder... puis il s'en était allé sans un mot. C'était dur à supporter.

— Tu as vu cette fille? questionna soudain Chris.

— Quelle fille?

Elle fut étonnée d'avoir un ton de voix aussi normal.

— Une blonde ravissante... absolument splendide. Elle était dans cette voiture qui s'est arrêtée un instant. Je n'ai jamais vu plus ravissant visage.

Le soulagement l'inonda. Elle faillit rire tout haut. Patrick n'était pas seul, bien sûr. Ursula Shelley l'accompagnait. Une chance qu'il ne soit pas descendu pour saluer Mlle Raine. La surveillante Shelley n'aurait pas apprécié la chose. Elle révérait la tradition de Saint-Chad avec autant d'ardeur que les plus vieux et les plus farouches « Saint-Chadais ».

— C'est l'heure, dit Chris quelques minutes plus tard.

— Oh non! pas déjà!

— La lumière baisse et je suis prêt à attaquer la pile de toasts qui nous attend. Pas toi?

— Dans un moment. Rentre si tu veux.

— Il le faut, ou je serai en retard pour la consultation. Viens donc! Tu as fait autant d'exercice que si tu étais danseuse professionnelle. Inutile de te surmener.

— Je vais venir tout de suite. Je t'assure. Je veux simplement m'entraîner encore un peu.

Il n'avait pas envie de la laisser. Il ne comprenait pas son obstination. Elle non plus, d'ailleurs. Même les lueurs du couchant commençaient à s'éteindre. Il ferait bientôt noir.

— A tout à l'heure, dit-elle comme il s'éloignait.

La plupart des autres patineurs étaient déjà partis. Pourquoi rester en arrière? Il ne viendrait pas. Il avait beau être officiellement libre jusqu'à demain — comme elle — il serait pris dans la routine de l'hôpital dès qu'il mettrait le pied à Saint-Chad. D'ailleurs, il serait fatigué après avoir tellement roulé. Il ne se changerait pas pour retourner précipitamment à West Wheystone. Il n'escompterait pas qu'elle l'attende dans le froid et la pénombre grandissante.

Ainsi raisonna-t-elle... puis elle envoya la logique à tous les diables. Il fallait qu'elle reste. S'il éprouvait la même chose qu'elle, il viendrait.

Elle continua à patiner, très lentement, juste pour dire qu'elle remuait. Il n'y avait presque plus de clarté. Le bon sens interdirait à Patrick de venir en voiture de Saint-Chad avec l'espoir qu'elle serait encore là. Peut-être n'était-il pas rentré à Saint-Chad? Peut-être prenait-il le thé avec Sainte Ursula dans son appartement?

L'atmosphère semblait vibrer d'attente. Il faisait froid et humide. Demain, il pleuvrait, Inez le sentait. De la pluie et un ciel gris, triste et déprimant. Une journée comme aujourd'hui était bien rare.

Elle entendit la voiture. Elle crut reconnaître le ronronnement du moteur. Elle se dit de ne pas se monter la tête. Elle retint son souffle, bandant sa volonté pour forcer la voiture à s'arrêter, sans oser croire une minute que c'est ce qui se passerait. Le claquement sec de la portière fit affluer le sang à ses tempes. Elle eut soudain envie de s'enfuir à l'autre bout de l'étang, dans l'ombre intense, mais elle résista à cette impulsion enfantine. A coups de patins rapides, tête haute, elle vola à sa rencontre. Il bouclait déjà ses patins avec impatience. Il leva la tête et la vit qui glissait vers lui.

Il s'écria :

— Inez! (Et c'était bien « Inez » et pas « Evelyn ».) Je suis venu aussi vite que j'ai pu.

— Vous avez fait vite!

— J'avais peur que vous ne m'attendiez pas.

Il s'apprêtait à se relever, lui tendant la main. Elle le retint un bref instant contre elle, tandis qu'il se mettait en équilibre. Puis ils s'élancèrent sur la glace sombre, presque indiscernable, la main dans la main. Les doigts de Patrick étaient si froids qu'on aurait dit une main d'acier. Inez ressentit une espèce de choc à leur contact, mais elle ne se dégagea pas. Elle savait que sa propre chaleur s'insufflerait en lui peu à peu.

Les contours du clocher et des ormes dépouillés étaient tout juste visibles sur le ciel crépusculaire. Avec ses fenêtres allumées, le village ressemblait à une carte postale de Noël. De temps à autre passait une bicyclette, ou un charroi de ferme tiré par un cheval qui avançait péniblement. Au loin, des chiens hurlaient et des gens s'interpellaient dans la campagne. La vie se déroulait comme à l'accoutumée à West Wheystone, mais là, sur l'étang désert, Inez s'en sentait étrangement détachée.

Ils patinaient vite et en silence. C'était étrange et vivifiant. Elle comprit que Patrick trouvait une sorte de soulagement dans cette allure rapide. Au début, le suivre lui suffit. Puis son silence commença à l'agacer.

— Avez-vous passé un bon week-end? questionna-t-elle poliment.

— Pas spécialement.

— Comment allait votre père?

— Pas mal, merci. Son bras et sa jambe gauches sont immobilisés, mais il peut parler.

— Il a dû être content de vous voir.

— Pas particulièrement. Nous n'avons pas grand-chose en commun. (Il s'interrompit, puis ajouta dans une espèce d'accès de confiance :) Je trouve extraordinairement difficile de parler à mon père.

— C'est assez courant.

— Ah? J'aurais cru le contraire.

— Non. Les générations différentes parlent souvent un langage différent. Et les relations entre parents et enfants présentent souvent des complications à mesure qu'on vieillit, dit-elle lentement. J'ai beaucoup de chance en ce qui concerne mes parents, mais nous nous heurtons parfois.

— Pour moi, il n'y a même pas de heurt. Nous n'avons aucun point de contact. C'est d'ailleurs vrai avec d'autres gens que mon père.

— Le courant ne passe pas. Je sais.

— Oui? (Ses doigts glacés serrèrent les siens.) C'est parfois... déprimant.

— Oui. Vous avez passé tout le week-end aux *Sources*? C'est un village? Ce nom est fascinant.

— Le village s'appelle La Cascade. Les *Sources* sont notre domaine.

— Un domaine? Est-ce donc si grand?

— Jusqu'à un certain point, oui. Il était à l'abandon jusqu'à ce que mon frère ait eu l'idée de le reboiser. Il s'occupe de sylviculture.

— Un travail intéressant.

— Il le pense. Le domaine a l'air de prospérer, maintenant. C'est assez plaisant pour qui aime les bois et l'eau. Val s'en occupe à ses heures de loisir. Il le reprendra à la suite de mon père, dit Patrick d'une voix hachée. Je ne pourrai jamais vivre là-bas!

— Non, bien sûr.

— J'aimerais vous le montrer un jour.

— Je serais très contente de le voir.

Il y eut un autre silence prolongé. Puis tout à coup les phares d'une voiture se braquèrent sur eux, comme si un projecteur s'était allumé. Inez cligna des paupières et Patrick poussa une exclamation étouffée.

Ils entendirent des bruits de voix et ils virent scintiller des lampes de poche. Des rires flottaient sur la glace, mêlés au son légèrement métallique d'un gramophone. D'autres phares luisaient derrière les premiers.

Patrick aurait battu en retraite, mais Inez l'entraîna avec fermeté.

— Venez! Ce sont des gens de Saint-Chad. Vous ne reconnaissez pas le rire de Mac?

— De Saint-Chad?

— Quelques-unes des filles qui ont fini leur service à 5 heures, probablement. Il y en a plusieurs voitures. Ne vous contractez donc pas! Elles ne vous mordront pas.

— Pourquoi a-t-il fallu qu'elles viennent tout gâcher?

— Elles n'ont rien gâché du tout.

Elle était déconcertée par cette invasion, mais décidée à ne pas le laisser voir. Se mêler tranquillement au groupe était, certes, le meilleur moyen de couper court aux commérages. Il y avait eu un instant gênant quand ils avaient été mis en vedette par les phares, mais l'étang était un lieu public. Qu'ils y soient tous les deux en train de patiner n'avait pas de signification particulière, somme toute. Ceux qui connaissaient Inez savaient qu'elle habitait ici, à West Wheystone. Ils savaient aussi qu'elle adorait patiner.

— Est-ce que je ne ferais pas mieux de disparaître? dit Patrick mal à l'aise.

— Bien sûr que non! Rien de tel pour que les langues se mettent à marcher. Venez patiner avec les autres.

C'était la première fois qu'elle servait de liaison entre Patrick et les autres. Au bout d'un moment, elle s'en tira fort bien. Elle était équilibrée et calme, elle avait aussi des qualités de chef. Elle ne s'attarda pas à se demander ce que les nouveaux arrivants pensaient de sa présence ici avec Patrick. Elle se plaça aussitôt au diapason de leurs projets et leur donna quelques bons conseils. Elle s'arrangea pour leur rappeler qu'elle connaissait bien le terrain. Elle était chez elle, ici.

Son aisance leur sauva la mise. Elle était incontestablement la meilleure patineuse parmi les filles, et la plus séduisante, mais elle n'avait pas la fâcheuse habitude de soulever les jalousies féminines. Elle s'était toujours bien entendue avec les autres filles. Elle réussissait à se faire aimer de tous sans l'avoir cherché. Sa vitalité et sa gaieté plaisaient aussi bien aux garçons qu'aux filles. Elle savait donner de l'entrain à une réunion sans pour cela léser personne.

Patrick fut entraîné à sa suite. Il se trouva bientôt absorbé dans le groupe. La présence de Mac, le neurologue aux cheveux couleur de paille, l'encourageait. L'obscurité l'aidait, aussi. Le cercle de lumière réalisé avec les lampes de poche n'était pas très étendu. Au delà, les patineurs devenaient virtuellement anonymes. Peu à peu, Patrick rejeta son masque sombre et redevint le Patrick Elbure qui avait été un sujet brillant, mais aussi un étudiant renommé pour son insouciance.

Il se joignit avec abandon à une folle partie de hockey. Inez le regardait manœuvrer avec une étincelle de tendresse presque maternelle dans les yeux. Pour une fois, il avait réussi à établir le contact avec les autres. Cela ne durerait pas, mais la preuve était faite que ce n'était pas impossible.

Vers le moment où les patineurs se rassemblaient pour chauffer des boîtes de potage à la tomate devant un feu où rôtissaient des châtaignes, Ursula Shelley s'aperçut de l'absence de Patrick. Pendant une demi-heure, elle refusa de croire qu'il n'était pas quelque part dans l'hôpital. Puis elle découvrit que sa voiture n'était pas là. Elle supposa qu'il était retourné dans son appartement, mais la sonnerie du téléphone retentit plusieurs fois en vain.

« Il n'aurait pas dû ressortir sans m'avertir », songea-t-elle avec cet instinct de propriétaire qu'elle déployait toujours envers lui. Ils étaient libres tous les deux jusqu'au lendemain matin. S'il avait envie de dîner dehors, pourquoi ne l'avait-il pas dit?

Au vrai, elle aurait eu du mal en temps ordinaire à surveiller les faits et gestes de Patrick. Mais elle n'en avait pas eu besoin jusqu'à présent. Elle savait qu'il avait très peu de loisirs. D'habitude, quand il n'était pas de service à l'hôpital, il travaillait chez lui. Où pouvait-il être ce soir?

Elle passa la fin de la soirée dans la salle réservée au personnel supérieur, regardant la télévision. Peu après 10 heures et demie, des pétarades éclatèrent.

— Ah, ces garçons! Pourquoi ne mettent-ils pas des silencieux à leurs vieux tacots? s'écria gaiement la surveillante du service des consultations.

— Ce qu'ils sont bruyants, dit une des plus anciennes. Où ont-ils bien pu aller par une nuit pareille?

— Patiner. Sur l'étang de West Wheystone, expliqua la responsable du service des accidentés. Trois de mes filles sont parties avec eux. J'espère qu'elles vont me revenir sans bras ou jambes cassés.

Des portières claquaient. Des voix et des rires à peine assourdis montaient de la cour. Quelques minutes plus tard, l'une des surveillantes qu'Ursula aimait le moins entra en demandant si par hasard il n'y avait pas quelque chose de chaud à boire. C'était une grande femme d'une quarantaine d'années, taillée à coups de serpe, sans beauté, aux cheveux courts et à la peau boucanée. Ursula ne comprenait pas comment Mlle Gretton pouvait être l'une des surveillantes les plus aimées et les plus respectées. Elle la trouvait vulgaire et dépourvue de féminité.

Elle portait ce soir un pantalon de velours brun

et un anorak rouge vif. Elle se jeta dans un fauteuil et lança sans élégance ses jambes par-dessus un des accoudoirs.

— Bon sang, ce que je vais être courbatue, demain! Je suis tombée six fois! s'exclama-t-elle. Mais ça en vaut la peine. J'arrive à me tenir à peu près en équilibre sur mes lames, et Dieu que l'air était bon. Vous auriez dû aller là-bas, au lieu de vous terrer dans cet étouffoir.

— Trop vieille pour apprendre, ma chère, répliqua joyeusement la surveillante du service « Accidentés ». Et trop de respect pour mes membres.

— Pas la peine de s'y mettre. La glace ne tient jamais assez longtemps, commenta une surveillante mince et nerveuse d'aspect. D'ailleurs, ce n'est qu'un prétexte pour que garçons et filles flirtent, la plupart du temps. Ce genre de chose m'assomme.

— Du flirt? Bien sûr! (La surveillante Gretton éclata de son chaud rire masculin.) Vous auriez dû voir notre M. Elbure. Je n'aurais jamais pensé qu'il avait du sang aussi chaud dans les veines.

— M. Elbure? Il était là-bas?

Quelqu'un ferma le poste de télévision qui présentait le bulletin météorologique, et toutes les occupantes de la salle parurent dresser l'oreille.

— Je ne vois pas pourquoi le pauvre garçon ne prendrait pas un peu de distraction de temps à autre, grommela Mlle Gretton. Il travaille assez dur.

— Est-ce qu'il se distrayait tout seul? C'est la question qui vaut le million à Quitte ou Double, dit la surveillante du service « Accidentés » qui était la plus charmante et la plus bienveillante des amateurs de commérages. Grand temps qu'il se trouve une petite amie.

— Il en avait une drôlement bien tournée, ce soir. L'une des vôtres, Shelley, répliqua allégrement

Mlle Gretton. Cette brune au type espagnol. Et comment elle patine! Fichtre! C'est presque une professionnelle.

— Vous voulez dire la petite Raine? Elle est charmante, commenta la surveillante du service consultations. J'étais désolée de la voir partir de mon service. Ainsi c'est la dernière de notre M. Elbure? Il pourrait faire pire.

11

— Vraiment, Pat, as-tu donc perdu le sens? Tu ne te rends pas compte que tu ne peux pas te faire remarquer de cette façon? Les gens ont la mémoire longue, déclara Ursula d'un ton peu encourageant.

— Oh, je t'en prie, laisse tomber!

Patrick, les mains dans les poches, se tenait devant elle, l'air furieux. Ursula était assise devant le radiateur électrique. Elle avait bien choisi son moment. Patrick n'était pas de service. Il était rentré de bonne heure chez lui pour noter quelques cas intéressants. Ursula l'y avait suivi aussitôt après le dîner. A moins de la mettre dehors de force, il était contraint de l'écouter.

— La directrice n'a jamais digéré cette histoire avec Evelyn, poursuivit inexorablement Ursula. Elle te considère avec une certaine méfiance.

— Faut-il perpétuellement remuer des feuilles mortes?

— Elles sont peut-êtres mortes, mais elles n'ont pas été jetées dans un incinérateur. Comment peux-tu compromettre tout ton avenir pour un flirt sans intérêt? Tu n'as donc pas d'orgueil? pas de dignité? Tout le monde jase sur ton compte!

Ses reproches mesurés tombaient comme des grêlons. Patrick la considérait avec l'air de quelqu'un à qui tordre le cou d'Ursula aurait donné une intense satisfaction.

— Une fois pour toutes, Ursula, ma réputation ne concerne que moi.

— Mais je ne peux pas rester à ne rien faire pendant que tu gâches ta vie!

— Toutes ces histoires parce que j'ai passé une heure ou deux sur la glace... avec une foule de gens de l'hôpital! explosa-t-il. A t'entendre, j'ai couché avec cette jeune fille.

— Ce sera le prochain bruit qui courra si tu ne te tiens pas à l'écart de cette petite. La moitié de Saint-Chad restera toujours persuadée que tu avais dépucelé Evelyn.

Il tressaillit.

— C'est faux. Aucun de ceux qui connaissaient Evelyn ne croirait ça.

— Tu serais étonné de voir ce que les gens arrivent à croire... sur un homme en vue et une charmante et jeune infirmière.

— Des gens à l'esprit tortueux.

— Au fond d'eux-mêmes, la plupart des gens se repaissent de l'ignoble, déclara cyniquement Ursula.

Il se mit à arpenter la grande pièce triste. « Aussi réchauffante qu'un réfrigérateur, se dit-il machinalement. Meublée au goût d'Ursula, naturellement. » Comment et pourquoi Ursula avait-elle obtenu une telle emprise sur lui?

Probablement parce qu'il n'avait eu ni n'avait désiré avoir de vie personnelle. Il ne s'en était pas soucié, ayant été absorbé par son travail. Il avait été dans une sorte de coma émotionnel. Maintenant, il en émergeait pour trouver Usula cramponnée à lui des deux mains.

La calme assurance avec laquelle elle lui faisait

des remontrances aurait été comique... si elle n'avait pas été aussi déprimante. Il était furieux, ulcéré, étrangement incapable de réagir.

— Et choisir cette fille...

— Tu parles d'Inez Raine?

En cet instant, il haïssait Ursula. La lueur réprobatrice de ses yeux bleus et le mépris amusé de ses lèvres étaient intolérables. Il eut l'impression d'être en présence d'un siamois qui tenait dans ses griffes un petit oiseau aux plumes colorées. Et le chat déchiquetait l'oiseau avec méthode, cruauté... et satisfaction.

— Trop séduisante pour son bien. On bavarde pas mal sur son compte, reprit Ursula dont les narines s'étaient dilatées comme si ces bavardages avaient pour elle une merveilleuse saveur. Elle est fiancée avec un charmant médecin, mais elle persiste à chercher fortune ailleurs. Je me rappelle qu'aux fêtes de Noël et de l'Epiphanie elle s'est fait terriblement remarquer. Au point que quelqu'un a même suggéré d'accrocher tout de suite le gui à son bonnet pour gagner du temps (1).

— Très drôle.

— Elle a été de cet avis. C'est son genre. Le genre facile, répliqua Ursula d'un ton suave.

— Oh, va au diable!

Elle rit :

— Vraiment, mon petit Pat, il n'y a pas de quoi prendre cela tellement à cœur. Tu n'es pas le seul à Saint-Chad à désirer culbuter Inez Raine dans le foin.

— Tu... tu...

Il avait le pourtour des lèvres livide. Il lui fallut faire un effort démesuré pour se maîtriser. Ursula

(1) La coutume est de s'embrasser chaque fois qu'on passe sous la touffe de gui qui décore la pièce au moment du jour de l'An.

s'en rendait compte, bien entendu, il le sut en voyant son air enchanté.

Elle le considéra soudain avec une douceur angélique :

— T'ai-je blessé, Pat? Oh, mon chéri, j'en suis navrée, mais j'ai été tellement froissée moi-même! J'étais malade d'entendre leurs basses plaisanteries. « La dernière de notre M. Elbure. » Voilà comment on baptise la petite Raine. Et je ne pouvais pas les faire taire.

— Tu n'avais qu'à les ignorer.

— C'était impossible étant donné mes sentiments pour toi, Pat, voyons. Pourquoi ne pas annoncer nos fiançailles? Personne ne pourrait plus rien dire sur toi.

— Non, Ursula! Non, non et *non!* s'exclama-t-il avec violence. Je t'ai déjà dit clairement que toute idée de mariage entre nous était impensable. Ce serait... ce serait pour moi presque aussi choquant que de l'inceste.

— Quelle idiotie! Nous ne sommes même pas parents éloignés.

— Nous avons été élevés ensemble.

— Avec Evelyn et Val. As-tu jamais considéré Evelyn comme une sœur?

— C'était différent.

— En quoi? Pourquoi?

— Je ne sais pas. A moins que ce ne soit ta ressemblance avec Béatrice... qui est la femme de mon père.

— Béatrice n'est pas ma mère. Tu te montes l'imagination d'une façon grotesque, Pat. Nous sommes merveilleusement faits l'un pour l'autre. Je te connais si bien, dit-elle d'un ton ferme. Evelyn nous a séparés une fois, mais elle est hors du jeu maintenant. Aucune autre femme ne viendra se mettre entre nous, j'en fais serment!

— Cette jalousie et ce ton de propriétaire me...

me dégoûtent, Ursula. Je ne veux pas te blesser, mais tu me forces à parler avec franchise. Je ne t'aime pas. Je n'ai jamais été amoureux de toi. Cela m'aurait été impossible.

Elle ne sourcilla pas. Elle ne lui adressa même pas un regard de reproche. Elle continua à sourire, avec une expression désagréablement ambiguë. Ses yeux clairs et brillants ressemblaient à des yeux de serpent. Il ressentit un léger écœurement... et quelque chose de plus fort... quelque chose qui ressemblait curieusement à de la peur.

— Il serait peut-être bon de faire courir quelques bruits à propos de nous deux, précisa-t-elle avec gravité. Ce serait dommage de rompre les fiançailles d'Inez Raine. Une union si bien assortie. Tu as vu le jeune homme?

— Oui, un garçon sérieux. Je ne savais pas qu'ils étaient fiancés, dit-il d'une voix sèche, tendue.

— Si. Ils ont fait leurs études ensemble. Mon infirmière principale, Rosemary Harker, est verte de jalousie. Elle avait un faible pour Val, tu le sais, et ce Christopher Denyer lui ressemble tout à fait.

Patrick sursauta. Voilà à quoi il ne s'était pas attendu... « Ce n'est pas vrai, protesta-t-il intérieurement. Il n'y a pas la moindre ressemblance entre mon grand frère rouquin aux larges épaules et ce jeune et mince médecin blond. »

— Tu vois donc, mon cher, que te compromettre tant soit peu avec la petite Raine serait friser le désastre, acheva Ursula avec calme.

— Je vois.

Elle était trop avisée pour insister. Elle savait qu'elle avait fait mouche. Connaissant bien sa sensibilité et sa nervosité, elle était certaine que ses flèches bien enfoncées dans la plaie y resteraient longtemps. Elle se flattait d'avoir écarté tout danger venant d'Inez.

Elle avait éliminé de même d'autres jeunes filles qui avaient osé témoigner trop d'intérêt à Patrick. Val l'y avait aidée, évidemment, mais Ursula avait tendance à croire qu'elle avait été l'artisan principal de cette rupture. Patrick pouvait lui résister et renâcler au mariage pendant un temps, mais il finirait par se rendre. Ursula n'avait pas le moindre doute là-dessus.

La glace fondit. Il y eut une période de pluie et de brume, puis le printemps survint subitement. Du jour au lendemain, les primevères étoilèrent les fossés et les salles de l'hôpital furent décorées de violettes, d'anémones et de bottes de jacinthes. Le Dr Raine achevait sa convalescence. Ursula en surveillait de loin les progrès on ne peut plus satisfaisants. Il représentait un beau résultat à l'actif de Patrick, mais plus vite tout contact entre Patrick et les Raine cesserait, plus elle s'en réjouirait. Elle se méfiait d'Inez Raine. Il y avait en elle quelque chose qui lui échappait et l'intriguait.

Toute sa vie, Ursula avait recherché la puissance. C'était devenu chez elle une passion aussi impérieuse que la drogue pour les intoxiqués. Elle adorait faire claquer délicatement la mèche de son fouet, ce qui était une véritable musique à ses oreilles. Elle éprouvait une sorte de plaisir sadique à voir sursauter et pâlir les humbles mortels quand retentissaient ces claquements. Inez Raine ne tressaillait pas. Elle était correcte et déférente, certes, mais elle donnait l'impression d'avoir son opinion personnelle. Elle obéissait, mais ni par crainte ni par contrainte. Elle n'avait pas peur. C'était ce qui exaspérait secrètement Ursula. Inez Raine se savait capable de faire son travail convenablement. Elle ne voyait pas de raison de pâlir sous le regard perçant de sa supérieure. Il y avait des moments où

Ursula s'irritait rien que d'apercevoir sa mince silhouette souple, débordante de vitalité. Il y en avait d'autres, pires, où un geste, une exclamation d'Inez, un mouvement de ses sourcils noirs évoquaient le souvenir d'Evelyn. Alors, Ursula se remémorait la réflexion de sa cousine à propos d'une jeune fille nommée Inez.

Pourquoi Patrick aurait-il machinalement appelé Evelyn du nom de cette autre jeune fille, se demandait-elle, sinon parce qu'il avait noté un étrange rapport entre elles? D'autres gens l'avaient-ils aussi remarqué?

Elle n'avait pas manqué de constater que Rosemary Harker avait pris Inez Raine en sympathie. Rosemary avait été la meilleure amie et le plus chaud défenseur d'Evelyn. Avait-elle été attirée vers Inez par cette ressemblance inexplicable?

Peu à peu, la haine et la jalousie corrosives envers sa cousine, qui avaient rongé une partie de la vie d'Ursula, se centrèrent sur Inez Raine. Elle surveilla Inez. Elle tendit l'oreille pour saisir les moindres bribes de ses conversations. Sans s'en rendre compte, elle la suivait à la piste.

Les résultats étaient pitoyablement maigres. Les mouvements et les rendez-vous d'Inez étaient très normaux et au-dessus de tout soupçon. Elle passait son temps libre auprès de son père ou à West Wheystone. On la voyait quelquefois accompagner le remplaçant de son père dans ses tournées, mais elle ne portait pas de bague de fiançailles. Avec Patrick, elle n'avait l'air d'avoir aucun contact personnel, et, Ursula devait le reconnaître, ne cherchait à en avoir. Quand Patrick venait dans le service, Inez se montrait exactement la même que lorsqu'elle était en présence de M. Manuden ou d'un autre médecin de l'hôpital.

Quant à Patrick, elle avait remarqué qu'il veillait

à ne pas s'adresser à Inez directement, et elle en avait eu un secret amusement. Il avait donc pris à cœur ses avertissements.

Tout marchait comme prévu et cependant Ursula restait sur ses gardes. Comme si quelque instinct l'avertissait d'un danger menaçant ses possessions. Cet instinct était si puissant qu'elle aurait presque pu deviner le jour et l'heure où le destin força Patrick à regarder de nouveau Inez.

Le retour du Dr Raine chez lui avait été fixé pour le samedi d'avant Pâques. *Les Safrans* étaient en fête. Inez et Christophe devaient le ramener dans « Arabella », tandis que Molly, radieuse dans sa robe neuve, avec une nouvelle coiffure, l'attendait pour l'accueillir dans la maison garnie de fleurs. Inez avait son week-end libre. Elle avait endossé pour cette occasion un sweater neuf en douce laine de teinte jonquille et une jupe plissée vert forêt. Elle attendait avec son père, quand on l'appela au téléphone.

La voix de sa mère, secoué d'énervement, lui dit :

— Inez chérie, qu'allons-nous faire? Chris s'apprêtait à partir... en fait, il avait sorti « Arabella » du garage... quand Jim Saunders est arrivé en courant nous dire que le bébé était presque là. Chris a dû y aller. C'est le premier, tu sais, et Jessie Saunders ne se sentait pas bien du tout ces derniers temps.

— Oui, bien sûr, maman. Ne t'énerve pas pour si peu, dit Inez d'un ton calme.

— Mais... cela gâche tout. Chris risque d'être retenu un temps fou.

— Ne te tourmente pas! Nous trouverons bien une voiture. Je peux facilement en emprunter ou en louer une.

— Tu es si débrouillarde, ma chérie; mais je tenais à ce que Chris ramène ton père. Ç'aurait été si agréable et si approprié... juste nous quatre.

— Papa se moque bien de qui le ramènera pourvu qu'il rentre à la maison, répliqua vivement Inez. Courage, chérie! A tout à l'heure.

Elle était navrée de la déception de sa mère, mais il y avait vraiment trop de cette atmosphère de « juste nous quatre » ces derniers temps. Chaque fois qu'elle rentrait chez elle, elle sentait une pression insidieuse de la part de Chris et de sa mère.

Elle finirait peut-être par y céder... mais pas encore.

Elle ne se sentait pas prête à jurer une fidélité éternelle à Chris.

Elle retourna vivement auprès de son père... et resta stupéfaite, muette de surprise. Elle l'avait laissé assis près de la fenêtre, guettant l'arrivée de Chris. Maintenant, Patrick était avec lui. Elle ne pouvait pas repartir : les deux hommes faisaient face à la porte. Elle ressentit un coup au cœur. Puis elle rejeta en arrière ses boucles soyeuses et se tourna vers Patrick :

— Bonjour! Vous êtes venu dire au revoir à votre malade? questionna-t-elle d'une voix un peu plus aiguë que d'habitude. Malheureusement, il y a un léger retard.

— Comment cela? dit son père.

Elle expliqua brièvement. Son père voulut aussitôt avoir des détails.

— Le premier bébé des Saunders? J'avais prévenu Chris de surveiller Jessie. Elle a une fâcheuse tendance à grossir. Est-ce qu'il l'a maintenue au régime sans sel que j'avais prescrit?

— Mon cher papa, je l'ignore. Il faudra que tu demandes cela à Chris. Je n'ai pas vu Jessie depuis des semaines.

— Pourquoi? Tu n'as donc pas aidé aux consultations?

— Quand j'ai pu, si. Mais je n'ai pas tellement de temps libre.

— D'ailleurs, aider à des consultations, ce n'est pas ce que j'appellerais de la détente, commenta Patrick. (Puis il déclara de son ton le plus formaliste :) Je serais heureux de mettre ma voiture à votre disposition, mademoiselle Raine.

— C'est trop aimable à vous, monsieur Elbure.

Réponse moqueuse, mais empreinte de jeunesse et de gaieté, une moquerie pure bien différente de celle d'Ursula. Elle était joyeuse, provocante, aussi stimulante que la brise fraîche qui chassait devant elle des nuages blancs dans un ciel de cobalt. A Patrick qui la regardait, Inez semblait l'incarnation du printemps dans son ensemble vert et jaune.

— Merci, Elbure, dit le Dr Raine. Pouvez-vous nous emmener maintenant? Si je connais bien ma femme, chaque minute de retard en vaut trente.

— Oui. Je vais chercher ma voiture tout de suite.

Il dévala l'escalier et sortit du bâtiment avec la vivacité de ses vingt ans. Il faillit entrer en collision avec la surveillante du service « Accidentés », mais il ne s'en aperçut même pas. Elle se retourna pour le regarder avec curiosité. Elle était encore dans les parages, bien que hors de portée de voix, quand il arrêta sa voiture devant le perron. Inez vint à sa rencontre.

— Papa arrive tout de suite. Le service de chirurgie lui offre une espèce de cérémonie d'adieu, expliqua-t-elle. Mme Bestcott est une de nos bonnes amies.

Patrick gravit le perron et se posta à côté d'elle.

— Navré que votre très bon ami n'ait pas pu être là, dit-il d'une voix hachée.

— Qui donc?

— Christophe Denyer. Je sais d'excellente source que vous êtes fiancée avec lui.

— Monsieur Elbure, vous avez été mal renseigné. Christophe et moi, nous sommes de vieux amis, mais nous ne sommes pas fiancés, répliqua-t-elle d'un ton grave que démentaient ses yeux rieurs.

Une fois encore, le regard qu'il posa sur elle fut inconsciemment révélateur. Inez se sentait légère comme si elle était sur le point de s'envoler dans le ciel bleu. Toute la discipline qu'elle s'était imposée ces dernières semaines, le contrôle qu'elle avait exercé sur son cœur et son esprit ainsi que son imagination, tout s'évanouissait. Aucune explication n'était nécessaire.

Ils attendaient son père côte à côte, et tout était remis en question. Pour une fois, ni l'un ni l'autre ne s'embarrassaient de prudence. Tout Saint-Chad serait accouru avec le Dr Raine qu'ils n'auraient pas fait un geste pour s'écarter l'un de l'autre. Leur attitude était révélatrice à un point qu'ils n'imaginaient pas. Mme Bestcott le remarqua et approuva. La surveillante des « Accidentés » les vit de loin et pensa qu'il y aurait bientôt du chambard.

Puis Inez prit place dans la voiture à côté de Patrick, silencieuse et n'ayant aucune envie de rompre ce silence. Elle jouissait intensément de la présence de son père dans le fond de la voiture. Il était encore maigre, mais il avait une bonne mine qu'on ne lui avait pas vue depuis des années. Il avait le regard vif et le teint clair. Il avait perdu cette irritation si déconcertante. Il semblait beaucoup plus jeune et plus gai. Il avait l'intention d'emmener sa femme en vacances... « Une seconde lune de miel. » Elle avait eu de durs moments à passer, ces dernières semaines. Il devait lui compenser ça.

— Pour Inez aussi, intervint Patrick, c'était une épreuve.

— Inez? Oh, mais elle a de la résistance, déclara

gaiement son père. Pas comme sa mère. Inez me ressemble.

Patrick jeta un coup d'œil vers Inez comme s'il trouvait cette définition peu appropriée. Elle lui rendit un chaud sourire taquin.

Peut-être cette tendresse maladroite et cette esquisse de geste chevaleresque sont-elles toujours une indication de l'amour à ses débuts. C'était, en tout cas, très agréable, même si c'était absurde. Inez en ressentit une délicieuse sensation de bien-être qui aurait probablement persisté si Inez, rendue invisible, avait pu écouter ce qui se disait dans le salon des surveillantes ce soir-là. Elle aurait été amusée ou touchée par la description pittoresque que fit la surveillante des « Accidentés » de Patrick se précipitant chercher sa voiture, puis de leur air absorbé pendant qu'ils attendaient côte à côte.

— C'est exactement ce qu'il faut à ce garçon, déclara sans ambages Mlle Gretton. Il n'est pas du genre moine. Il y a du bon sang rouge sous son armure.

— Il se montre brûlant pour elle, en tout cas, dit en riant Mme Bestcott. On doit aussi reconnaître que cette petite a plus qu'un joli minois. C'est une fille intelligente.

— Est-ce qu'elle est gentille? demanda l'une des plus jeunes et des plus sentimentales assistantes. M. Elbure m'a toujours paru être quelqu'un qui n'avait pas eu beaucoup de tendresse dans sa vie et qui en aurait besoin.

— La fameuse Evelyn Shelley n'a pas été très gentille pour lui, commença la surveillante des « Accidentés »! Puis elle jeta un coup d'œil d'excuse en direction d'Ursula : (Excusez-moi, Shelley) C'était votre cousine, n'est-ce pas?

Ursula ne répondit pas. Elle avait un air étrangement figé. Comme frappée par la foudre...

12

— Ecoute, Ursula, débrouille-toi comme tu voudras, mais fais quelque chose. Je ne veux pas que ma femme s'épuise, déclara catégoriquement Val Elbure. Cette infirmière que tu nous as envoyée ne valait rien. Au moindre effort, elle soufflait comme un phoque. Père en était exaspéré. Elle n'était plus assez costaud pour ce genre de malade. Elle l'a reconnu elle-même.

Ursula le considérait avec mépris. Elle n'avait jamais aimé Val. Elle le trouvait fruste et terre à terre. En outre, il s'était voué à la cause d'Evelyn depuis l'enfance. Ursula ne le lui pardonnait pas. Il ne lui avait jamais témoigné ni respect ni admiration. Il appartenait au nombre fort restreint des gens qui osaient la remettre à sa place.

— Je ne vois pas pourquoi Evelyn ne peut pas s'en tirer seule, dit-elle froidement.

— Evelyn doit s'occuper d'un enfant et en attend un autre.

— A qui la faute?

— Evelyn ne se crèvera pas pour soigner papa. Je la ramène avec moi mercredi, et à vous deux, Pat et toi, arrangez-vous pour trouver quelqu'un.

— Très peu d'infirmières acceptent de se charger de clients privés, sauf pour des cas de maternité.

— Déniches-en une ou fais-le toi-même. Montrer un peu de considération envers père et Béatrice ne te fera pas de mal, dit Val carrément.

— Toi et Evelyn, vous vous êtes insinués dans les bonnes grâces de nos parents. C'est à vous de vous occuper de tout.

— Ma chère Ursula, tu sais parfaitement que, si je n'avais pas pris en charge la direction de la propriété, on aurait dû la vendre pour une bouchée de pain. Ne mélange pas les choses.

— Inutile de m'attaquer. Est-ce que tu as parlé à Pat?

— Pas pu le joindre. Il est en train de farfouiller dans le cerveau de je ne sais qui, à ce que j'ai compris. Drôle de façon de célébrer le lundi de Pâques, dit Val avec un sourire. Est-ce qu'il ne se repose jamais?

— Les cas urgents ne peuvent pas attendre. Il faut s'occuper des malades, que ce soit férié ou non. Moi-même, je viens tout juste de quitter mon service, dit Ursula sèchement. Je suis sous les armes depuis 8 heures du matin.

— On ne le croirait pas à te voir.

Ils buvaient du xérès au *Grand Hôtel,* le plus bel établissement de la ville, fréquenté par les touristes riches. Ursula portait un manteau gris bien coupé, avec une jupe de même couleur et un chemisier bleu-vert. Elle avait cet air de perfection froide qui lui était familier. Il était difficile d'imaginer qu'elle avait travaillé de 8 à 5 heures. Même ses gants et son sac blancs étaient impeccables, et ses escarpins de daim gris avaient l'air de sortir de leur boîte.

Elle se pencha pour que Val allume sa cigarette. Un léger parfum amer monta aux narines du jeune homme. Il souhaita ne pas montrer son désarroi. Il n'avait jamais pu ébranler Ursula, et à sa connaissance personne n'en était capable. Il se rendait très bien compte du profond mépris qu'elle éprouvait pour lui et de sa jalousie à l'égard Evelyn, mais il n'arrivait pas à en tirer des armes pour l'asticoter.

Il avait été légèrement surpris, quand il était allé au pavillon des infirmières, qu'elle eût accepté de bon gré son invitation à prendre un verre. Il avait pensé qu'elle ne savait que faire de ses dix doigts, Patrick étant occupé. Ou bien étaient-ils moins inséparables qu'autrefois? Evelyn avait l'impression que Patrick s'était éloigné d'Ursula depuis son retour à Saint-Chad. Elle s'imaginait même qu'il était épris de quelqu'un. Val ne croyait pas que cela donnerait quoi que ce fût. Ursula veillerait au grain. Cela expliquait, bien entendu, l'obstination que mettait Ursula à refuser de quitter Saint-Chad, bien qu'elle eût au moins trois semaines de congé à prendre, selon les calculs d'Evelyn.

— Franchement, Ursula, Béatrice est furieuse de ta conduite, reprit Val. Elle a été affreusement choquée de découvrir à quel point tu es égoïste et dure.

— C'est injuste! Je suis venue voir oncle Willoughby, et j'ai fait ce que j'ai pu pour trouver une infirmière, j'ai cru que Mme Collett conviendrait. Elle a tout juste la soixantaine. Elle aurait dû pouvoir s'en débrouiller.

— Papa est un malade pénible. Autant voir les choses en face. Il faut le remuer, mais il faut aussi le mettre de bonne humeur. Secoue-toi un peu, ma chère, si tu ne veux pas être mise à la porte sans un sou.

Ce genre d'argument ne lui plaisait guère, mais c'était sa dernière carte. Il porta... comme Val l'avait pensé. Ursula eut un bref clignement de paupières.

— De toute façon, je n'ai rien à hériter, n'est-ce pas? Et Pat non plus.

— Je ne suis pas au courant. Mais il y a pas mal de bijoux à partager. Je pense que Béatrice te passera les siens. Ceux qui appartenaient à ma mère seront répartis entre la femme de Pat et la mienne. Père parlait de les faire remonter d'une façon moderne. Les perles noires sont fort belles.

— Les perles noires? (Les narines d'Ursula se dilatèrent légèrement.) Je ne les ai pas vues depuis mon enfance.

— Elles sont à la banque. Elles nous viennent de ma famille maternelle. Evelyn n'y tient guère, commenta Val.

— Evelyn? Oh! non! Elle ne s'est jamais intéressée aux pierres précieuses... ni à quoi que ce soit qui ait de la valeur. Elle est singulièrement dépourvue de discrimination.

— Dans le choix d'un mari? dit Val en riant. Elle est heureuse, Dieu merci! Elle sait ce qu'elle veut, et c'est déjà la moitié du bonheur.

Ursula soufflait des ronds de fumée. Elle ne fumait pas souvent, mais, fait typique, quand elle fumait c'était avec une sorte de perfection.

Après un long silence, elle dit lentement :

— Nous avons un moyen de trouver une infirmière pour ton père.

— Oui?

— Il y a une fille, une de mes subordonnées, qui a une grosse dette envers Patrick. Il a réussi une opération très difficile pour son père. Je ne voulais pas qu'il coure le risque de la tenter, si tôt après son retour, alors que sa réputation était à refaire. Elle ne valait pas cher quand il est parti aux Etats-Unis.

— Je l'ignorais.

— Il était au bord de la dépression nerveuse, mais on n'en avait pas parlé, bien entendu.

— Pourquoi donc?

— Tu as vraiment besoin de le demander? A vous deux, toi et Evelyn, vous l'avez presque anéanti. Il s'est laissé obséder. Les commérages et sa blessure à la main le hantaient. Il avait peur de ne plus pouvoir exercer son métier.

— Je n'en avais pas entendu parler.

— Il s'en est sorti, mais les gens ont bonne mémoire. Il doit encore faire attention. Il a couru un risque grave en opérant le Dr Raine. Mlle Raine le sait et elle en est reconnaissante, comme il se doit. Je pense qu'on pourrait l'amener à s'occuper du père de Patrick pendant quelques semaines.

— Ah? Cela ressemble un peu à du chantage, dit Val d'un ton hésitant. Comment est-elle?

— Jeune, mais remarquablement compétente. Elle s'occuperait d'oncle Willoughby sans histoires. Et pourquoi ne ferait-elle pas un petit effort pour Patrick? Elle le lui doit bien.

— Est-ce qu'elle sera de cet avis?

— Pourquoi non? (Ursula acheva son xérès et posa le verre vide d'un geste décidé.) Elle a congé aujourd'hui, nous n'avons qu'à lui poser la question tout de suite si tu veux nous conduire à West Wheystone. C'est là qu'habitent les Raine.

Inez cueillait des jonquilles dans le jardin quand une somptueuse voiture verte entra dans l'allée. Elle portait son sweater jaune pâle et sa jupe vert mouse. Ses boucles noires dansaient autour de son visage légèrement rosi parce qu'elle s'était penchée sur les plates-bandes.

En coupant le contact, Val sifflota.

— C'est elle? Quelle beauté!

— Tu trouves?

— Certes. Ravissante. Si c'est sa dernière conquête, Pat a meilleur goût que je ne croyais. (Et, comme Inez approchait, il sifflota doucement de nouveau.) Elle a exactement les mêmes sourcils qu'Evelyn. Comme c'est curieux!

Cette exclamation scella le destin d'Inez Raine. Ursula arborait son sourire glacial quand elle émergea de la voiture. Inez, complètement prise par surprise, regardait alternativement la jeune femme et son compagnon avec stupeur.

— Mademoiselle Shelley...

— Je suis très contente de vous trouver.

Permettez-moi de vous présenter Valentin Elbure, dit Ursula d'une voix suave. Le jeune frère de Patrick. Val, voici Inez Raine, l'une de mes meilleures infirmières.

— Le mari d'Evelyn?

Si elle n'avait pas été tellement démontée, Inez aurait tenu sa langue, mais c'était la première idée qui lui vînt en tête. Elle l'avait formulée avant de se rendre compte à quel point la remarque était révélatrice. Val ne s'en formalisa pas du tout et répondit :

— Vous connaissez Evelyn?

— Non. Mais j'en ai beaucoup entendu parler...

Inez était mal remise de son émotion. Voilà le Val Elbure qui avait volé Evelyn à Patrick? Le jeune frère qu'Evelyn avait préféré à Patrick? L'homme dont Rosemary avait dit en soupirant qu'il n'y avait « qu'un Val Elbure »?

Inez le dévisageait en se demandant si elle rêvait. Ce garçon-là avait supplanté Patrick? *Pourquoi?* Comment? Il n'était même pas beau à proprement parler. Il était large d'épaules — trapu même — avec un visage hâlé, des traits forts et des cheveux agressivement roux. Il avait un sourire aimable et gai... mais il n'arrivait pas à la cheville de Patrick. Il n'avait pas la minceur de Patrick, ses traits ciselés, son air distingué. Un homme comme tout le monde.

— Vous savez, vous ressemblez un peu à Evelyn, reprit Val qui la dévisageait de son côté avec une curiosité encore plus grande. Vous avez à peu près le même teint et la même forme de visage.

— Oui. On... on me l'a dit.

Elle eut tout juste assez de présence d'esprit pour ne pas préciser que c'était Patrick qui avait noté le premier cette ressemblance. Elle se força à sourire :

— Entrez donc, voulez-vous?

— Non, merci, nous ne pouvons pas nous attarder. Il faut que Val rentre aux *Sources* ce soir, dit vivement Ursula. Nous sommes juste entrés en passant pour vous demander... un grand service.

Inez haussa ses sourcils noirs :

— Ah?

— Vous vous étonnez certainement que nous soyons venus à la place de Patrick, Val et moi, alors qu'il s'agit surtout de rendre service à Patrick, mais il était pris par une opération. Lui et Val sont inquiets à cause de leur père.

— Oh! Son état ne s'est pas aggravé?

— Non. Il s'améliore, mais très lentement, et il s'irrite d'être incapable de remuer, ce qui n'arrange pas les choses, dit Val. Il essaie de se lever et il a déjà fait plusieurs chutes. Evelyn l'a soigné, mais c'est trop fatigant pour elle.

— Alors, Patrick et Val se sont demandé si vous accepteriez de nous aider, poursuivit Ursula d'un ton égal. Val pensait que ce serait trop vous demander, mais je lui ai dit que vous étiez de la race qui aime payer ses dettes.

— Je ne vous suis pas très bien, dit Inez, perplexe. Comment puis-je vous aider? M. Elbure est en Cornouailles, n'est-ce pas?

— Vous pourriez aller aux *Sources*. Etant donné les circonstances, je suis sûre que la directrice vous accorderait un congé. Inutile qu'il soit très long. Dans trois ou quatre semaines, le père de Patrick réussira à se déplacer seul. Alors Béatrice, sa femme, et Evelyn pourront s'en occuper, dit Ursula d'un ton décidé. C'est d'avoir à le soulever qui est tout le problème. Evelyn attend un autre enfant, et Val craint qu'elle se surmène.

Inez respira profondément. Elle ne s'était pas attendue à une demande de ce genre, et elle avait l'impression d'être en train de rouler sur une pente abrupte. Elle voulait freiner, s'arrêter pour s'orienter. Ils ne lui en laissaient pas la possibilité. Ils — Ursula en particulier — la poussaient aux épaules.

— Je... je ne sais pas, balbutia-t-elle.

— Si c'est trop exiger de vous, n'hésitez pas à le dire, intervint Val. Je sais que c'est beaucoup... à moins qu'il ne s'y mêle un intérêt personnel.

— De quelle façon?

— Comme éventuelle fiancée de Patrick, vous pourriez être prête à prendre contact avec sa famille, déclara Val sans détour. Autant apprendre le pire dès le début, cela épargne des chocs désagréables par la suite...

— Ce... ce n'est pas tout à fait ça... (Inez se sentit rougir.) Je ne connais pas tellement votre frère, mais je lui suis profondément reconnaissante. Nous le sommes tous.

— Voilà pourquoi je lui ai dit, comme à Val, que vous accepteriez sûrement, insista Ursula. Vous ne voudrez sûrement pas manquer le bal du Rugby Club de jeudi soir, mais vous pourriez aller aux *Sources* pour le week-end. Val vous emmènerait samedi après-midi.

— Je ne sais même pas où c'est.

— Le village s'appelle La Cascade. C'est près de Tretavy, dans la Cornouaille du Sud. Très retiré, mais nous y allons généralement passer la fin de semaine, soit chez le père d'Evelyn, à la Cure, soit aux *Sources,* ajouta Val d'un ton encourageant. Vous auriez Evelyn là-bas, et elle vous présenterait à nos amis.

— Je parlerai pour vous à la directrice, mais je sais qu'elle ne fera pas de difficultés, poursuivit Ursula. Patrick est quelqu'un d'assez privilégié.

Inez avait envie de lever la main et de crier : « Pouce! Laissez-moi réfléchir... » Mais elle avait peur que son hésitation soit mal interprétée par Patrick.

Elle ne voulait pas paraître manquer de générosité et de bonne volonté à son égard. S'il était venu lui-même présenter sa requête, elle aurait répondu oui avec enthousiasme. Ce qu'elle n'aimait pas, c'était la méthode d'Ursula. Elle semblait déterminée à ne pas lui laisser le temps de la réflexion. C'était presque comme si Ursula avait l'intention de l'éloigner, de la bannir...

— Vous n'aurez pas besoin de rester longtemps, dit Val d'un ton rassurant. Si vous pouvez tenir le coup pendant une quinzaine, cela nous donnera une chance de trouver quelqu'un. Pour le moment, nous ne savons plus que faire...

Il avait un certain charme, Inez le reconnaissait. Il y avait de la chaleur dans ses manières, une cordialité désarmante. Il faisait probablement un mari tendre et attentionné. Il devait être bon avec les enfants, les vieillards et les animaux. Il n'avait pas l'impatience farouche de Patrick. Val prenait manifestement la vie comme elle venait et la trouvait agréable. Même sa voiture avait l'air d'avoir été choisie pour son confort plus que pour ses capacités de vitesse.

Quand il fut parti avec Ursula, Inez éprouva une curieuse appréhension. Elle n'arrivait pas à en trouver la raison, mais sa gêne subsista. Elle avait la sensation d'avoir été jouée.

Et pourtant pouvait-elle refuser la requête de Patrick? Elle ne pouvait rien lui refuser... il le savait. Elle n'avait aucune envie de s'enterrer au cœur de la Cornouaille, mais un séjour de quinze jours aux *Sources* ne la tuerait pas. Peut-être Patrick viendrait-il pour le week-end? Il ne serait pas mauvais de voir le jeune chirurgien dans son milieu familial. Ce serait un soulagement de ne plus avoir à se demander si on les observait ou jasait sur leur compte. Peut-être Patrick se détendrait-il?

Il y aurait aussi Evelyn. Elle connaîtrait enfin Evelyn..., celle qui avait été l'héroïne d'un tel drame dans la vie de Patrick. Inez n'aurait pas été humaine si elle n'avait pas éprouvé un désir infini de connaître Evelyn. Puisque même le mari d'Evelyn avait remarqué la ressemblance qui existait entre elles, elle devait être plus grande que Rosemary Harker avait bien voulu l'admettre. Jusqu'où allait-elle? Voilà la question. S'agissait-il simplement d'une vague similitude de teint, de traits? Ou y avait-il une ressemblance profonde entre elles?

Quelle que fût la réponse, l'histoire ne se répéterait pas pour Patrick. Inez était résolue à y veiller.

Ses parents soulevèrent des objections, comme Inez l'avait craint. Sa mère, en particulier, se montra horrifiée.

— On a besoin de toi ici, chérie. Si tu as droit à du congé, tu devrais le passer à aider Chris et à m'aider à soigner ton père, dit Molly d'un ton de reproche. Courir en Cornouaille soigner quelqu'un que tu ne connais même pas, c'est inconcevable.

— Présenté comme cela, oui, admit Inez. Tu oublies qu'il s'agit du père de Patrick Elbure!

— Quelle différence cela fait-il? Tu ne le connais tout de même pas... et tu es beaucoup trop jeune pour faire de la clientèle privée. Tu aurais dû refuser.

— Je ne pouvais pas.

Inez n'avait pas parlé à sa mère de ses relations avec Patrick Elbure. Il y avait tant et si peu de choses entre eux. Rien qui fût compréhensible pour Molly. La complexité et la sensibilité d'un garçon comme Patrick auraient été une énigme pour sa nature frivole et douce.

— Et Chris? gémit Molly. Ce n'est pas juste pour Chris. Tu devrais penser à lui, chérie.

— Navrée, maman. En un sens, ce projet ne me

plaît pas plus qu'à toi, répliqua Inez avec franchise. Mais j'ai une dette à régler.

— S'il t'a donné cette impression, il devrait avoir honte de lui, reprit Molly, hérissée comme une poule protégeant son poussin. Qu'est-ce que c'est que ce chirurgien qui attend un paiement de ce genre de la part de la fille d'un malade? Alors que ton père est un de ses collègues, par-dessus le marché! Voyons, il a suivi des conférences faites par ton père, il y a des années. Je le trouve abominable, ce garçon.

Le Dr Raine se montra plus mesuré. Il sentait qu'il y avait entre Inez et Patrick Elbure plus qu'une question de gratitude.

— Je suppose que c'est en partie une manœuvre pour te voir en dehors de Saint-Chad, conclut-il. Je ne peux pas dire que cela m'enchante, mais tu es intelligente et dotée d'une volonté personnelle, ma chérie. Si tu veux aller séjourner chez ses parents...

Il la regarda d'un air interrogateur. Inez se mordit la lèvre.

— Oui... et non. Est-ce compréhensible?

— Oui. Parce que tu es raisonnable et que tu sais mesurer le pour et le contre. Sois prudente! C'est tout ce que je te demande. Ce garçon est bizarre.

— Je ne pourrai vraiment le connaître que lorsque je l'aurai vu dans sa famille... et lorsque je saurai exactement ce qu'il en est de cette vieille histoire de fiançailles, dit impulsivement Inez.

Elle pouvait expliquer cela à son père, pas à sa mère. Son père respectait en Patrick le chirurgien de grande classe, s'il n'admirait pas l'homme. Sa mère ne voyait en lui que l'homme.

— Est-ce si important pour toi de le connaître?

— J'en ai peur. Ne me demande pas pourquoi, papa! Je n'y peux rien.

— Et Chris?

— Oh, non! (Elle soupira :) J'ai beaucoup d'affection pour Chris, et je vois très bien quelle vie agréable nous pourrions mener « tous les quatre », comme dit maman. C'est peut-être comme cela que tout finira, mais il y a cette histoire avec Patrick Elbure...

— Est-ce si profond que cela?

— Je ne sais pas, papa. Je n'en sais rien. Je n'ai pas perdu la tête, je ne me meurs pas d'amour. Je ne m'évanouis pas quand je le rencontre au détour d'un couloir, ni ne quémande un mot aimable comme quelques-unes des stagiaires. Je suis parfaitement calme et froide en sa présence neuf fois sur dix.

— Et la dixième?

— Il me regarde... et c'est comme s'il me tendait la main. Je ne bouge pas. Je ne dis rien. Je ne souris même pas. Pourtant... quelque chose en moi va au-devant de lui. C'est très bizarre.

— C'est ce qu'on appelle le magnétisme, dit son père.

Elle hocha la tête. Quoi qu'elle en eût dit à ses parents, elle avait toujours l'impression désagréable d'avoir été victime d'une manœuvre pour l'attirer aux *Sources*. Elle aurait dû avoir la possibilité de réfléchir, au lieu d'être obligée d'accepter les arrangements qu'on réglait sans la consulter.

13

Ursula était allée trouver la directrice le mardi matin, et la directrice avait convoqué Inez. Faute de pouvoir contredire ouvertement Ursula, Inez n'avait pu qu'abonder dans son sens. Elle avait à moitié espéré que la directrice ne donnerait pas son accord. Cette dernière avait souligné l'irrégularité de la requête, mais Ursula avait expliqué d'émouvante façon l'absence totale d'infirmières disponibles dans ce coin perdu, puis elle avait parlé de l'état d'Evelyn, et la directrice s'était humanisée. Inez s'aperçut avec surprise qu'elle éprouvait une grande affection pour Evelyn. Pourquoi, si elle l'avait expulsée de l'hôpital? Qu'y avait-il donc dans cette Evelyn, pour que tant de gens l'aiment à ce point?

C'est peut-être la curiosité qui emporta la décision d'Inez. Elle se surprit à remercier la directrice et quitta son bureau complètement engagée dans cette aventure. Val devait avoir eu l'intention de lui rappeler sa promesse, car elle reçut le mercredi suivant un mot de Béatrice Elbure, aimable mais dépourvu de toute indication sur la personnalité de son auteur.

A part la joie et le soulagement d'avoir de nouveau son père à la maison, la semaine ne fut pas très gaie pour Inez. Elle savait qu'aucun de ses parents n'approuvait son départ pour les *Sources*. Christophe, bien entendu, s'éleva avec encore plus de vigueur contre ce projet. La nouvelle lui avait fait l'effet d'un coup de massue. Il se rendait compte pour la première fois qu'il existait un lien entre Inez et Patrick Elbure. Il estimait qu'Inez le lui avait volontairement caché. Il était furieux et, pour une fois, refusa de se laisser apaiser.

Inez n'aurait pas su dire ce qui l'ébranlait le plus, de la désapprobation de sa famille ou de l'amabilité superlative que déployait envers elle Mlle Shelley. Ayant atteint son objectif, Ursula traitait Inez comme une petite sœur tendrement chérie. Rosemary Harker avait lâché quelques commentaires acidulés sur le sujet. Inez avait été obligée de les écouter sans protester. Il lui était difficile d'expliquer pourquoi elle était dans les faveurs d'Ursula. Elle aurait aimé discuter de son prochain départ avec Rosemary, mais elle ne pouvait pas en parler sans être amenée à des confidences embarrassantes.

Patrick était-il gêné maintenant qu'il avait obtenu ce qu'il voulait? Inez était déconcertée par son silence. Il aurait pu au moins la remercier d'avoir accédé à sa demande. Il n'y fit même pas allusion. Et il ne chercha pas non plus à la voir en dehors des heures de service.

Quand vint le jeudi soir, Inez s'apprêta pour le bal du Rugby Club dans un état d'esprit qui était rien moins que joyeux. Ce bal était un des grands événements de Saint-Chad, et personne, personnel hospitalier ou étudiants, ne l'aurait manqué pour un empire. Christophe avait pris des entrées pour eux deux. Il s'était promis beaucoup de joie de ce bal... et elle aussi.

Maintenant, l'atmosphère avait changé. Christophe ruminait ses griefs, et elle ne pouvait rien pour les dissiper. Elle comprenait qu'il estimait qu'elle s'était mal conduite envers lui. Elle lui avait laissé croire qu'il était le seul homme de sa vie. Jusqu'à un certain point, c'était vrai. Elle ne s'était nullement engagée envers Patrick Elbure. Peut-être celui-ci se moquait-il d'elle... Avouer cela à Christophe n'aurait fait qu'accentuer son indignation.

Elle avait acheté une robe pour le bal, choisie dans l'euphorie de voir son père rétabli. Un corselet et une jupe ample, vert d'eau, avec un arachnéen dessus de mousseline noire. Cette robe mettait en valeur ses épaules nues et la finesse de sa taille. Christophe s'était donné beaucoup de mal pour trouver une boutonnière d'orchidées blanches. C'était sa seule parure. Elle savait que sa mise simple dans sa richesse mettait en valeur sa beauté.

Christophe, fort élégant dans ses vêtements du soir, d'une élégance inhabituelle d'ailleurs, mais qui n'ôtait rien à son charme bon enfant, l'attendait dans le hall quand elle émergea de sa chambre. Il la regarda d'un air qui en disait long.

— Tu es d'une beauté incroyable, tu sais, dit-il avec un petit sourire.

« Aussi belle qu'Evelyn? » songea Inez.

Tout haut, elle s'écria d'un ton léger :

— Tu n'es pas mal non plus. Nous formons un beau couple, ma foi.

— Oui? Tu ne vas pas me lâcher dès que nous arriverons au bal?

— Bien sûr que non. Ne sois pas idiot, dit-elle avec impatience. Attends de voir ce que Saint-Chad peut t'offrir. C'est peut-être bien toi qui me laisseras tomber.

Ils allèrent au salon se faire admirer par les parents d'Inez. Molly soupira en regardant sa fille :

— Prenez soin d'elle, Chris. Elle est terriblement impulsive parfois, et elle aime trop prendre des risques.

— Je ne la quitterai pas d'un pas, dit Chris avec fermeté.

Ils dansèrent, en effet, beaucoup ensemble. Danser avec Chris était un plaisir. Inez aurait déclaré en toute sincérité qu'il était son partenaire favori. Mais il ne pouvait la monopoliser. Trop de gens venaient l'inviter. Elle avait plus d'amis et d'admirateurs en puissance à Saint-Chad qu'elle ne s'en était rendu compte. En plus, il y avait de vieux amis à elle venus du voisinage. Si grande que fût la salle, elle était maintenant bondée.

De temps à autre, Inez apercevait Ursula, sereine et ravissante en mousseline bleue vaporeuse, avec des perles. Mais Patrick était invisible. Inez ne put s'empêcher de le chercher. Il survint quand le bal était à moitié fini. Il s'immobilisa sur le seuil de l'entrée principale, tendu, examinant les danseurs. Puis il traversa la piste d'un pas décidé et s'arrêta devant Inez. Si elle avait deviné son intention, elle aurait pu s'esquiver. Mais il la saisit par la main avant qu'elle eût pu bouger. Elle n'avait d'ailleurs pas envie de lui échapper. Son mouvement de recul avait été dicté par la stupeur devant un tel manque de diplomatie. Venir si tard était déjà une faute de tact, mais inviter une des plus jeunes infirmières, et qui n'avait même pas été formée à Saint-Chad, était une erreur déplorable.

— Vous...! s'exlama-t-elle d'une voix étranglée comme l'orchestre entamait une valse. Vous ne devriez pas danser avec moi!

— Pourquoi? Je suis ici uniquement pour cela. Pour danser avec vous.

Son pouls s'accéléra, tant l'aveu était sincère; néanmoins, elle secoua ses boucles noires :

— C'est parfaitement contraire à la tradition. Vous auriez d'abord dû danser avec la directrice, puis avec la surveillante de la salle d'opération et quelques autres anciennes.

— Le ciel m'en préserve!

— C'est pourtant ce qu'on attend de « notre M. Elbure », n'est-ce pas? Pourquoi faire jaser les gens?

— Excusez-moi. Cela vous contrarie?

— Moi? Non. C'est à vous que je pensais. Je n'ai pas de position à soutenir ici. D'ailleurs, j'ai déjà dansé avec une foule de gens. Vous, vous êtes venu tout de suite vers moi. On n'a certainement pas manqué de le remarquer.

— Et alors?

— Que va-t-on penser?

— Que j'avais envie de danser avec vous.

Il lui souriait avec amusement. Elle ne protesta

plus. Elle ne désirait pas donner au geste de Patrick une importance démesurée. Elle l'avait averti. S'il ne voulait tenir aucun compte des commérages, libre à lui.

Elle s'abandonna au rythme de la danse; elle avait attendu cet instant, elle s'en rendait compte. Elle avait dansé avec bien des partenaires, notamment avec Chris, mais jamais aucune valse n'avait ressemblé à celle-ci. C'était étrange, car Patrick ne dansait pas du tout aussi bien qu'il patinait. Il la serrait un peu trop, comme s'il redoutait qu'elle lui échappe. Elle était péniblement consciente de sa haute taille. Il lui fallait rejeter la tête en arrière pour le voir ou regarder par-dessus son épaule.

De nouveau, comme sur l'étang gelé, elle eut un choc en sentant le froid de ses mains. Elle mit un petit moment à s'y habituer. Puis comme la première fois elle eut l'impression que la chaleur de ses veines se communiquait à celles de Patrick. C'était presque comme si leur circulation sanguine était commune.

Il évita maladroitement une collision et dit :

— Excusez-moi, je danse affreusement mal. J'ai bien failli ne pas venir ce soir. Je n'ai pas dansé depuis... depuis qu'Evelyn m'avait réquisitionné pour un bal de ce même Rugby Club.

Elle éprouva une contraction intérieure. Puis une flambée de colère. Evelyn! *Evelyn!* Cette damnée fille ruinerait-elle perpétuellement les brefs instants qu'ils passaient ensemble? Lui échapperaient-ils jamais?

— Je suis impatiente de faire la connaissance de cette Evelyn, dit Inez avec l'intention de le piquer.

— Comment? (Il rata une mesure et l'agrippa avec plus de force encore.) Evelyn? Elle vient ici? Ce soir?

— Non. Aux *Sources*. Votre frère m'a dit qu'ils y

étaient la plupart du temps en fin de semaine...

— Mon frère? Vous l'avez vu? Quand ça?

— Le lundi de Pâques, bien entendu. Quand vous l'avez envoyé me trouver.

— Moi, je vous ai envoyé Val? Qu'est-ce que c'est que cette histoire?

— Vous n'avez tout de même pas oublié, dit-elle d'une voix incrédule. Vous l'avez envoyé me demander d'aller chez vous soigner votre père.

— Moi? Je n'ai rien fait de pareil. Qu'est-ce que c'est que cette machination diabolique?

Ses yeux avaient l'éclat de l'acier. Ses lèvres avaient un pli dur. Sa colère contenue se communiquait à Inez. Ses doigts s'enfonçaient dans la chair tendre de la jeune fille... Elle le regarda avec une consternation grandissante :

— Cette demande ne venait pas de vous?

— Grands dieux, non! Ecoutez, on ne peut pas parler ici...

Il la pilota jusqu'au bord de la piste de danse. La musique s'achevait. Il l'entraîna vers les portes principales, sans un coup d'œil à droite ou à gauche. Il lui fit traverser le hall et le grand couloir, transformés en salon et en buffet. Des têtes se tournèrent sur leur passage. Des chuchotements fusèrent :

— Vous voyez? Qu'est-ce que je vous avais dit? C'est la dernière de « notre M. Elbure ».

— Qui est-ce?

— La petite Raine. La fille unique du Doux Raine.

— Elle ressemble un peu à Evelyn Shelley.

— Ah! vous l'avez remarqué, vous aussi? Je m'en étais aperçu il y a des semaines, quand ils patinaient ensemble.

— Celle-ci a plus de ressort. Qu'en pense Sainte Ursula?

Inez essaya de ne pas entendre. Elle marchait à côté de Patrick, le menton levé fièrement, un faible sourire sur les lèvres, souhaitant avec ferveur qu'il ne fût pas en état d'enregistrer ce qui se disait. Il bouillait de colère. Elle se demandait bien pourquoi. Après tout, s'il y avait eu tromperie, c'était elle, l'innocente victime, et non pas lui.

Il la conduisit à travers les couloirs déserts jusqu'à son bureau. L'endroit était sinistre et propre à alimenter les commérages. Pourquoi l'avait-il choisi? Simplement par instinct? L'instinct de l'animal qui se réfugie dans son terrier?

Il la poussa littéralement dans la pièce, ferma la porte et s'y adossa. Sa respiration était haletante et ses yeux jetaient toujours des éclairs :

— Qui a imaginé ce tour pendable? *Vous?* Vous vouliez vous renseigner sur ma famille... sur mon passé? Vous vouliez vous livrer à une petite enquête?

Elle n'avait jamais assisté à pareille explosion de fureur. Ses sourcils noirs s'arquèrent. La colère commençait à monter en elle et lui rosissait les joues.

— Voilà qui est un peu violent! Croyez-vous donc que cela m'amuse d'aller en Cornouaille soigner votre père? Je ne le connais même pas, et votre belle-mère non plus... Je n'ai jamais exercé en clientèle particulière, et cela ne me tente nullement. Sans compter que je ne tiens pas à quitter mon père en ce moment.

— Alors pourquoi, au nom du ciel, avez-vous eu l'idée de vous proposer?

— Moi? Ce sont votre frère et Ursula Shelley qui sont venus me trouver aux *Safrans*, le lundi de Pâques, pour me le demander de votre part... ou du moins c'est ce qu'ils m'ont fait croire. Ils ont prétendu que vous estimiez que je vous devais bien une aide pour votre père après ce que vous aviez fait pour le mien. Comment refuser?

— Quel mensonge éhonté! Vous m'avez cru capable de me servir envers vous de pareil chantage? questionna-t-il avec fureur. Que pensez-vous donc de moi?

— Cela m'avait paru étrange de votre part, répondit-elle avec hésitation, mais... votre frère a précisé que la situation était désespérée. Votre père ne peut se débrouiller seul, et le soulever était trop difficile pour Evelyn et votre belle-mère. Ursula m'a assuré que vous comptiez sur moi... « pour payer ma dette », a-t-elle dit.

— *Ursula!* J'aurais dû me douter que l'idée venait d'elle. Pas de Val. Il est incapable de tromper qui que ce soit.

— Il était inquiet pour sa femme. Elle attend un enfant, si j'ai bien compris.

— Ah? Oui, en effet. Val s'est toujours fait beaucoup de souci à cause d'elle, dit-il d'un ton caustique. Je savais qu'il était venu, mais je ne l'avais pas vu. Ursula m'avait dit qu'elle avait réussi à trouver une infirmière pour mon père. Elle ne m'a nullement laissé entendre qu'il s'agissait de vous. Elle m'a délibérément fait croire que c'était une des infirmières assez âgées qui considéreraient cela comme des vacances payantes. Certaines d'entre elles acceptent de travailler pendant leurs vacances. Si j'avais pensé...

Il était blême de colère. Même ses lèvres avaient une teinte grise. La colère d'Inez en fut atténuée, car elle ne songea plus qu'à le réconforter. Elle le regarda tendrement.

— Se faire jouer est agaçant, dit-elle de sa douce voix chaude. J'aurais de beaucoup préféré qu'ils me présentent honnêtement les choses. J'aurais probablement accepté de me charger de votre père pendant une quinzaine de jours, mais au moins n'aurais-je pas eu l'impression d'avoir la main forcée.

— Il n'y a aucune raison pour que vous y alliez. Mon père est un malade désagréable, mais il n'a pas besoin de soins médicaux particuliers.

Il s'écarta de la porte et se mit à arpenter le triste petit bureau. Inez ne bougea pas, apparition idéale dans sa toilette verte et noire. Avec son ample jupe, il lui était plus facile de rester debout que de s'asseoir.

— Pourquoi? s'exclama Patrick nerveusement. Quelle idée avait-elle derrière la tête? Pourquoi vous attirer là-bas? Ne me dites pas qu'ils ne pouvaient pas trouver quelqu'un d'autre. La directrice leur aurait indiqué une bonne infirmière.

Inez se posait aussi la question. Elle se souvenait de l'insistance d'Ursula. Cette dernière avait une raison cachée. C'était manifeste.

— Mlle Shelley... (Elle eut un geste expressif.) Je l'appelle « mademoiselle », mais n'est-ce pas d'un formalisme ridicule? Si elle médite quelque sombre machination contre moi, je crois que je peux aussi bien l'appeler par son prénom, vous ne trouvez pas?

Le visage de Patrick se détendit. Il s'arrêta devant elle et lui prit les mains.

— Vous pouvez en rire? J'admire votre force de caractère, mais croyez-moi, il s'agit peut-être effectivement de quelque chose de sinistre. Ma demi-sœur est bizarre. Parfois elle est tout sourire et lumière, très Sainte Ursula. A d'autres moments, elle semble possédée par le démon de la jalousie...

— Oui?

Elle lui avait abandonné ses mains sans résistance, mais elle refréna son désir de nouer ses doigts à ceux de Patrick. Elle le regardait, pensive et grave, de ses beaux yeux noirs brillants d'intelligence.

— Evelyn et Ursula ont été élevées comme deux

sœurs, mais à certaines occasions Ursula avait l'air de haïr Evelyn, dit lentement Patrick, comme s'il cherchait ses mots. Nous avons tous les trois eu à nous plaindre d'Ursula. Si elle avait été notre sœur, nous lui aurions mené la vie dure quand elle essayait de nous opprimer. Mais nos parents nous rappelaient sans cesse qu'il fallait être gentils avec Ursula parce qu'elle était orpheline. C'était la fille adoptive de notre belle-mère et, Val et moi, nous avons été obligés de lui céder... pour l'amour de Béatrice. D'ailleurs, elle savait ne jamais se mettre dans son tort et se concilier les autorités. Evelyn était un vrai garçon manqué, constamment en difficulté. Val s'arrangeait toujours pour adoucir les conséquences de ses actes. Val ne s'est jamais bien entendu avec Ursula.

— Mais vous, si?

— Jusqu'à un certain point. Ursula prenait en général mon parti contre Val. Contre mon père aussi. Elle lui a fait comprendre que je ne pourrais pas devenir gentilhomme campagnard quand bien même c'eût été une position encore rentable. Si nous avons obtenu de mon père l'autorisation de faire nos études et les fonds nécessaires, c'est grâce à Ursula. Je ne l'ai pas oublié.

« On s'est bien gardé de vous le laisser oublier, plutôt », songea Inez, qui commençait à avoir un aperçu des méthodes de la jeune femme.

— Nous sommes une drôle de famille. Si vous pensez que vous pourrez vous en accommoder, peut-être vaut-il mieux que vous connaissiez tout de suite nos pires défauts, ajouta-t-il presque dans les mêmes termes que Val. Mais cela ne me plaît tout de même qu'à moitié.

— Je suis bien obligée d'y aller. C'est convenu avec la directrice et avec votre belle-mère. Votre frère doit m'y conduire samedi.

— Si quelqu'un doit vous conduire et vous présenter là-bas, c'est à moi de le faire. Val ne vous est rien, protesta-t-il. Vous n'avez pas entendu comment Mlle Gretton vous a appelée?

— Si...

— La dernière de notre M. Elbure! Comme si j'entretenais tout un harem, dit-il d'un ton sarcastique. Tout à fait injustifié.

— Vous savez bien comme les langues marchent, à l'hôpital.

— Oh, je ne le sais que trop. Mieux que personne!

Ses traits se durcirent à nouveau. Elle regretta sa remarque, faite machinalement, sans la moindre intention de lui rappeler son aventure passée. « Nous revoilà avec cette Evelyn sur le tapis », songea-t-elle avec exaspération.

Elle dégagea ses mains avec fermeté.

— Il faut que nous retournions là-bas si nous ne voulons pas donner un nouveau sujet de bavardage aux gens curieux, dit-elle d'un ton volontairement léger.

— Je le suppose. (Il étendit deux doigts pour frôler l'orchidée qui ornait son corsage.) Ravissant! De?...

— De Chris.

— Délicate attention.

— Oui. Il sait toujours faire le geste qui plaît.

— Moi pas. Je n'y pense jamais au bon moment. Ou bien, si j'essaie, je tombe toujours mal.

— Vous avez d'autres sujets de préoccupation, c'est bien naturel... mon doux ami.

L'appellation tendre était sortie de ses lèvres sans qu'elle s'en fût aperçue. C'était le qualificatif que son père utilisait habituellement à l'égard de sa mère. Elle ne l'aurait pas prononcé consciemment. Elle ne comprit donc pas pourquoi Patrick sursautait légèrement.

Puis il passa son bras autour d'elle dans un geste à la fois possessif et protecteur.

— Tout se passera bien, n'est-ce pas? questionna-t-il, comme s'il cherchait à être rassuré. Je veux dire : que pourrait-il vous arriver sinon vous ennuyer?

— Ne vous tourmentez pas! Je saurai bien me protéger.

— Cela risque d'être nécessaire. (Il fronça les sourcils en l'entraînant dans le couloir.) A part la question d'Ursula, ce sera formidable de vous avoir aux *Sources*. Il faut que je m'arrange pour y venir en fin de semaine.

— Oh, oui! Je vous en prie!

— Voilà qui est encourageant, mais... (Il effleura de nouveau l'orchidée, comme si c'était un serpent.) En admettant que vous n'êtes pas engagée envers ce charmant jeune homme.

— Je n'aime pas beaucoup la façon dont cette question est posée. Il n'y a rien à admettre. Si vous me questionnez nettement, vous aurez une réponse claire.

— Alors, épouserez-vous Christophe Denyer?

— Non.

Son bras se resserra autour d'Inez. Patrick referma la porte de son bureau, et ils s'éloignèrent le long du couloir faiblement éclairé. Les accents d'un fox-trot s'échappaient de la salle de bal. Des rires, des bavardages et le tintement des verres résonnaient dans le hall transformé en buffet. Patrick et Inez se trouvaient encore seuls dans le couloir silencieux. Le bras de Patrick se faisait lourd autour d'elle, et son pas s'était ralenti pour se mettre à l'unisson de celui de la jeune fille. Il allait devoir la lâcher bientôt, avant qu'ils se replongent dans la foule. S'écarterait-elle d'elle-même, ou fallait-il attendre que Patrick la laisse aller? Agir précipitamment risquait de blesser la fierté à fleur de peau du chirurgien.

— Est-ce que vous m'épouserez?

La question la suffoqua. Quelle question! Et quel moment pour la poser! Dans quel endroit!

— Oui? questionna-t-il d'une voix âpre. Oui?

— Ne pensez-vous pas que je devrais avoir le temps de réfléchir à une demande aussi grave?

— Non. Absolument pas. Vous savez ce que vous voulez.

— Non. Du moins, pas avec une certitude absolue. C'est probablement « oui », mais...

— Mais quoi?

— Seulement si c'est bien moi que vous aimez! Je ne tiens pas à servir de substitut à Evelyn, déclara-t-elle avec franchise.

14

— Mais... c'est splendide! s'exclama Inez. Splendide!

— Vous trouvez? Oui, peut-être...

Patrick s'était arrêté pour lui montrer le paysage. De l'autre côté de la nappe d'eau scintillante, il y avait le village avec ses maisons blotties autour de son église et de la cure. Du côté où ils se trouvaient, la forêt descendait jusqu'au bord du lac. A une extrémité, des ruisseaux se précipitaient le long des pentes; à l'autre écumait la cascade qui avait donné son nom au village.

— Voilà notre maison, dit Patrick en indiquant une vaste demeure de pierre grise située sur une hauteur. Les plantations sont l'œuvre de Val.

Le printemps était en plein épanouissement dans

cette vallée abritée. Les bois étaient une symphonie de verts. Les fossés étaient couverts de primevères. Les jardins regorgeaient de tulipes, de myosotis et de giroflées au parfum de miel.

— On dirait une vallée enchantée! s'écria Inez.

Patrick haussa les épaules et remit le moteur en route. La voiture s'engagea entre deux piliers massifs ornés chacun d'un gouvernail.

— Reliques d'un ancêtre coureur des mers, expliqua-t-il en réponse à l'interrogation d'Inez. Toute la maison est bourrée de choses de ce genre, pour la plupart sans valeur.

— Quels arbres merveilleux! Des cèdres, n'est-ce pas? dit Inez en regardant les géants qui se dressaient de chaque côté de l'allée. Ils doivent être très vieux.

— Sûrement, mais, si cela vous intéresse, c'est à Val qu'il faut le demander. C'est lui l'expert en sylviculture.

Inez le regarda avec curiosité, car il avait eu un ton étrangement sec. Il fit une légère grimace :

— Le domaine peut vous paraître beau ou non. Ce que je voulais signaler, c'est que je n'en possède pas une parcelle.

— Comment donc?

— Mon père a vendu un certain nombre de valeurs pour financer mes études. En d'autres termes, j'ai eu ma part. *Les Sources* appartiennent à Val, dit-il sèchement. Je possède ce que je gagne. Rien de plus... et aucun héritage en vue. Est-ce clair?

— Puisque vous le dites. (Le sourire d'Inez était moqueur.) Je dois avouer que je n'avais pas pris le temps de vous évaluer au point de vue financier. Vous voulez donc me dire que vous n'êtes pas un très bon parti! Diable, diable! Comme c'est décevant!

— *Vous*... (Le visage tendu de Patrick arbora

soudain une expression gamine inattendue.) Pourquoi donc me provoquez-vous toujours quand je ne peux pas riposter? Un de ces jours, je vais vous attraper...

— Et...?

— Vous verrez bien! (Il l'examina d'un regard admiratif.) Vous êtes revigorante! Comme l'odeur des aiguilles de pin. Claire, propre et rafraîchissante.

— Vous avez une drôle de manière de complimenter les gens, monsieur Elbure, rétorqua-t-elle, taquine. Vous me trouvez aseptique?

— *Non!* Ne me taquinez pas. Je suis déjà assez énervé.

— Nerveux, vous? Pourquoi?

— Je n'ai encore jamais fait une chose comme ça. Amener une jeune fille à la maison, je veux dire.

— Votre famille ne s'attend pas à une « jeune fille », mais à une infirmière. Ne vaut-il pas mieux rester sur ce terrain-là?

— Cela ne vous ennuie pas? Cela faciliterait les choses au début, répliqua-t-il aussitôt.

— Pour moi comme pour vous! Après tout, je suis venue soigner un malade. J'aurais peut-être dû mettre mon uniforme.

— Vous êtes ravissante.

Elle esquissa un sourire. Jamais elle n'avait eu plus besoin de son calme. Elle n'aurait pas cru que Patrick pût éprouver de la nervosité. Cela ouvrait des perspectives déconcertantes. Redoutait-il secrètement la comparaison inévitable entre elle et Evelyn? Se rendait-il compte avec gêne qu'elle ne serait pas en faveur de sa nouvelle fiancée?

C'était « quelqu'un », Evelyn; tout le monde était d'accord sur ce point.

Inez pensa : « Mais elle n'était pas à la hauteur de Patrick. Elle a presque ruiné sa carrière, et ensuite elle n'a pas eu le courage de rester auprès de lui pour affronter les conséquences. »

Cette réflexion lui permit de sortir de la voiture toute raffermie. Elle ne se laisserait pas écraser par Evelyn pour autant que c'était en son pouvoir.

La maison avait une atmosphère d'attente silencieuse. Patrick gravit le vaste perron aux marches basses, leurs valises en main, et entra dans le hall dont la porte était ouverte. Il y faisait frais et sombre. Des branches de prunier et de cerisier en fleurs attiraient les regards dans un très grand vase blanc sur une console, mais l'air sentait plus le bon tabac et le vieux cuir que le parfum des fleurs.

Patrick posa les valises l'une contre l'autre sur un coffre de chêne. Puis il parut prendre son courage à deux mains :

— Je pense que Béatrice nous attend avec le thé dans le salon, dit-il d'une voix assourdie.

Inez fronça légèrement les sourcils. Elle se rendit compte soudain avec un brusque serrement de cœur que, même enfant, Patrick n'avait jamais dû entrer au pas de course en criant : « Papa! Béatrice! Me voilà rentré. »

Etait-ce la faute de son père et de sa belle-mère? L'avaient-ils poussé à se replier sur lui-même? Ou bien avait-il toujours été renfermé de caractère? Peut-être y avait-il eu quelque chose dans l'âge et la sérénité de la demeure elle-même qui avait subjugué et mis en sourdine sa gaieté d'enfant? La maison était à la fois impressionnante et opprimante.

Le salon, dans lequel Patrick la conduisit, avait la même atmosphère assourdie et étouffée. Tout y était fort beau et du meilleur goût, mais les teintes étaient pâles ou légèrement pâlies. Les tentures de satin ivoire et le tapis de Perse aux couleurs pastel semblaient faire corps avec la pièce. Inez admira au passage les gravures délicates, les tapisseries et l'abondance des porcelaines anciennes dans les vitrines; mais, comme dans le hall, c'était la décoration florale qui attirait surtout le regard. Elle était vraiment parfaite. Il y avait une vaste coupe en cristal taillé où se massaient des violettes et des primevères, avec des freezias et des perce-neige à hautes tiges qui dominaient l'ensemble. Dans un haut vase bleu, des chatons de saule étaient unis à du forsythia. Un vase noir en forme de panier était garni de fleurs toutes blanches.

Ces bouquets étaient manifestement l'œuvre d'un expert. Qui? Evelyn? Avait-elle ce sens artistique?

— Nous voici, Béatrice, annonça Patrick d'une voix hachée. Je te présente Inez Raine... Mlle Raine.

— La gentille petite infirmière d'Ursula? Ma chère, je suis vraiment heureuse que vous ayez pu venir.

La femme qui abandonna le fauteuil profond près de la table à thé cadrait si parfaitement avec la pièce qu'on ne la discernait pas au premier coup d'œil. Elle était pâle et blonde, avec quelques fils blancs dans ses cheveux, et des yeux bleu pastel. Elle portait un costume en jersey roux, un corsage rose pâle, un collier de perles. Ses mains soignées aux ongles courts n'avaient aucune bague, à part l'alliance en or. Sa voix était douce et basse... « Une voix pastel, elle aussi », songea Inez, incapable de l'imaginer vibrant de colère ou de passion.

— Ma belle-mère, Béatrice... Mme Elbure, dit Patrick gauchement.

— Enchantée, fit Inez.

Béatrice Elbure ne tendit pas la main. Elle désigna de la tête une chaise en face d'elle.

— Asseyez-vous et goûtons. Quand nous aurons fini, je vous conduirai auprès de mon mari, dit-elle. Malheureusement, il est très nerveux aujourd'hui. Val lui manque.

— Val? Il n'est pas encore arrivé? demanda Pat en fronçant le sourcil.

— Mon cher enfant, il ne vient pas. N'est-ce pas un fâcheux contretemps? Ton père compte sur lui... Il pense toute la semaine à cette visite du samedi et du dimanche.

— Je sais.

— Nous n'y pouvons rien, évidemment. On ne peut pas demander à Evelyn de courir le moindre risque, reprit Béatrice avec l'air de quelqu'un qui est résolu à se montrer parfaitement impartial. Le petit Willoughby avait un peu de fièvre. Elle l'a laissé au lit. Elle espère que ce n'est qu'un rhume, mais il y a plusieurs cas de coqueluche en ce moment, et le petit risque de l'avoir attrapée.

— Ce serait une malchance, répliqua Patrick.

Béatrice se tourna vers Inez.

— Willoughby Junior est mon neveu, expliqua-t-elle. Mon mari l'adore, naturellement. C'est son premier petit-fils, vous comprenez.

— Oui, naturellement, répéta Inez avec politesse.

Mais elle éprouva un léger ressentiment pour le compte de Patrick. Devait-il céder tous les droits et privilèges à son frère cadet? Val avait vraiment comblé la mesure quand il avait enlevé Evelyn à Patrick.

— Evelyn se fait peut-être du souci inutilement. Les mères ont tendance à s'inquiéter outre mesure pour leur premier enfant, poursuivit Béatrice judicieusement. Lait et sucre, mademoiselle?

— Du lait, s'il vous plaît. Pas de sucre. Merci.

Inez avait vu que Patrick croisait et décroisait les jambes nerveusement. Etait-il furieux de ce ton protecteur?

— Pat, mon cher, donne à Mademoiselle une table pour qu'elle pose sa tasse, dit Béatrice d'un léger ton de reproche. Et passe-lui un gâteau.

Elle doit avoir faim après ce long trajet en auto.

Patrick se leva avec brusquerie et déposa une petite table ronde près d'Inez. Il lui fourra sous le nez le plat d'argent plein de gâteaux faits à la maison. Il se mordait la lèvre avec irritation. Il avait l'air prêt à exploser. Inez lui adressa un sourire complice. La tension nerveuse de Patrick se relâcha presque à vue d'œil.

— Et comment va Ursula? s'enquit Béatrice. J'avais espéré que tu l'aurais amenée avec vous, Pat. Elle aurait pu indiquer à Mademoiselle ce qu'il fallait faire. Ton père est si maniaque. Il veut qu'on le rase tous les matins, mais personne ne le fait de façon satisfaisante à son goût, pas même Evelyn. Il se plaint qu'elle lui laisse tomber de la mousse dans le cou.

— Tu n'as aucune crainte à avoir, Béatrice. Inez est une infirmière diplômée parfaitement capable, répliqua Patrick sèchement.

— Oh, oui, mon cher, j'en suis sûre. Après le fiasco de cette vieille infirmière qui puait le gin et les bonbons à la menthe, j'ai exigé que Val trouve quelqu'un de convenable. Sinon, Ursula devrait revenir.

La voix n'était plus aussi « pastel », maintenant. Elle contenait une note acerbe. Inez fut frappée de la ressemblance entre elle et Ursula. Elle aurait pu passer pour une sœur plus âgée, moins jolie. Elles avaient toutes les deux la même raideur. Il était difficile de croire que Béatrice avait été mariée deux fois, tant elle avait l'air dépourvue de passion. « Une femme charmante, une excellente organisatrice, et dans ses limites une voisine serviable », pensa Inez tandis que Béatrice déversait ses propos courtois, encore que légèrement condescendants. Mais elle manquait étrangement de sensibilité et d'imagination : elle n'avait pas interrogé Patrick une seule fois sur sa santé ou ses occupations. Elle n'avait même pas lancé le banal : « Tu as passé une bonne semaine? » A part la question à propos d'Ursula, la conversation de Béatrice s'était centrée uniquement sur la Cascade.

Inez apprit combien il y avait eu de fidèles à chaque service du jour de Pâques et quelle avait été la ravissante décoration de l'église. Elle dut écouter par le menu les difficultés de Béatrice pour décorer l'autel et la chaire. Elle eut aussi un avant-goût des plantes que Béatrice voulait envoyer à l'exposition florale de Tretavy la semaine suivante.

— J'admirais justement vos bouquets, dit Inez avec sincérité. Ils sont vraiment magnifiques.

Béatrice eut l'air contente et admit que fleurs et floralies étaient sa marotte. Elle parla d'horticulture en expert.

— Mais... nous ennuyons mon beau-fils, ajouta-t-elle avec un coup d'œil peu amène à Patrick. Il ne s'intéresse pas le moins du monde à nos occupations. Il est rare qu'il condescende à nous rendre visite.

— Il ne lui est pas facile de s'en aller, dit Inez aussitôt. Les hôpitaux ne sont pas comme les usines. Nous ne pouvons pas fermer pour le week-end.

— Je sais. C'est très absorbant, répliqua Béatrice avec un évident manque d'intérêt. Je n'ai jamais pu comprendre l'attrait qu'exerce Saint-Chad sur Ursula. Elle a un foyer délicieux ici et nul besoin de gagner sa vie.

— Le complexe de supériorité. Ursula n'a pas un champ d'action assez grand pour son goût du pouvoir. Tu es la dame du manoir, expliqua Patrick. Ursula n'a jamais aimé jouer les seconds rôles.

— Tu es stupide! Ursula est ma fille adoptive, s'écria Béatrice avec agacement. Encore du thé, mademoiselle? Non? Alors, montons-nous voir le malade?

— Peut-être devrais-je mettre d'abord mon uniforme?

— Mieux vaut pas. Mon mari n'est pas trop favorable aux infirmières en ce moment. Présentez-vous d'abord comme l'amie d'Ursula. Vous vous changerez ensuite, décida Béatrice.

— Comme vous voudrez, madame Elbure.

Inez était résolue à ne pas se laisser irriter par les manières de Béatrice, qui n'avait manifestement pas l'intention de marcher sur ses brisées. Béatrice devait être soulagée de son arrivée, mais il ne lui venait pas à l'esprit d'exprimer soulagement et gratitude. Elle restait fermée aux sentiments d'autrui et ne savait pas exprimer les siens.

Elle monta l'escalier la première, silhouette élégante et sûre d'elle. Inez suivit, Patrick sur ses talons. Elle aurait aimé que Patrick abandonne pour une fois sa réserve. Pourquoi ne la taquinait-il même pas? Il ne prononçait pas un mot. Comme si l'atmosphère de la maison le paralysait... et cependant c'était son foyer.

Inez ne s'était pas fait une image très nette du père de Patrick. Quand Béatrice l'introduisit dans la chambre du malade, elle s'attendait à voir un ogre irascible. Elle ressentit un soulagement amusé en apercevant l'homme couché dans le lit. Ce n'était nullement un inconnu. Il y avait une forte ressemblance entre lui et ses fils. Il était aussi grand que Patrick, avec les mêmes cheveux brun foncé qui tournaient au gris et les mêmes pommettes hautes. Son nez court, sa mâchoire carrée, la bouche aimable et les yeux noisette étaient ceux de Val.

— Voici Patrick, mon cher, et la petite amie d'Ursula, annonça Béatrice en se penchant pour lisser le couvre-pieds. Oh, mon Dieu, tous ces papiers par terre!

Elle se baissa pour ramasser une poignée de lettres, de journaux et de circulaires, comme si elle ne pouvait pas supporter ce désordre. Cette attitude rappelait curieusement Ursula.

— Alors, Pat, mon garçon, voilà du renfort? s'écria Willoughby Elbure. (Il examina Inez, et ses lèvres s'arrondirent sur un sifflement muet :) Tu m'as plus gâté qu'Ursula.

— Voici mon père, Inez. Père, je te présente Inez Raine, dit Patrick d'une voix tendue. Sa venue est une grande concession... Alors, prends garde de bien te tenir.

— Voyons, Patrick! s'écria Béatrice.

Mais son mari sourit et tendit la main à Inez :

— Ravi de vous voir, ma chère. Je comprends maintenant ce que voulait dire Val en parlant de raisons particulières...

— Des raisons particulières? répéta Béatrice.

Son mari lui adressa un sourire indulgent :

— Tu peux nous laisser faire connaissance, Mlle Raine et moi, Bee. Ne te tracasse pas. Je ne la mangerai pas.

— Je vous ai donné la chambre voisine, mademoiselle. C'est en réalité un cabinet de toilette, mais elle communique avec cette pièce, ce qui est pratique, déclara Béatrice en posant la pile de papiers bien nette sur la table de chevet. La salle de bains est de l'autre côté. Nous n'avons pas autant de personnel que je le souhaiterais, mais, si vous avez besoin de quelque chose, vous n'avez qu'à sonner.

— Merci, chère madame...

— Patrick va monter votre valise et vous pourrez vous habiller. Le Dr Chilton viendra probablement dans la soirée. Sinon, ses instructions sont affichées sur la porte de l'armoire à pharmacie, dans la salle de bains, expliqua Béatrice.

— Hors de ma portée. J'avais déchiré le premier exemplaire, dit gaiement son mari. Chilton est plus timoré qu'une vieille femme. Comment peut-il espérer me remettre sur pied s'il me maintient perpétuellement au lit?

— Tu es tellement impatient! s'écria Béatrice d'un ton de reproche. Le docteur est plus qualifié que toi pour savoir ce qu'il faut faire.

— Etes-vous d'accord, mademoiselle Raine? Je parie que non, reprit-il en souriant. Toutes les infirmières dignes de ce nom en savent deux fois plus sur leurs malades que le médecin. N'êtes-vous pas de cet avis?

— Bien sûr, dit Inez en riant. Quant aux chirurgiens, ils ne reconnaissent leurs patients que lorsqu'ils les voient sur la table d'opération.

Elle fut consternée de voir que Patrick ne réagissait pas à cette plaisanterie innocente. Il lui jeta un coup d'œil glacial et sombre. Elle se rappela trop tard qu'Evelyn l'avait traité d'« inhumain ». Avait-elle par inadvertance effleuré une plaie à vif?

— Je vais chercher votre valise, dit-il et il suivit sa belle-mère qui quittait la pièce.

Willoughby Elbure, adossé à une masse d'oreillers en désordre, la contemplait toujours.

— Eh bien? questionna-t-il d'un ton de conspirateur, est-ce que Val a deviné juste? Est-ce que vous êtes la fiancée de Patrick?

Il était impossible d'éluder : la question était trop directe, et ce n'était pas dans la nature d'Inez.

— Cela en prend le chemin, dit-elle d'un ton léger. Mais il n'y a rien d'officiel.

Il hocha lentement la tête :

— Vous avez l'air d'être exactement ce qu'il lui faut.

— Je le pense aussi.

— Bravo! Mais... ne le laissez pas tomber ensuite, voulez-vous? Pat a toujours pris les choses tellement au tragique. Il se déchire dans la solitude et se renferme dans le silence quand tout va mal.

— Oui, je l'ai remarqué.

Le regard d'Inez s'adoucit. Le père de Patrick faisait preuve de plus de perspicacité qu'elle ne l'en eût cru capable. Et il était plus attaché à son fils aîné qu'elle ne le supposait.

— Il ressemble à sa mère. Il prend les choses très à cœur. Alors que Val... Val est comme moi. Nous préférons prendre la vie comme elle vient.

— Vous avez un enjeu moins important.

— En un sens.

— J'aurais dû dire moins de responsabilité à assumer. Vous n'avez pas à vous préoccuper de questions de vie ou de mort. Vous n'avez pas à décider de la vie ou de la mort de quelqu'un.

— Cela me serait impossible, répliqua-t-il carrément. Mais je suppose que Pat a fini par s'y habituer.

— Oui... et non. La peur ou l'émotion ne troublent pas son jugement, si vous voulez, mais il a un vif sentiment de responsabilité. Il sait qu'il ne peut pas gagner la partie à chaque fois — aucun chirurgien ne le peut —, mais il ressent amèrement ses défaites, quand bien même il ne le montre pas.

— Vous avez l'air de très bien le comprendre.

— J'essaie... mais ce n'est pas facile.

— Oui. C'est presque impossible, parfois...

Il soupira. Il parut soudain plus vieux, plus fragile. Inez éprouva de la compassion pour lui. Il savait — il devait savoir — qu'un jour, dans le passé, il n'avait pas tendu la main à temps à son fils aîné, le laissant se débrouiller seul, mais il n'y pouvait plus rien maintenant. Il n'avait pas de clef pour ouvrir la porte de la forteresse où s'était retranché Patrick.

— Je vais aller me changer, et nous pourrons continuer à bavarder, dit gentiment Inez.

— En uniforme? Oh, épargnez-nous ça! Vous êtes ravissante ainsi.

— Mais... peu professionnelle. Je crois que Mme Elbure préférera me voir en uniforme. Ah, voici votre fils! Tenez compagnie à votre père pendant que je me change, voulez-vous, Patrick?

Elle se rendit dans le cabinet de toilette... en fait, une jolie pièce ensoleillée qui donnait sur le lac. Elle aperçut le clocher délicat de l'église qui émergeait d'un bouquet d'ifs bleu-vert, la maison basse de la cure auprès du cimetière. Elle ressentit un certain soulagement : pas d'Evelyn avant une semaine. Sa curiosité demeurait insatisfaite, mais au moins aurait-elle une chance de s'adapter à son nouveau milieu. Il lui faudrait manœuvrer avec des précautions infinies, elle s'en rendait compte. Patrick était mal à l'aise ici. Ce site lui rappelait probablement trop Evelyn et son amour perdu.

Penchée à la fenêtre, elle regarda la sente étroite qui serpentait tout autour du lac. L'aupépine blanche comme de l'écume se détachait sur le fond argenté de l'eau. Patrick avait-il marché la main dans la main d'Evelyn sous ces rameaux fleuris par un matin de printemps? Avaient-ils observé ensemble le soleil qui se couchait dans sa gloire derrière les pentes boisées? Avaient-ils été éblouis par le reflet du couchant sur l'eau calme? De ce côté-ci du lac, il y avait un hangar à bateaux. Peut-être avaient-ils vogué ensemble dans une barque plate? Evelyn avait-elle laissé tremper ses mains fines dans l'eau tandis que Patrick, mince silhouette juvénile, le cœur aimant, maniait la perche?

« Je ne le saurai jamais, songea Inez avec un

brusque serrement de cœur. Je ne peux pas le demander... et je ne connaîtrai donc jamais tout ce qu'il a fait avec Evelyn. Mais parfois, je m'y heurterai et je souffrirai autant que lorsqu'on trébuche pieds nus sur une pierre cachée. »

15

— Voici Inez Raine, de Saint-Chad, oncle Lawrence. Elle est venue nous aider à soigner mon père.

Inez se demanda : « Patrick sait-il à quel point son ton est révélateur? »

Elle serra la main du pasteur, homme grand au visage intelligent. Cette note d'orgueil naïf était touchante. Elle faisait penser à un enfant qui s'écrie joyeusement : *Regarde ce que le Père Noël a mis dans mon soulier!*

Cette attitude de Patrick, si réservé d'ordinaire, presque cynique même, éveillait de la tendresse chez Inez. Et la troublait. Elle sentait que Patrick reprenait de vieilles habitudes et, consciemment ou non, il y tenait. Il avait eu coutume de venir à un service matinal, avec Evelyn. Par conséquent, il lui avait paru naturel de demander à Inez de l'accompagner.

Pour une église de village, il y avait une assistance relativement importante. Inez, accoutumée à West Wheystone, savait que les congrégations rurales sont amicales et bon enfant. Elle ne fut donc ni surprise ni déconcertée par les coups d'œil qu'on décochait subrepticement soit vers elle, soit vers Patrick. Elle soutint sans broncher l'inspection du pasteur. Voilà donc le père d'Evelyn? Il avait une apparence frêle et délicate, avec sa peau parcheminée, ses cheveux blanchissants et ses épaules voûtées. Il semblait beaucoup plus âgé que Willoughby Elbure, dont il s'enquit avec une affection visible.

Patrick répondit brièvement et entraîna Inez vers la porte. Il avait toujours son air de propriétaire. Des gens s'arrêtèrent pour lui demander des nouvelles de son père, et il leur présenta Inez avec le même orgueil touchant.

On lui parla aussi de Val, avec regret de la part de l'organiste et du chef de la chorale en apprenant qu'il ne viendrait pas ce week-end-ci.

— Val et mon père sont des membres éminents de la chorale, expliqua Patrick quand ils eurent gagné le refuge de la petite avenue. Val a une très belle voix.

Patrick s'exprimait exactement comme s'il n'avait rien à voir avec les *Sources*, comme s'il n'y avait même pas son foyer. Se connaissait-il donc si peu lui-même? Il avait ses racines ici. Cette vallée enchantée serait toujours son port d'attache, si loin que l'entraînent les exigences de son métier. Avoir tenté de rompre ses amarres était une erreur énorme, probablement motivée par son chagrin en perdant Evelyn. Il n'avait presque plus reparu aux *Sources* jusqu'au moment de la maladie de son père, d'après ce qu'avait compris Inez.

Rien d'étonnant à ce que sa famille et ses amis trouvent Patrick « difficile ». Il n'avait pas réussi à se réconcilier avec lui-même. Il lui faudrait apprendre ce que savait déjà Inez... Il ne pourrait jamais prendre la fuite, il devrait lutter sur place. S'il commettait la sottise de fuir, il serait obligé tôt ou tard de revenir affronter ses difficultés.

Peut-être était-ce le moment du retour, cette matinée où il revenait de l'église avec une autre jeune fille.

Inez jeta un coup d'œil à son compagnon et vit qu'il souriait... comme s'il avait franchi un obstacle difficile.

— Oncle Lawrence vous a prise en sympathie, dit-il. (Et de nouveau son ton fut révélateur.) Sous ses dehors rêveurs, c'est un bon juge en matière de caractère.

— Il a une voix très plaisante et une manière délicieusement digne de lire l'évangile.

— Oui. Il est charmant. Val l'aime énormément.

— J'aime aussi beaucoup votre père. Il a un sens de l'humour très développé.

— Ah? (Ses sourcils se contractèrent.) Je ne connais pas très bien mon père. Je n'ai jamais réussi à bavarder librement avec lui.

— Vous n'y avez peut-être pas mis assez de persévérance. Il faut parfois faire un effort pour comprendre ses parents.

— Vous croyez que je n'ai pas essayé?

— L'avez-vous réellement fait? Ou vous êtes-vous dit que M. Elbure et Val formaient la paire et que le destin vous vouait à être l'homme seul?

— C'est vrai, vous savez.

— Oh, quelle sottise! Val et votre père s'imaginent probablement que vous êtes trop supérieur pour vous plaire en leur compagnie... Et c'est pour cela qu'ils vous laissent seul. Il ne leur vient pas à l'idée que vous êtes paralysé par la timidité.

— Eh bien, merci! Je ne me rendais pas compte que je ne savais pas m'exprimer.

— On apprend à tout âge. (Elle regarda son profil courroucé et se mit à rire.) Ne boudez pas! Si nous ne pouvons pas parler ensemble en toute liberté, nous n'aboutirons à rien.

— Il est pas nécessaire de se montrer si coupant.

— Voilà qui est curieux, venant de vous! Vous savez mieux que moi pourtant que trancher dans le vif est parfois le seul remède. S'il y a des plaies envenimées au fond de vous-même, il faut que je les incise. Sinon, il y aura toujours des endroits où je ne pourrai pas m'aventurer.

Il ne répondit pas. Le cœur d'Inez se serra. Le masque rigide de Patrick l'avertissait de garder ses distances. Il n'était pas encore prêt à la laisser sonder ces vieilles blessures. Il ne le serait peut-être jamais.

Quand il reprit la parole, ce fut sur le ton d'un hôte courtois. Il lui montra les nouvelles plantations, orgueil de Val. Il exposa en détail ses opérations d'assainissement dans les bois, coupe et émondage. Il lui montra des exemples de la chirurgie de Val sur un ou deux des vieux cèdres.

— Val s'efforce de sauver les arbres chaque fois que c'est possible. C'est grâce à lui que les hêtres de Saint-Chad sont encore debout.

— Ah? C'est lui qui s'en est occupé?

— Oui.

Ils avaient atteint le perron. La maison semblait vouloir les attirer dans sa curieuse quiétude. Ce n'était pas de la paix, mais quelque chose de beaucoup plus oppressant.

Inez s'écria impulsivement :

— Cette maison est vraiment très silencieuse. Pourquoi?

— Elle n'était pas comme cela autrefois... quand ma mère vivait. (Il avait prononcé la dernière partie de sa phrase tout bas, d'un ton précipité.) Béatrice et Ursula l'ont assourdie avec des amortisseurs et des bourrelets. Il y a des portes isolantes aux points stratégiques.

— Ah! je comprends.

Elle prit son courage à deux mains :

— Quand votre mère est-elle morte?

— Quand nous étions enfants. (Il s'arrêta devant

l'escalier comme s'il voyait encore sa mère le descendre.) Elle aurait pu ne pas mourir. Il n'y avait pas de médecin au village à cette époque... et elle avait une péritonite. Si le mal avait été diagnostiqué à temps, et si on l'avait emmenée chez un chirurgien, elle ne serait pas morte.

— C'est affreux, mais cela a dû se produire pour beaucoup de gens autrefois, je crois.

Il poursuivit comme si elle n'avait rien dit :

— Ma mère était très brave et mon père n'avait pas pris son état au sérieux. Il croyait qu'elle avait attrapé froid sur l'herbe humide. Nous étions allés en pique-nique dans les bois juste avant sa crise. Elle devait déjà souffrir, mais elle n'en avait rien dit.

— Alors elle a eu tort au moins autant que votre père.

Patrick lui jeta un coup d'œil froid, détaché :

— Vous trouvez?

— Est-ce ce qui vous a rongé pendant des années? En avez-vous fait grief à votre père? Oh, mon cher amour, comme vous avez dû souffrir, tous les deux!

— J'avais entendu les domestiques le dire... que n'importe qui ayant deux sous de bons sens pouvait voir qu'elle souffrait et serait allé chercher un médecin, reprit Patrick d'un ton morne. Et ils ajoutaient qu'un bon chirurgien l'aurait sauvée. C'est ce qui a décidé de ma vocation. Par une sorte de vœu... d'acte expiatoire...

— Mon Dieu! Que de souffrances inutiles quand les enfants entendent des propos qui ne leur sont pas destinés! s'écria Inez. Et vous étiez naturellement de ceux qui se referment sur eux-mêmes. Vous n'auriez même pas pu aller trouver votre père pour lui en parler.

— Bien sûr que non.

— Alors vous lui en avez voulu depuis ce temps-là, et vous n'avez probablement même pas pensé que les reproches qu'il s'adressait étaient une vraie torture pour lui?

— C'était sa faute. Il était toujours fort et actif. Il n'a pas su s'occuper de maman. Même Val a dû s'en rendre compte, et c'est pour cela qu'il se tracasse tant pour Evelyn.

— Vous n'avez pas eu le bon sens d'en parler avec Val... à l'époque?

— Il était plus jeune, et je ne voulais pas le monter contre mon père.

— Plus jeune, mais plus réaliste. En tout cas, plus compréhensif. Vous vous engagez toujours dans la voie la plus pénible.

— Pas du tout intéressant comme personnage, en somme. Il est peut-être bon après tout que vous soyez venue découvrir mes plus mauvais côtés avant d'être officiellement engagée envers moi, dit-il d'un ton coupant.

— Je ne me suis jamais attendue à voir en vous la perfection incarnée. J'espère que vous ne vous faites pas d'illusion non plus à mon sujet, répliqua-t-elle calmement. Il faut que j'aille voir mon malade maintenant. Venez bavarder avec lui un moment. Disons vers 10 heures. Et essayez de le voir comme un être humain, pas comme le responsable de la mort de votre mère.

— Vous tranchez profondément, Inez.

— Il est temps que quelqu'un s'en charge.

— Vous n'avez pas besoin de vous apitoyer sur mon père. Il n'était pas inconsolable. Il s'est remarié avec Béatrice.

— Ah! Voilà le poison qui sort. Vous n'avez pas compris... alors vous ne pouviez pas lui pardonner d'avoir épousé Béatrice. Comme les jugements des jeunes peuvent être cruels!

— Je suis cruel, implacable et rancunier?

La main sur la rampe, elle se retourna pour le regarder. Il se tenait au pied de l'escalier, le regard empreint d'un désespoir muet.

— Et toujours mon plus cher amour, dit-elle avec douceur.

Elle gravit l'escalier en courant, se demandant pourquoi il choisissait toujours des endroits aussi peu appropriés pour une conversation intime. Son bureau et son appartement glacé et gris étaient intimidants, mais au moins y avaient-ils été seuls. Il l'avait demandée en mariage dans un des couloirs de l'hôpital où n'importe qui aurait pu les entendre ou les interrompre. Maintenant il révélait l'amertume qui avait assombri son enfance dans le hall où Béatrice, à moins que ce ne soit un membre du personnel, pouvait facilement entendre tout ce qu'il disait.

Elle plaignait Patrick surtout, car il avait dû souffrir d'une façon intolérable. Mais elle éprouvait une certaine pitié pour son père et sa belle-mère. Ils avaient dû se rendre compte de sa condamnation silencieuse et de son antagonisme.

On l'avait avertie que Willoughby Elbure était un malade difficile, mais ce ne fut pas son avis. Il se montra à la fois reconnaissant et prêt à faciliter les choses. Il déclara de but en blanc :

— J'ai horreur des maladroits... mais ce n'est pas votre cas. Vous savez ce que vous avez à faire.

— C'est forcé. J'ai pas mal d'expérience.

— Et vous savez ce que vous voulez dans la vie?

— En général.

— Tâchez de vous décider en ce qui concerne Pat. Evelyn n'y a pas réussi, et il a très mal supporté le coup.

— Oui. Je m'en rends compte.

Ses questions n'irritaient pas Inez. Elle était heureuse de cette tendresse hésitante pour Patrick.

Il y avait eu manque de compréhension et non d'affection. Ce serait à elle de rétablir les communications entre le père et le fils.

Le médecin du pays vint au cours de la matinée. C'était un homme aimable, assez âgé, du genre qu'on baptisait irrespectueusement « tatillon » à Saint-Chad. Il donna à Inez des instructions minutieusement détaillées qui irritèrent son malade et donnèrent envie de sourire à la jeune fille.

Ce fut une longue journée. Inez trouvait bizarre d'être « de service » et d'avoir si peu à faire. Après le remue-ménage incessant d'une salle d'hôpital, un seul malade — et un cas bénin — était virtuellement de l'oisiveté. Elle commença à se demander comment elle occuperait son temps dans la semaine qui commençait. Peut-être l'infirmière du district serait-elle contente d'avoir de l'aide.

Dans l'après-midi, quand elle eut installé M. Elbure pour sa sieste, Patrick l'emmena en promenade dans les bois. Ils suivirent des sentes étroites mais bien tracées qui les conduisirent sur une crête herbue.

Inez se retourna pour regarder, par-dessus le vert tendre des jeunes feuillages, le lac scintillant dans le creux de la vallée. Patrick passa son bras autour d'elle et la fit asseoir sur l'herbe. Il la pressait contre lui comme s'il ne voulait plus jamais s'en séparer.

Elle ne se doutait pas de l'insécurité où était Patrick en ce qui la concernait. Elle s'étonnait de le voir se conduire comme s'il redoutait qu'elle lui soit arrachée. Elle n'était pas encline à la jalousie, ni aux phantasmes qu'elle suscite. Inez se heurta à celle de Patrick d'une façon tout à fait inattendue.

Ils avaient pris le thé dans le salon avec Béatrice.

Inez s'apprêtait à remonter quand le téléphone se mit à sonner avec insistance. Elle s'arrêta, et, comme personne ne venait, elle redescendit l'escalier. Le téléphone était posé sur une table de chêne sombre dans le hall, avec un bloc-notes et une pile d'annuaires.

Elle souleva le récepteur et donna le numéro inscrit sur le cadran :

— Ici Cascade 290...

— Allô! C'est Béatrice? Non, n'est-ce pas?

— Non. Vous désirez parler à Mme Elbure?

— Non, pas spécialement. Qui est à l'appareil? Est-ce... *Inez*?

— Oui, répondit Inez, surprise.

— Je m'en doutais. (Il y eut un éclat de rire.) Excusez-moi, je ne connais pas votre autre nom.

— Raine. Inez Raine. Qui êtes-vous?

— Evelyn. Dites, j'ai honte de vous avoir laissée vous débrouiller seule. Est-ce que ça va?

— Oui. Merci.

Inez avait du mal à parler. Ce premier contact avec Evelyn l'avait surprise. Son pouls s'accéléra et sa gorge se serra. Evelyn avait pris des proportions si menaçantes dans son imagination, depuis qu'elle avait entendu Patrick prononcer son nom, que le choc était énorme.

— C'est désolant, d'autant plus que j'avais follement envie de vous voir, poursuivit la voix d'Evelyn, une voix jeune, aimable et attirante. Mais je ne voulais pas courir de risques. Veux-tu te tenir tranquille, espèce d'horreur?

— Comment?

— Je parlais à mon fils. Il essaie de grignoter le fil du téléphone. Est-ce que cela peut lui donner une secousse électrique?

— Un léger choc, oui, je le crois.

— Jusqu'à présent, il a l'air à toute épreuve. Il

n'est pratiquement jamais grognon ou malade. C'est pourquoi je me suis affolée quand il s'est mis à éternuer, à renifler et à refuser de manger.

— Comment va-t-il maintenant?

— Oh, mieux, Dieu merci! Sa température a baissé. S'il ne tousse pas, nous essaierons d'aller vous voir dans le courant de la semaine. Dites-le à Béatrice et à oncle Willoughby, voulez-vous? Que mon oncle ne se fasse pas de souci...

— Entendu, madame Elbure...

— Oh, appelez-moi Evelyn. Vous êtes presque de la famille, n'est-ce pas?

— C'est beaucoup dire.

— Patrick m'a appelée Inez deux fois en moins d'une heure la dernière fois que je l'ai vu. Cela m'a paru très significatif! C'est comme cela que j'ai su votre nom, d'ailleurs.

— Oh, je vois.

— Ensuite mon mari m'a parlé de vous. Il avait été très impressionné. *Non*, brute! (Autre éclat de rire.) C'est Val. Il est venu me chatouiller. Il me met au défi de vous répéter sa description de vous... Alors je ferai bien de m'abstenir. Mon affection à tous. Au revoir...

— Merci d'avoir appelé et...

Le téléphone devint muet. Inez eut la vision de Val prenant le récepteur des mains d'Evelyn... et serrant sa femme dans ses bras. Comme ils devaient s'amuser! L'amour, le mariage et la vie de famille étaient joie perpétuelle chez Val et Evelyn.

Inez se retourna... et aperçut Patrick qui l'observait du seuil du salon. Leurs regards se croisèrent, et Patrick s'avança vivement vers elle.

— J'ai entendu sonner, mais vous aviez pris la communication. Elle était pour vous? questionna-t-il.

— En un sens, oui.

— Que voulez-vous dire? Pourquoi avez-vous cet air-là?

— Quel air?

— Ce petit sourire satisfait. Je suppose que c'était votre Christophe?

— Absolument pas. C'était votre... votre belle-sœur.

Elle s'était retenue juste à temps de dire « votre Evelyn ».

— Evelyn? Ah! Qu'est-ce qu'elle voulait?

— Prévenir que le petit allait mieux et qu'elle espérait pouvoir venir dans le courant de la semaine.

— Bon. Je me doutais que c'était beaucoup d'embarras pour rien. Elle aurait dû être ici pour vous montrer la maison. Mais ça, c'est typique d'Evelyn. On ne peut pas compter sur elle.

— Elle m'a paru absolument charmante. Non, ce n'est pas le mot juste. Elle avait l'air vivante et cordiale.

— C'est ce qu'elle est. Ai-je jamais dit le contraire?

Inez eut un haussement de sourcils étonné tant il avait un ton aigre, impatient.

— Pardon! Mais je viens juste de me dire que rien n'empêche ce type de vous téléphoner aussi souvent qu'il lui plaira... ou même de venir ici pour vous voir.

— Quel type? Chris? Oh, ne soyez donc pas idiot! Il est occupé... très occupé. Et, s'il ne l'était pas, il ne me poursuivrait quand même pas de ses assiduités.

— Vraiment?

— Oui. Il sait que cela ne servirait à rien.

— Je voudrais en être aussi sûr que vous.

Elle sourit. Elle ne lui dit pas ce qu'elle pensait, mais elle ne put réprimer un petit mouvement d'inquiétude. Etait-il jaloux d'elle... ou redoutait-il seulement une seconde défaite? Il s'était vu prendre Evelyn. Sa crainte venait-elle de là? N'était-ce pas au fond encore de la jalousie à cause d'Evelyn?

Il y avait bien des questions qu'Inez ne pouvait pas poser. Il lui faudrait se tenir en alerte et n'avancer qu'à pas prudents. Tout serait peut-être plus facile quand elle aurait rencontré Evelyn... à moins que ce ne soit plus décourageant. Elle ne savait pas encore quels étaient les liens actuels entre Patrick et Evelyn.

— Je vais dire bonsoir à mon père. Puis il faudra que je parte..., dit Patrick d'une voix tendue. Attendez-moi ici!

Quand il redescendit, sa valise à la main, il avait un regard joyeux, ardent. Il mit son bras autour des épaules d'Inez et l'entraîna d'un pas vif vers sa voiture.

— Vous avez fait la conquête de mon père. Il m'a proposé de but en blanc de vous donner les perles noires.

— Les perles noires?

— Un héritage de ma mère. Elle les avait reçues de sa mère à elle. Elles sont très réputées. Papa dit que ma mère les avait de tout temps destinées à ma femme. Elles sont à la banque en ce moment. Je dois les en sortir et les apporter à mon prochain séjour ici.

Inez ne voulait pas amoindrir l'évidente joie qu'il ressentait devant le geste de son père, mais elle était un peu gênée. Elle n'était pas encore la femme de Patrick. Ils n'étaient même pas fiancés officiellement.

— Il y a un collier et un bracelet. Et aussi une très belle bague que papa propose que vous portiez comme anneau de fiançailles, poursuivit Patrick allègrement. Il dit que vous êtes une des rares personnes qui peuvent porter des perles noires. C'est vrai d'ailleurs. Vous avez tant de vitalité, de couleur...

— Merci.

Il la pressa contre lui, de cette étreinte plus caractéristique chez lui que les caresses conventionnelles.

— J'apporterai les perles et vous mettrez l'anneau, promis?

Elle aurait voulu lui dire : « Donnez-moi du temps! Que je fasse d'abord la connaissance d'Evelyn et que je sache ce qu'il en est d'elle et de vous... » Mais elle ne pouvait pas le laisser partir sans le fixer.

Quand il répéta : « Vous me le promettez? » Elle répondit : « Oui. »

16

— Inez? Ici Evelyn. Nous voilà enfin arrivés. J'ai mis l'héritier au lit. Pourquoi ne pas venir nous rejoindre tout de suite, hein?

— Maintenant?

— Oui. Si vous pouvez laisser oncle Willoughby, venez dîner avec nous. Je préparerai quelque chose rapidement..., dit cette voix chaude et singulièrement désarmante.

Inez agrippa la table.

— Vous êtes à la Cure? Vous ne venez pas ici?

— Non, c'est le tour de papa de nous avoir, et j'ai pensé que cela faciliterait les choses. Vous prendrez la voiture de Béatrice, ou est-ce que j'envoie mon mari vous chercher?

— Je préfère aller à pied. Je n'ai pratiquement pas mis le nez dehors aujourd'hui.

Inez ne tenait pas à être obligée de bavarder avec le mari d'Evelyn. Elle ne voulait pas non plus devoir reconnaître qu'on ne lui avait pas offert d'utiliser une des deux voitures qui dormaient au garage, une « familiale », et une plus petite.

— Alors, à tout à l'heure, reprit Evelyn d'un ton gai. Ne me manquez pas de parole. Je m'attends à quelque chose de sensationnel.

— Moi aussi, répondit Inez.

Elle posa le récepteur, l'écho du rire joyeux d'Evelyn résonnant encore à son oreille. « Voilà l'épreuve arrivée! » songea-t-elle, les nerfs tendus. Comment s'habiller? Que dire? Ce genre de considérations ne la troublait guère d'habitude, mais elles prenaient soudain une importance énorme.

Pas d'uniforme, décida-t-elle tout de suite, en apercevant sa silhouette sévère dans la haute glace. Pas de blouse et de bonnet, qui pourraient indiquer un complexe d'infériorité et la crainte de n'être acceptable qu'en sa qualité d'infirmière. Rien de coûteux ou de compliqué. Rien qui puisse paraître « habillé » ou destiné à « produire une impression ». Quelque chose de seyant, mais sans prétention. Quelque chose qu'Evelyn aurait pu mettre. La robe en laine verte par exemple, celle qu'elle avait portée le jour de l'opération. Elle lui allait bien. Inez se sentait à l'aise dedans. Peut-être était-ce une robe qui avait des vertus bénéfiques. Elle avait subi une dure journée dans cette tenue printanière.

Elle monta lentement rejoindre son malade. Il était assis dans un fauteuil près de la fenêtre, le bras et la jambe gauches allongés. Les massages avaient peu à peu remis la jambe en état, mais le bras gauche était encore inerte.

Il fut ravi d'apprendre que Val et Evelyn étaient

de retour à la Cure. Il était visiblement désarçonné quand Val n'était pas là. Il s'écria :

— Bien sûr vous devez aller dîner à la Cure, je me débrouillerai très bien avec l'aide de Béatrice.

— Je vous installerai d'abord dans votre lit, dit Inez, qui fut récompensée par un regard soulagé.

Elle n'avait jamais compris pleinement jusqu'à présent à quel point les malades retenus dans leur lit pouvaient souffrir de soins maladroits. Willoughby Elbure avait eu beau plaisanter à propos des désagréments et de l'inconfort qu'il avait dû subir, l'instinct professionnel d'Inez avait reçu un choc.

— Venez vous montrer avant de partir, lui cria-t-il quand elle sortit pour aller se changer. Faites-vous belle, hein? Il faut faire honneur à Patrick...

— J'essaierai.

Elle ne pouvait pas lui demander si l'épreuve serait difficile. Il aimait Evelyn et la trouvait naturellement charmante.

Elle ne s'était pas sentie aussi nerveuse depuis son premier bal avec Chris. Inez en était mi-agacée, mi-amusée. C'était absurde de se faire un monde d'une entrevue avec Evelyn Elbure, mais elle avait l'impression d'aller se confronter avec une figure légendaire, qu'on s'attendait à la voir égaler.

Quand elle revint auprès de Willoughby Elbure, ce dernier siffla doucement, trait qu'il avait en commun avec Val.

— Parfait! dit-il. (Il lui adressa un sourire affectueux :) Inutile de froncer ces sourcils.

— J'ai tellement entendu parler d'Evelyn... et Patrick a été follement amoureux d'elle pendant des années, répliqua-t-elle avec franchise.

— Je ne suis pas de cet avis. S'il avait été « follement amoureux », il l'aurait épousée. Elle ne demandait pas mieux... du moins avant ce malheureux accident. C'est lui qui a voulu attendre. Il la reléguait au second plan... et elle n'a pas pu l'admettre.

— Au second plan?

— Après son métier, qu'il faisait passer bien avant elle. (Il s'interrompit, puis reprit subitement :) Vous, vous auriez fini vos études. Qu'il y ait eu des commérages ou non, avec ou sans Val, vous seriez retournée à Saint-Chad et vous auriez passé vos examens. N'est-ce pas?

— Oui, je le pense. Parce que j'aime, moi aussi, énormément mon métier.

— Voilà pourquoi vous comprenez et tolérez la véritable obsession qu'est devenu le sien pour Pat.

— Le tolérer? Je l'admire. Son travail est d'une importance capitale. Je ne crois pas que vous vous rendez bien compte de sa valeur. Si jamais vous aviez vu Pat dans la salle d'opération...

— Le ciel m'en préserve! (Il eut un petit rire gamin désarmant.) Tout va bien. Vous êtes la femme qu'il faut à Pat. N'ayez pas le moindre doute là-dessus. Courez vite faire la connaissance de votre future belle-sœur.

Obéissant à une impulsion, elle se pencha et l'embrassa sur le front, puis elle partit d'un pas léger.

Le soleil se couchait et ses derniers rayons se reflétaient dans l'eau du lac. Inez s'engagea dans l'avenue, enchantée par cette symphonie de couleurs. Elle adorait l'eau. Elle aurait aimé avoir accès au hangar à bateaux. La température était encore trop fraîche pour se baigner, mais il devait être agréable de ramer sur l'eau. Il faudrait qu'elle en parle à Pat quand il viendrait à la fin de la semaine. Il devait arriver tard dans la soirée de samedi, avec la bague ornée de perles noires.

Elle avait été hésitante quand il lui avait parlé de cette bague. Maintenant, elle regrettait de ne pas l'avoir. Une bague de fiançailles lui aurait donné un statut officiel. Sans elle, Inez était simplement : Mlle Raine, la dernière conquête de Patrick Elbure.

La porte de la Cure était grande ouverte. Inez hésita sur le seuil, ne sachant pas s'il fallait sonner. Elle entendait des voix à l'autre bout du hall d'entrée étroit et succinctement meublé. Elle entendait le rire d'Evelyn.

— Val, *non!* Pas maintenant... Val, tiens-toi bien...

Pendant un bref instant, après avoir perçu la protestation joyeuse, Inez ressentit une crispation douloureuse. Cela ne se passerait jamais ainsi pour elle et Patrick. N'était-ce pas impossible? Patrick n'avait pas de temps à perdre pour batifoler tendrement. Il n'en avait pas non plus le goût. Comme l'avait fort bien dit son père, Patrick avait toujours été passionné. Il ignorait tout du côté plus léger, plus gai, plus rieur de l'amour. L'apprendrait-il jamais?

— D'accord, Lyn! lança la voix de Val. Je prépare les frites pendant que tu finis ça.

— Alors, fais bien chauffer l'huile avant de les jeter dedans. La dernière fois, tu les as mises dans l'huile froide. Je ne voudrais pas qu'elle me juge mauvaise cuisinière, s'écria vivement Evelyn. Elle devrait être ici d'une minute à l'autre maintenant...

— La voilà. Est-ce trop tôt? Navrée! lança Inez du seuil.

— Non, bien sûr que non. Entrez donc!

Une porte s'ouvrit au bout du couloir... et Inez aperçut enfin Evelyn. Celle-ci était à contre-jour, et pendant une seconde Inez eut l'impression de contempler un miroir au tain brouillé. Elle y avait été préparée, mais le choc fut néanmoins assez violent. Elle regardait ses propres sourcils noirs très arqués, ses boucles sombres, son corps souple et bien proportionné. Elle voyait ce que Patrick avait dû voir sur le sentier de l'hôpital lors de cette première rencontre fatidique. Elle comprenait ce qu'il avait éprouvé lorsqu'il l'avait vue se précipiter vers lui, dont les pensées étaient obsédées par le souvenir de son amour perdu.

Se trouver face à face avec la femme qui est presque votre sosie est une épreuve curieuse. Evelyn devait ressentir la même chose, car elle s'était arrêtée et regardait Inez dans le hall obscur. Les dernières lueurs du crépuscule s'engouffraient par la porte ouverte derrière Inez, si bien qu'elles avaient l'une de l'autre une impression similaire.

Evelyn, pour qui cette ressemblance n'avait pas, loin de là, la même importance, réagit la première. Elle alluma le plafonnier. Inez cligna des paupières. Presque aussitôt, l'illusion se dissipa. Elle ne contemplait plus un reflet brouillé d'elle-même. Elle regardait la fameuse Evelyn.

On aurait pu les prendre pour des sœurs, mais non pour des jumelles. Elles avaient à peu près la même taille, le même teint, la même couleur de cheveux, mais seuls leurs sourcils étaient vraiment identiques. Evelyn avait les cheveux et les yeux légèrement plus clairs que ceux d'Inez, sans la moindre trace de cet air espagnol qui allait si bien avec le prénom de la jeune fille. Sa bouche avait des courbes aimables et douces. Celle d'Inez était plus ferme, plus passionnée. Evelyn avait un nez charmant presque retroussé et un menton rond à fossette. Inez avait un nez droit et fin, un menton lisse et étroit.

Inez pensa : « Evelyn est comme sa voix... attirante et tendre. » Il était facile de qualifier Evelyn d'« adorable ». Elle devait être séduisante aux yeux de bien des gens, irrésistible même. Mais... elle n'avait pas cette séduction, ce charme fatal que sont censées posséder les briseuses de cœur. *Est-ce ce visage qui fit prendre la mer à mille vaisseaux!* se demanda Inez, partagée maintenant entre la stupeur et le soulagement devant celle à qui elle avait attribué le pouvoir d'Hélène de Troie.

Et les mains chaudes d'Evelyn s'emparèrent des siennes.

— Oui, nous nous ressemblons jusqu'à un certain point, n'est-ce pas? Si ce n'est que vous êtes cent fois plus jolie, s'écria impulsivement Evelyn. Val m'avait dit que vous aviez tout de la beauté espagnole. Est-ce authentique?

— Je crains que non. Ma famille est presque entièrement du Devon. A moins que vous ne croyiez à toutes les légendes de l'Armada, auquel cas on peut peut-être admettre la présence subreptice de quelque traîneur de sabre espagnol parmi mes ancêtres, dit Inez en riant.

Elle se sentait étrangement légère. La crainte, presque la haine, qu'elle avait éprouvée envers l'Evelyn inconnue, lui paraissait maintenant extraordinaire. Elle n'avait jamais pu entendre le nom d'Evelyn sans un serrement de cœur. Comme c'était bête! Il n'y aurait jamais de dispute entre elles. Elles étaient de la même race. Elles parlaient la même langue. Elles étaient instantanément à l'aise ensemble. Evelyn traduisait aussitôt cette impression avec son impétuosité habituelle :

— Oh! comme je suis contente que vous soyez *vous* et qu'il n'y ait pas besoin de faire de cérémonie! Venez à la cuisine nous aider à préparer les frites. Vous connaissez Val, n'est-ce pas?

— Oui.

— Pourquoi ce ton réservé? Vous ne l'aimez pas? questionna Evelyn en haussant ses sourcils ambrés avec un étonnement naïf. Il est absolument charmant.

— La première fois que je l'ai vu, lui et votre cousine m'ont fait prendre des vessies pour des lanternes, répliqua Inez avec la même franchise. Est-ce que je lui en veux à cause de cela? Peut-être. Il m'a fait croire que c'était Patrick qui me l'envoyait... et ce n'était pas vrai.

Le mari et la femme échangèrent un bref regard étonné. Puis Val déclara :

— Encore un coup de Sainte Ursula. Je trouvais bien aussi que cela ressemblait fort à du chantage, mais elle sait être diablement persuasive!

— Oui, certes, acquiesça Inez.

— Ce que nous n'arrivons pas à comprendre, c'est pourquoi Ursula voulait vous faire venir ici, dit Evelyn. Pour vous éloigner de Patrick? Elle devait se douter qu'il vous suivrait s'il tenait à vous.

— Vous croyez qu'elle a un autre mobile?

— Pas vous? Pensez-vous vraiment qu'Ursula aurait encouragé quoi que ce soit entre vous et Pat? Même si vous étiez sa meilleure amie, je ne la vois pas céder Patrick de bon cœur.

— Le céder? Votre cousine n'a aucun droit de propriété sur lui! s'exclama Inez.

— Elle n'est pas de cet avis.

La voix d'Evelyn était hésitante, soudain. Elle regarda de nouveau son mari comme pour demander son avis.

— Elle veut peut-être séparer Inez du troupeau, dit lentement Val. Plus facile d'attaquer la brebis quand elle est isolée. Plus facile aussi de s'assurer des intentions de Pat envers elle. Je ne veux pas vous affoler, mais cousine Ursula peut se montrer dangereuse.

— Que peut-elle faire? Nous brouiller, Patrick et moi? Patrick ne l'écoutera pas, dit Inez d'un ton plus convaincu qu'elle ne l'était réellement.

Elle se rappelait qu'Ursula avait provoqué une

certaine froideur entre eux en affirmant à Patrick qu'Inez était fiancée avec Christophe.

— Elle a le don de créer une certaine atmosphère, dit Evelyn. J'espère que vous n'allez pas me juger très déloyale? Ursula est capable de se montrer l'être le plus aimable, le plus dévoué et le plus généreux qui soit au monde, mais... elle tient à avoir en main toutes les ficelles.

— C'est une surveillante extrêmement efficace, répliqua Inez, s'efforçant elle aussi à l'impartialité. Je n'ai encore jamais eu de discussion avec elle. Elle s'est même montrée particulièrement gentille envers moi, si l'on considère que je n'ai pas fait mes études à Saint-Chad. J'aime bien travailler dans son service.

— Alors peut-être a-t-elle vraiment de l'affection pour vous et vous accepte-t-elle comme membre de la famille, conclut Evelyn avec un soulagement visible. Vous allez épouser Pat, n'est-ce pas?

— Je le pense.

Ils la regardaient d'un air intéressé, mais elle ne voulait rien ajouter. Elle songea que Patrick aurait dû se trouver là avec elle, et elle eut un brusque serrement de cœur. Patrick aurait dû annoncer la nouvelle à sa famille et la présenter.

Un hurlement venu du premier fit bondir Evelyn.

— Oh, écoutez! Je le croyais profondément endormi. Prenez un tablier et commencez à faire frire les saucisses, voulez-vous, Inez? Assez comme ça, Val, où il nous faudra toute la nuit pour cuire ces frites.

Elle s'éloigna en courant, criant des recommandations à l'enfant, et Val contempla d'un air pensif la pile de pommes de terre soigneusement coupées. Inez décrocha un tablier de cretonne fanée suspendu derrière la porte et le noua par-dessus sa robe verte. Les saucisses étaient déjà disposées sur le gril. Elle l'alluma. Elle était obligée de se tenir tout près de Val, qui remuait les frites dans l'huile bouillante.

Elle était irritée de sa ressemblance avec son frère aîné autant que de ses dissemblances. Val était solide, joyeux, imperturbable à un point exaspérant. Elle eut envie d'enfoncer la fourchette à grillade dans son dos massif. Pourquoi tout serait-il si simple, si agréable, si facile pour lui?

Il releva sa tête couronnée de cheveux roux. Il la regarda avec une compréhension amusée dans ses prunelles vertes.

— Vous estimez que nous avons joué un mauvais tour à Pat, n'est-ce pas? questionna-t-il sans détour.

— Ce n'est pas le cas?

Il haussa les épaules.

— Peut-être, mais que faire avec quelqu'un qui ne se laisse approcher par personne? Même enfant, il avait tendance à prendre l'affection ou la sympathie pour une insulte. Il ne voulait pas s'adapter, et il refusait de coopérer; il était donc toujours malheureux dans un groupe.

— Sûrement.

— Ursula lui courait après, mais j'ai l'impression qu'elle l'écartait encore plus de nous autres.

— Ursula? C'est Evelyn qu'il aimait...

Cela lui avait échappé; elle n'avait pas eu l'intention d'en parler, surtout au mari d'Evelyn. Elle rougit, mais ne baissa pas les yeux.

— Tout le monde aimait Evelyn... plus ou moins, dit-il calmement. Pat était attiré par elle, bien sûr, et elle avait pour lui une espèce de culte, d'admiration pour un héros, comme une gamine. Nous avons été ensemble pendant toute notre jeunesse... tous les quatre. Quand on a été si proche, on ne sait pas toujours définir ses sentiments avec exactitude. Vous imaginez-vous que j'ai séparé Pat et Lyn?

— Oui.

— Comment y aurais-je réussi s'ils s'étaient aimés? Pat avait tous les atouts en main. Il avait l'allure, l'intelligence, le renom. Lyn et Ursula l'admiraient énormément, dit-il sans humeur. *L'amour*... c'est quelque chose d'autre. Si Lyn avait aimé Pat, elle aurait montré une certaine compréhension et fait des concessions. Si Pat l'avait aimée, il ne l'aurait pas laissée partir. Au lieu de cela, dès qu'ils se sont mutuellement blessés, Lyn est venue chercher refuge auprès de moi, et Pat s'en est allé sous d'autres cieux... tout seul. Du moins est-ce ainsi que je vois la situation.

Sa voix raisonnable emportait la conviction. Patrick avait témoigné lui-même de l'intégrité de Val. Inez était heureuse de le constater à son tour. Quelque mal qu'ils aient fait à Patrick, ni Val ni Evelyn ne l'avaient blessé et trahi délibérément.

— Tout est bien qui finit bien, comme dit mon beau-père, poursuivit Val sans embarras. Pat a eu des moments pénibles, mais vous avez réussi à pénétrer dans ses retranchements, n'est-ce pas? Il vous laissera le serrer sur votre cœur.

Cette façon de s'exprimer enchanta Inez. Elle applaudit secrètement à la perspicacité de Val. Patrick avait en effet besoin d'être enveloppé de tendresse. Patrick lui-même s'en rendait-il compte? Elle dit impulsivement :

— Je n'avais jamais rêvé de quelqu'un comme lui. Je l'admire, naturellement. J'estime qu'il a du génie dans sa spécialité. Mais... ce n'est pas quelqu'un de facile à vivre.

— Loin de là. Mais cherchez-vous la facilité? Ce n'est pas mon avis. (Il lui adressa un chaud sourire :) Je n'ai pas l'impression que vous mourriez de peur ou de froid dans l'air glacé des hautes cimes.

C'était agréable d'avoir Evelyn et Val à la Cure, néanmoins Inez attendit le samedi avec impatience. Quand elle aurait vu Patrick avec Evelyn, peut-être ses doutes s'évanouiraient-ils. Elle attendit avec impatience et tourment... jusqu'au moment où parvint la communication impersonnelle transmise par téléphone à Béatrice : « M. Elbure s'excuse, mais il a été retenu. Il ne pourra vraisemblablement pas venir aujourd'hui. »

— C'est Patrick tout craché, dit sèchement Béatrice. Il ne prend même pas la peine de téléphoner lui-même. Il nous fait avertir par une secrétaire.

— Il n'en a probablement pas eu le temps, dit Inez pour sa défense. C'est certainement une opération d'urgence qui l'a retenu.

L'après-midi et la soirée parurent interminables à Inez. La lune brillait de tout son éclat quand elle alla se coucher. Elle tira les rideaux et resta étendue sur son lit, baignée de lumière froide. Elle adorait le clair de lune. Il aurait été merveilleux de voguer sous la lune, sur les eaux calmes du lac. Avec Patrick à côté d'elle, c'eût été un enchantement.

Elle n'arrivait pas à dormir. Elle entendit l'horloge de l'église sonner 1 heure, puis 2. A 2 heures et demie, elle perçut un bruit de moteur. Elle comprit instinctivement que c'était la voiture de Patrick. Elle jaillit du lit et enfila sa robe de chambre pourpre, ses pantoufles, puis se donna un coup de peigne. Quand il ouvrit la porte d'entrée, Inez avait déjà descendu l'escalier à moitié. Il leva la tête et l'aperçut, éclairée par les rayons de lune qui passaient par les fenêtres et illuminaient ses cheveux noirs et son sourire d'accueil. Il se dit qu'il n'avait de sa vie jamais rien vu de plus beau. Quand Inez mit le pied sur la dernière marche, il la saisit dans ses bras.

Ils s'étreignirent. Il lui renversa la tête en arrière et l'embrassa avec l'ardeur de qui met fin à un long jeûne; c'étaient des baisers durs, froids, qui dominaient et blessaient. Inez ne s'y déroba pas. Elle se pressa contre lui jusqu'à ce que se fût apaisé ce premier élan passionné.

Puis Patrick s'arrêta et dit :

— Je ne voulais pas vous réveiller.

— Je ne dormais pas.

— Ce n'était vraiment pas une heure pour arriver chez les gens, je le sais, mais il fallait que je vienne.

— Je suis heureuse que vous soyez là, mais vous devez être terriblement fatigué. Avez-vous mangé?

— Non, dit-il distraitement. Je pensais m'arrêter en chemin pour boire un peu de café, mais tout était fermé.

— Allons à la découverte!

— Où?

— Dans la cuisine. Je vous préparerai quelque chose.

— Oh, ne vous dérangez pas! D'ailleurs Béatrice... Béatrice n'en serait peut-être pas contente.

— Quelle importance? C'est votre foyer ici, oui ou non? Je ne vous laisserai pas vous coucher le ventre vide, répliqua-t-elle avec fermeté, passant la main sous son bras et le pilotant vers la cuisine que masquait la porte insonorisée. Allons-y.

— Je n'ai plus faim... *maintenant!*

Elle pressa son bras et sentit un frisson le parcourir. Compassion, amour, tendresse vibrèrent dans le cœur d'Inez, mais elle parlait d'une voix nette et détachée.

Dix minutes plus tard, il s'asseyait à la table de la vaste cuisine pour manger des œufs au lard sur toast, tandis qu'Inez versait du café parfumé et bouillant dans deux tasses. Son air de fatigue s'atténua peu à peu. Il se mit à lui raconter pourquoi il avait été retenu. Ce n'est pas le genre de chose qu'on aime entendre aux alentours de 3 heures du matin, mais Inez n'en laissa rien paraître. Il y avait eu une explosion suivie d'un incendie dans une usine du voisinage et un certain nombre d'ouvrières avaient été brûlées. Un plancher s'était effondré dans l'immeuble en flammes.

Il ne s'appesantit pas sur l'horreur du drame, mais elle se rendit compte qu'en parler le soulageait.

— Votre père et Christophe étaient venus aider. J'ai renvoyé votre père chez lui sans tarder... à son grand déplaisir et au soulagement de votre mère.

— Voilà bien papa! Mais il va bien, n'est-ce pas? Je regrette de ne pas avoir été là-bas.

— Moi aussi, au début. Puis j'ai trouvé bon de penser que vous étiez ici à m'attendre. C'était comme d'apercevoir le clair de lune au bout d'un long tunnel. Mais je n'osais pas espérer vous voir ce soir. J'avais l'intention de me glisser sans bruit dans la maison.

— Mon cher amour, j'aurais été furieuse si je ne vous avais pas entendu.

— Vraiment? (Il posa sa tasse vide :) Venez ici.

Elle s'approcha de lui et il l'attira sur ses genoux. Il la tenait en silence et, de nouveau, elle eut la sensation que le sang de leurs veines se mêlait. Non, cela n'avait pas dû être comme cela avec Evelyn. Il éprouvait maintenant l'amour profond et passionné qui ne vous bouleverse qu'une fois dans la vie. Soudain Patrick fouilla dans sa poche.

— Les perles, dit-il. Les perles noires. Je les ai apportées pour vous.

— Oh, oui?

Elle tremblait légèrement. Elle ne savait pas pourquoi. Peut-être parce que la splendeur de ces perles était bouleversante. Il enfila la bague sur son annulaire comme s'il la consacrait sienne à jamais, puis ne voulut pas s'en tenir là. Il insista pour lui attacher le collier au cou et les bracelets aux poignets. C'était une chose étrange à faire à 3 heures du matin, mais cela semblait apaiser une soif intérieure chez Patrick.

« Peut-être, songea-t-elle en cédant à son caprice, veut-il créer une image qui efface l'affreuse vision des corps brûlés, torturés et gémissants qu'il avait dû soigner dans la journée. Peut-être cela satisfaisait-il en lui un besoin inexprimé. » Elle sentait céder sa tension et sa fatigue. Ils montèrent la main dans la main, comme deux enfants, les marches inondées de clair de lune.

Sur le palier, il l'embrassa de nouveau, sans sauvagerie cette fois, mais avec une douceur qu'elle ne lui connaissait pas. Une fois de plus, elle eut la conviction qu'il n'en avait jamais été ainsi entre Patrick et Evelyn.

17

— Mademoiselle Shelley! s'exclama Inez involontairement et la déception éclatait dans sa voix d'indiscutable façon.

La longue voiture noire avait freiné devant le perron. Inez avait descendu les marches quatre à quatre... pour trouver Ursula installée au volant, toute seule.

Ursula souriait en émergeant de la voiture, d'un sourire impersonnel. Elle se retourna pour prendre sa valise et la tendit à Inez comme à un porteur.

— Patrick n'a pas pu venir, et il m'a prêté sa voiture, dit-elle d'un ton serein.

— Il n'a pas pu? Il ne vient pas? Pourquoi?

Auparavant, Inez aurait retenu ces questions. Plus maintenant. Avec l'anneau orné de perles noires à son doigt, cette réserve était inutile.

— Il n'a pas pu se libérer, répliqua Ursula, calmement. Son assistant a la grippe et M. Manuden était en congé aujourd'hui.

— Et demain?

Ursula haussa les épaules. Son sourire avait quelque chose de glaçant. Il avait une similitude étrange avec un rictus de chat.

— Comment va votre malade? demanda-t-elle comme pour remettre l'infirmière Raine à sa place.

— Très bien, merci.

— Alors vous reviendrez bientôt à Saint-Chad?

— Probablement.

Inez se tenait maintenant sur ses gardes. Quelle que fût la raison de la visite inattendue d'Ursula, il était clair que ce n'était pas dans un esprit d'amitié.

— Il vous faudra revenir ne serait-ce que pour sauvegarder vos intérêts, poursuivit Ursula d'un ton uni. Votre chevalier servant nous a envoyé deux malades, ces derniers temps... et il semble trouver nécessaire de leur rendre fréquemment visite. Mlle Harker saurait certainement vous expliquer pourquoi.

— Ah? (Les sourcils noirs eurent un haussement interrogateur.) Qu'est-ce que cela veut dire? Chris... et Rosemary?

— A ce qu'il me semble. Rosemary Harker est visiblement éprise, et elle essaie de forcer les choses pendant votre absence, répliqua Ursula d'un ton léger.

« Chipie! Triple harpie! » songea Inez avec dégoût.

Tout haut, elle déclara :

— Ah, parfait! Rosemary est juste ce qu'il faut à Chris. J'espère que cela aboutira.

Elles gravissaient le perron côte à côte. Ursula se tourna pour lui adresser un regard inquisiteur, froid comme glace :

— Cela vous est égal? J'avais cru comprendre que le Dr Denyer était votre propriété.

— Une personne peut-elle appartenir à une autre? Pas depuis l'abolition de l'esclavage, ce me semble, répliqua Inez. Chris Denyer et moi, nous sommes de vieux amis, rien de plus.

Ursula hocha lentement la tête. Inez eut la sensation désagréable d'avoir été contrainte à une espèce d'aveu. Mais... c'était fantastique. Elle était fiancée avec Patrick, comme le savait toute sa famille. Ou bien... Ursula n'était-elle pas au courant? Sûrement, Patrick l'avait avertie!

Elles pénétrèrent dans le hall, ce hall déprimant par son atmosphère silencieuse. Inez posa la valise d'Ursula sur le vieux coffre de chêne. En dépit des exquises décorations florales de Béatrice, le hall avait un air sinistre et sombre. Après une semaine de pluies constantes, le lambrissage lui-même semblait imprégné d'eau. L'endroit n'était ni propice à une discussion, ni revigorant.

Toute la lumière semblait s'être concentrée sur les cheveux brillants d'Ursula. Elle passa ses doigts blancs et forts sur ses mèches blondes comme pour les aplatir. Elle se tourna lentement et contempla son reflet dans le long miroir fixé au mur.

Elle portait un tailleur gris parfaitement coupé, avec une blouse de nylon impeccable, des bas très fins et des escarpins de daim gris. Les gants qu'elle tenait à la main étaient d'une blancheur aussi immaculée que son corsage. Elle était ravissante à sa façon angélique de Sainte Ursula, mais il y avait dans son regard une lueur inquiétante.

— Le thé est prêt dans le salon, dit Inez, pour rompre le silence qui devenait insupportable.

— Merci! Vous ajoutez le service de table à vos autres occupations professionnelles?

C'était dit avec le sourire, mais aussi avec une note de rosserie indéniable.

— J'essaie de me rendre utile autant que possible, répondit Inez sans paraître avoir rien remarqué. Soigner M. Elbure n'est plus une tâche très astreignante. Il marche normalement, maintenant.

Ursula ne fit aucun commentaire. Elle précéda Inez dans le salon et tendit une joue lisse au baiser de Béatrice. Celle-ci l'accueillit avec un léger ton de reproche :

— Tu aurais dû me prévenir de ta venue, Ursula. J'aime avoir du temps pour faire mes préparatifs. Nous attendions Patrick, pas toi.

— Je suis venue à sa place. Quelle différence? questionna froidement Ursula.

— Nous avons du homard, ce soir, et tu n'aimes pas les crustacés.

Béatrice jeta un coup d'œil harassé d'Ursula à Inez :

— Nous attendons Evelyn, ce soir. Val ne rentrera pas avant demain. Il s'occupe d'accidents causés par la grêle.

— Eh bien?

— Nous serons entre femmes. Willoughby ne mange pas encore à table. Il est gêné à cause de sa main, tu sais. Il ne peut rien tenir avec. Inez est obligée de lui couper sa viande.

— Inez semble tout à fait installée dans la maison, commenta Ursula en appuyant avec un certain mépris sur le prénom.

— Naturellement, répliqua sèchement Béatrice. J'espère que tu ne vas pas te montrer désagréable à ce sujet, Ursula. Willoughby est enchanté, et ton oncle Lawrence approuve avec chaleur.

— Approuve quoi? questionna Ursula.

Il y eut un bref silence gênant. Béatrice regarda de nouveau dans la direction d'Inez.

— Oh, mon Dieu! Personne n'a donc averti Ursula? dit-elle. Je pensais que Patrick en aurait parlé. Il n'a rien dit? C'est bizarre!

Inez présentait à Ursula le plat en délicate porcelaine de Spode datant du XVIIIe siècle où étaient disposées de minces tranches de pain beurrées. Ursula en prit une machinalement. Puis subitement sa main droite agrippa le poignet gauche d'Inez.

— Quoi! s'exclama-t-elle d'une voix étranglée. Qu'est-ce que vous portez? Cette bague? Elle appartenait à la mère de Patrick. C'est un bijou de famille.

— Oui, dit Inez, suffoquée par l'étreinte brutale des doigts d'Ursula. Le père de Patrick a suggéré que je la porte comme bague de fiançailles.

Ursula eut une brève aspiration. Elle lâcha le poignet d'Inez comme s'il la brûlait.

— Bonté divine! Vous tentez donc de ramasser les morceaux de ce qu'a cassé Evelyn?

— Oui, répondit brièvement Inez.

— Nous pensons tous que c'est parfait. Patrick est certainement plus normal et semble mieux s'entendre avec son père, intervint vivement Béatrice. Willoughby s'est beaucoup attaché à Inez.

— On s'en aperçoit.

Le regard de glace bleu-vert d'Ursula était rivé sur l'anneau de perles noires comme s'il l'hypnotisait.

— A-t-il donné aussi le collier et les bracelets? demanda-t-elle.

— Oui, dit Inez, décidée à ne pas se laisser entraîner soit à se justifier, soit à se défendre. Magnifiques, n'est-ce pas?

— Je ne les ai pas vus depuis des années. Je me rappelle les avoir admirés sur la mère de Patrick quand j'étais petite. Que dit celle que vous avez remplacée de les voir maintenant entre vos mains?

Le ton était si doux et si calme que l'insinuation en était rendue d'autant plus odieuse. Il semblait incroyable qu'une méchanceté aussi calculée puisse provenir de cette déesse au doux sourire.

— Oh! Cela ne contrarie en rien Evelyn. Elle et Inez sont déjà de grandes amies, intervint de nouveau Béatrice.

— Merveilleux! déclara Ursula... comme si elle en était convaincue. Ainsi, Evelyn a fait une nouvelle conquête, une fois de plus? J'espère que vous ne vous êtes pas laissé influencer par elle pour cette... cette substitution, Raine?

— Je ne me laisse pas facilement influencer..., mademoiselle.

— Excusez-moi si je montre quelques doutes, mais je me sens un peu responsable, poursuivit Ursula toujours du même ton serein. Quand j'ai accepté de vous prêter à la famille pour une semaine ou deux, je ne prévoyais pas qu'elle vous accaparerait pour faire de vous une remplaçante de ma cousine. Voilà une belle carrière tragiquement interrompue.

— Vous croyez?

— Mais oui! Vous êtes une excellente infirmière. Vous auriez pu aller loin. Maintenant, vous ne serez plus qu'une marionnette chargée de tous les fardeaux qu'Evelyn n'a pas voulu assumer.

— Je serai aussi la femme de Patrick, dit Inez d'un ton calme.

— C'est une des responsabilités qu'Evelyn a jugé bon de ne pas endosser. Une responsabilité épuisante et peu enviable, reprit froidement Ursula. Comme bien des gens intelligents, Patrick est égoïste et dépourvu d'égards pour autrui. En fait, par moments, c'est à peine s'il est normal ou humain tant il est plongé dans son travail. On ne peut pas blâmer Evelyn d'avoir abandonné à la dernière minute. Elle s'est soudain rendu compte de ce que la vie avec Patrick aurait eu d'affreux.

— Ma chère Ursula, protesta Béatrice. Ne te montre pas si déprimante! Si Inez a de l'affection pour Patrick...

— De l'affection? Quelle expression peu appropriée! dit Ursula d'un ton de condescendance amusée. Est-ce qu'on a de l'affection pour un tigre? Ou pour un loup solitaire? Inez aura de la chance si Patrick ne se retourne pas contre elle et ne l'anéantit pas.

— Ce n'est pas charitable de ta part de parler de ton demi-frère sur ce ton, protesta Béatrice. Patrick a un caractère assez difficile et réservé, c'est vrai, mais la plupart des hommes changent quand ils sont amoureux.

Les longs cils blonds d'Ursula battirent. Inez s'en aperçut et comprit que c'était un signe avertisseur : quels que fussent les sentiments d'Ursula envers Patrick, Ursula ne tolérerait pas l'idée qu'il pouvait en aimer une autre qu'elle. Ursula éprouvait à son égard un sentiment de propriétaire. Elle lutterait de toutes ses forces pour écarter l'importune.

Dès que ce fut possible, sans avoir l'air de prendre la fuite, Inez remonta auprès de Willoughby Elbure. Il était assis à sa place favorite, près des hautes fenêtres qui donnaient sur l'avenue et le lac.

— Où est le fils? demanda-t-il d'un ton déçu. Il ne monte pas bavarder un peu?

— Patrick n'est pas là. Il a été retenu à Saint-Chad. C'est Ursula qui est venue dans sa voiture.

Inez parlait d'un ton à peu près neutre, mais elle éprouvait un certain ressentiment. Patrick n'avait jamais proposé qu'elle se serve de sa belle voiture puissante. Pourquoi la prêtait-il à Ursula? Quelle place Ursula occupait-elle dans sa vie? Ambiguë et cependant assez importante pour rendre Ursula encore plus menaçante qu'Evelyn ne l'avait jamais été.

— Ursula? répéta en écho Willoughby, dont les sourcils grisonnants se rapprochèrent. Drôle de fille. Je ne me suis jamais senti à l'aise avec elle. J'ai fait ce que j'ai pu afin de satisfaire Béatrice, mais elle s'est toujours arrangée pour que j'aie l'impression que ce n'était pas autant qu'elle méritait. C'est une de vos amies?

— Non.

— C'est aussi bien. L'amitié de certaines gens est pire que leur hostilité. Lyn s'en est aperçue à ses dépens.

— Ah? Lyn parle d'Ursula avec beaucoup d'affection.

— La force de l'habitude. Elles ont été élevées ensemble. Et Lyn est une nature généreuse, sans rancune.

— Oui?

Evelyn vint aux « Sources » à 7 heures, après avoir mis son fils au lit, le laissant sous la garde de son père et de leur aimable et maternelle gouvernante. Elle marchait à pas lents, comme si elle était lasse. Inez ne lui avait pas trouvé bonne mine le matin. Evelyn était restée à la Cure toute la semaine. Val travaillait dans le Hampshire, et Evelyn n'avait pas voulu rester seule chez elle. Elle avait préféré la Cure.

Un vent vif s'était levé. Il plaquait sur elle les vêtements d'Evelyn. Inez, qui la regardait par la fenêtre, se dit qu'Evelyn serait heureuse de retrouver sa minceur et son agilité habituelles. Elle avait atteint maintenant le dernier stade, celui de la lourdeur, le stade pénible.

Quand elle descendit dîner, Inez trouva les cousines conversant amicalement. Les yeux d'Evelyn étaient cernés et son visage légèrement congestionné, mais elle était de bonne humeur.

— Quel soulagement, cette brise, après tant de pluie et de brume, vous ne trouvez pas? s'exclama-t-elle. On peut enfin respirer.

— Evidemment, tu es littéralement sous cloche à la Cure, et cette maison ne vaut guère mieux, dit Ursula d'un ton de commisération. Si l'on veut vraiment avoir de l'air frais, il faut aller sur l'eau. Est-ce que vous aimez le bateau, Inez?

— Beaucoup.

— Vous savez en manœuvrer un?

— Je manie la perche ou la pagaie. Je ne me suis encore jamais exercée sur le lac d'ici.

— Ah? Pourquoi non?

— Val a remis en état le moteur du hors-bord, la semaine dernière, mais les autres barques sont restées au hangar, dit Evelyn. Elles avaient probablement besoin d'être repeintes.

— C'est le hors-bord qui est le plus amusant. Sortons-le après dîner, proposa Ursula.

— Si Lyn s'en sent la force, car elle a l'air fatiguée, répliqua aussitôt Inez.

Les cils d'Ursula battirent. Etait-ce parce qu'elle s'irritait d'entendre Inez utiliser le diminutif d'Evelyn? Cette dernière ne semblait pas trouver bizarre l'attitude de sa cousine, qui était manifestement plus aimable. Peut-être Ursula avait-elle surmonté son premier mouvement de jalousie. En tout cas, le dîner se déroula dans une atmosphère fort amicale.

— Je suis enchantée qu'Ursula soit contente de ces fiançailles. Je redoutais un peu ses réactions, confessa Evelyn en montant avec Inez dire bonsoir à son beau-père. Elle a beaucoup d'affection pour vous, n'est-ce pas?

— Vous croyez?

— Oh, oui! Elle vous a couverte d'éloges juste avant le dîner. C'est un soulagement, conclut Evelyn avec franchise. J'ai horreur des querelles de famille.

— Moi aussi, dit Inez d'un ton neutre.

Elle ne partageait pas la satisfaction d'Evelyn, mais elle se dit qu'Evelyn devait connaître Ursula mieux qu'elle. Peut-être se laissait-elle influencer par ses idées préconçues. Peut-être était-elle involontairement irritée par les liens d'Ursula avec Patrick et son influence dans la famille.

Inconsciemment, Inez mit plus de temps que d'ordinaire à préparer son malade pour la nuit et à lui donner tout ce dont il pourrait avoir besoin. Le jour tombait quand Evelyn, qui était redescendue pendant que son beau-père prenait son bain, appela Inez du bas de l'escalier pour lui demander si elle se décidait à venir.

— Dépêchez-vous, ou il fera noir et nous ne verrons pas le coucher de soleil.

— Il n'y aura pas de coucher de soleil avec ce vent et ces nuages. Est-ce que vous tenez vraiment à vous promener sur le lac? Il y fera froid.

Evelyn monta quelques marches et expliqua à voix plus basse :

— Ce n'est pas moi qui en ai le plus envie, c'est Ursula. Elle est allée au hangar sortir le bateau. Elle sera blessée si nous n'avons pas l'air enthousiastes...

— Bon.

Inez noua une écharpe sur ses cheveux et enfila un anorak. Evelyn, en imperméable doublé, l'attendait sur le perron.

— Tiens, Ursula a réussi à mettre le moteur en marche, vous entendez? Elle se débrouille admirablement bien avec tout ce qui est mécanique, dit-elle avec un bel orgueil fraternel. Vous... vous vous accordez bien avec elle, n'est-ce pas, Inez?

— Nous ne nous sommes pas encore disputées. Et nous ne nous disputerons pas, à moins qu'elle n'essaie de me donner des ordres, répliqua Inez tranquillement. Je n'ai jamais eu de sœur aînée et je n'en ai pas l'habitude.

Le vent était de plus en plus fort. Il fouettait les arbres autour du lac. Il fouettait aussi l'eau. La surface habituellement lisse comme un miroir était transformée en mer miniature. Il y avait même de l'écume à la crête des vaguelettes.

Ursula avait fait chauffer le moteur et avait sorti le hors-bord du hangar. C'était une embarcation légère et peu profonde. Inez se dit : « Sur ce lac agité, il embarquera pas mal d'eau. » Cela ne lui paraissait pas gênant pour elle, mais risquait d'être mauvais pour Evelyn.

— Venez donc, vous deux! cria Ursula avec impatience.

— La soirée ne promet pas d'être très belle, commença Inez.

— Peur du mal de mer?

Le sourire d'Ursula voulait la piquer au vif, mais Inez ne réagit nullement. Ursula ne pouvait pas savoir qu'Inez Raine se sentait aussi à l'aise sur ou dans l'eau que sur la glace. Elle espérait probablement lui faire peur. Ce genre de chose était bien fait pour complaire à la nature quelque peu méchante d'Ursula.

Un appontement de bois plongeait dans l'eau. Il avait été rendu glissant par les pluies abondantes de la semaine passée. Evelyn trébucha et agrippa avec soulagement la main qu'Inez lui avait aussitôt tendue. Ursula amena le hors-bord tout contre l'appontement et saisit l'autre main d'Evelyn. Inez s'installa près d'elle à l'arrière.

Puis la lente sonnerie de l'horloge de l'église retentit de l'autre côté de l'eau. Ursula sursauta.

— Bonté divine! Déjà 9 heures? Ce que vous avez lambiné, toutes les deux!

— Navrée, répliqua Evelyn. De toute façon, nous ne resterons pas trop longtemps. Mon père aime se coucher de bonne heure le samedi.

— Zut! J'avais promis de téléphoner à Pat à 9 heures! s'exclama Ursula.

D'un bond gracieux et vif, elle se retrouva sur l'embarcadère.

— Il doit m'attendre. Il faut que je coure à la maison demander la communication. Partez devant, vous deux.

— Pourquoi? questionna Inez. Pourquoi deviez-vous téléphoner?

— Pour l'avertir que je suis arrivée ici en bon état et pour lui donner des nouvelles de tout le monde. (Le demi-sourire d'Ursula la narguait.) Jalouse? N'oubliez pas que Pat et moi nous sommes de vieux amis depuis de très longues années.

— Alors il est assez surprenant qu'il ne vous ait pas parlé de nos fiançailles, rétorqua Inez.

— Si vous en saviez autant qu'en a deviné Evelyn, vous ne trouveriez pas cela si étonnant, dit Ursula d'un ton plein de sous-entendus. Attention, Lyn! Ne rentre pas dans l'appontement. Traverse le lac. Vous me récupérerez de l'autre côté.

— Comment? Quand? demanda Evelyn, prise de court.

— Quand j'aurai téléphoné à Pat, je couperai par l'avenue et je vous rejoindrai au pont. Cela ira plus vite. Reste bien au large et tout se passera bien, dit Ursula d'un ton tranquille. A tout à l'heure!

Evelyn prit la barre et lança le hors-bord vers le milieu du lac. Les vagues courtes claquaient contre l'étrave. L'écume emportée par le vent leur fouettait la figure avec violence. Le lac paraissait infiniment plus large et plus long vu du niveau de l'eau. Inez s'avisa pour la première fois que le traverser dans ces conditions risquait d'être dangereux.

— N'allez pas trop au large, dit-elle vivement.

— Ursula a demandé qu'on la rejoigne de l'autre côté. D'ailleurs, il y a des rochers près de la rive et je ne sais jamais très bien où ils sont. D'habitude, c'est Val qui pilote, expliqua Evelyn. Brrr... il fait glacial.

— Le temps ne se prête vraiment pas à la promenade. Retournons. Marcher un peu ne fera pas de mal à Ursula.

— Oh, ça ira..., commença Evelyn.

Le moteur toussa, cracha et se tut.

— Zut! Qu'est-ce qui se passe?

— Plus d'essence?

— Il y en a toujours quatre litres dans le réservoir.

Evelyn lâcha la barre et repoussa l'écoutille miniature qui recouvrait le moteur. Elle tâtonna à la recherche d'une manette et l'abaissa. Puis elle appuya sur le starter. Le moteur ronfla... et crachota presque instantanément, redevenant muet.

— Laissez-moi essayer, dit Inez en fronçant les sourcils.

— Il y a pourtant de l'essence. Regardez!

Evelyn était à quatre pattes, tête penchée dans l'ouverture de la petite soute sombre, confinée. L'embarcation tanguait et roulait violemment. Evelyn se redressa subitement, la main devant la bouche.

— Dieu, que j'ai mal au cœur! Il ne manquait plus que ça. Et dire que je suis censée avoir le pied marin.

— C'est votre état qui veut ça, dit Inez avec une légèreté forcée. Laissez-moi m'en occuper.

Elle s'y connaissait un peu en mécanique. Elle essaya tous les trucs qu'elle avait appris, sans aucun résultat.

— Qu'est-ce que c'est? demanda Evelyn d'une voix étranglée.

— Probablement de l'eau dans le réservoir. Est-ce que la pluie ne s'y serait pas infiltrée?

— Je ne vois pas comment. Cela ne s'est jamais produit jusqu'à présent.

— Eh bien, il y a un commencement à tout. Il me paraît indiqué de jouer des avirons, dit Inez. Où sont les pagaies?

— Ici. (Evelyn se pencha, puis se redressa, blême :) Elles n'y sont pas. Inez... *Inez*...

— Du calme! Tâchez de maintenir le bateau bout au vent. Il ne faut pas chavirer.

Evelyn était secouée de frissons violents.

— Inez, vous ne voyez pas? Vous ne vous rendez pas compte?

— De quoi?

— La cascade. Nous dérivons, nous allons droit vers la cascade.

La voix d'Evelyn s'étrangla de nouveau.

— Nous... nous allons être entraînées...

— Quelqu'un nous apercevra. Ursula...

— Vous ne comprenez toujours pas. C'est... c'était prémédité. Elle a tout arrangé exprès.

— *Ursula?*

— Oui. Oh, j'aurais dû le deviner! J'aurais dû me douter qu'elle ne vous céderait jamais Pat!

— Elle ne peut rien contre moi.

— Si. C'est déjà fait. Je... j'ai vu quelqu'un se noyer un jour au pied de la cascade. Dans le tourbillon. Nous... nous y filons toutes les deux maintenant. Oh, Inez, je suis navrée! C'est ma faute. Je vous ai entraînée dans cette équipée...

18

Le bateau dérivait de plus en plus vite. Le fracas sourd des chutes dominait le clapotis des vagues et le sifflement du vent.

C'est alors qu'Inez se rendit compte de la différence essentielle qui existait entre Evelyn et elle. Alors qu'Evelyn était tapie au fond du bateau qui tanguait follement, blanche jusqu'aux lèvres et balbutiante de peur, l'âme plus résistante, mieux trempée d'Inez se rebella.

— Elle ne réussira *pas!* Elle ne nous fera pas ça, jura-t-elle — et l'ardeur de son regard rappelait que ses lointains ancêtres s'étaient mis en route pour affronter la puissance de l'Invincible Armada.

— Je ne croyais pas qu'elle... me ferait ça, dit Evelyn d'une voix morne. Mais elle s'en moque... pourvu qu'elle vous élimine. Je le comprends maintenant. Je m'étais aveuglée volontairement jusqu'à présent. Val avait bien dit que c'était Ursula qui nous avait enfermés dans le clocher, mais Pat n'avait pas voulu le croire. Je... Je n'avais pas voulu le croire non plus. Ursula et moi, nous étions comme des sœurs...

— C'est incroyable... mais vrai, dit Inez en examinant l'eau et le rivage. Il ne nous reste plus qu'à nager. C'est le seul moyen de nous en tirer.

— Je... je ne peux pas. Je ne suis pas bonne nageuse. Je ne pourrais même pas me tenir à la surface. Vous ne vous rendez pas compte de la force du courant. Je serais entraînée tout droit vers la cascade.

— Alors, il faut vous cramponner à la barque. Je vais essayer de gagner le rivage à la nage en remorquant le bateau.

— Impossible. C'est sans espoir. Si vous croyez que vous pouvez nager jusque là-bas, allez-y. Laissez-moi!

— Je ne vous abandonne pas. Où est l'amarre?

— Là! Elle n'est pas bien longue...

Inez saisit la corde mince mais résistante.

— Non, elle n'est pas assez longue. Vite! Donnez-moi votre ceinture.

Elle se déshabillait, attachant bout à bout tout ce qui était assez solide pour faire office de corde, terminant avec son porte-jarretelles. Elle se dressa, mince, tendue, simplement vêtue de son slip et de son soutien-gorge, fixant l'extrémité de sa corde improvisée autour de sa taille.

— Non, je vous en prie, Inez! supplia Evelyn. Vous n'arriverez jamais jusqu'à la rive!

— Il faut tenter. Je vais me laisser porter par le courant et obliquer vers ce bouquet de saules. Tenez-vous solidement et ne lâchez pas prise, même si le bateau chavire. Nous vous sortirons de là.

Il y avait en elle toute l'audace des générations passées quand elle prit son élan pour plonger, mais ce fut la douceur héritée de sa mère qui la fit se retourner pour poser une main rassurante sur l'épaule tremblante d'Evelyn et dire :

— Dieu vous garde! Ne vous tourmentez pas...

L'eau était froide, Inez s'y était d'ailleurs attendue, mais pas d'un froid paralysant. Pas plus froide que les longs doigts minces de Patrick avant que les doigts d'Inez les aient réchauffés. Telle est la comparaison qui lui vint à l'esprit, et tous ses nerfs se tendirent vers lui. Jamais auparavant elle n'avait été si heureuse du bon état de son corps et de la parfaite coordination de ses muscles. Elle avait franchi à la nage des distances bien plus grandes et dans des eaux bien plus agitées. Ses craintes concernaient uniquement Evelyn. Réussirait-elle à la remorquer avec cette corde de fortune jusqu'au rivage et à trouver de l'aide pour tirer au sec le bateau avant qu'il chavire?

Ursula avait bien calculé son moment. Plus tôt, il aurait pu se trouver — il y aurait certainement eu — des gens sur la petite route ou sur le pont. Il y avait peut-être même maintenant une voiture ou une bicyclette, mais à cette heure crépusculaire, dans ce vent glacé, qui s'attarderait à contempler le lac? Même s'il apercevait le bateau, un promeneur se rendrait-il compte du danger qu'il courait? Ce genre de tragédie n'était pas monnaie courante. Qui s'imaginerait que les Elbure sortiraient un de leurs bateaux par mauvais temps sans moteur et sans avirons? Ils possédaient ce lac et avaient navigué dessus d'aussi longtemps qu'on se souvenait. Ils étaient censés savoir se débrouiller. Voilà certainement comment raisonneraient les villageois. Des étrangers au pays n'y songeraient probablement même pas. Ils ignoreraient le danger que présentaient les chutes, après les pluies abondantes, les écluses étant ouvertes pour laisser passer les eaux gonflées. Inez elle-même ne s'en était pas avisée avant qu'Evelyn le lui dise.

Si elle s'était trouvée seule dans le bateau, elle serait arrivée tout près de la cascade sans se rendre compte de rien. Pourquoi Ursula ne s'était-elle pas arrangée pour la lancer seule sur le lac? Pourquoi avoir inclus Evelyn? C'était impardonnable. Inez songea avec fureur que, cela, c'était la pire trahison.

La corde improvisée lui pénétrait dans la chair tandis qu'elle progressait vers les saules. Le poids du bateau commençait à peser sur elle. Nager jusqu'à la rive aurait été facile. Remorquer l'embarcation était plus dur qu'elle ne l'avait supposé. L'effort requis d'elle était énorme. Elle sentait son cœur battre à coups sourds. Il y avait un rugissement annonciateur dans ses oreilles. Sa respiration se faisait haletante... trop haletante... mais elle ne ressentait encore aucune crainte; sa détermination était aussi ferme que celle d'Ursula.

Cette dernière, qui avait évalué Evelyn toute sa vie avec précision, avait commis l'erreur de mesurer Inez de la même façon. Il n'était pas venu à l'esprit calculateur de cette jeune femme qu'Inez était une adversaire bien différente, dont l'âme ne se laissait pas abattre par la défaite. Ursula n'avait pas deviné non plus la nature et l'intensité de l'amour qu'une fille comme Inez pouvait inspirer. Cinq ans plus tôt, Patrick aurait souscrit sans murmurer à la petite note autoritaire par laquelle Ursula l'informait froidement que comme il était retenu elle lui empruntait sa voiture pour le week-end et lui téléphonerait des « Sources » à 9 heures ce soir-là pour lui donner « toutes les nouvelles ».

Le Patrick qui avait l'intention d'épouser Inez Raine fut transporté de rage par ce mot et par l'emprunt de sa voiture. Vers le moment où Ursula pressait l'opératrice de persister à appeler son appartement « parce qu'il y avait sûrement quelqu'un », Patrick, exigeant sans pitié le maximum de vitesse d'une voiture de louage, traversait Tretavy. Il manqua Ursula de quelques minutes. Elle retournait d'un pas tranquille vers le hangar à bateaux quand il escalada le perron et entra en trombe dans la maison.

Il appela « *Inez!* » et fut instantanément conscient du silence et du vide de la maison parce qu'elle ne lui répondait pas... parce qu'elle n'accourait pas se jeter dans ses bras.

Il monta vivement chez son père. Il salua précipitamment le malade et s'exclama aussitôt : « Où est Inez? » Mais son père parut plus heureux qu'offensé. Au fond de lui-même, Willoughby Elbure éprouvait un grand soulagement et se sentait un poids de moins sur la conscience en voyant son fils aîné s'intéresser enfin de façon suivie à un autre être humain.

— Ces dames sont allées faire un tour sur l'eau, dit-il, légèrement amusé par les expressions qui se succédaient sur les traits de Patrick, d'ordinaire si impassibles.

— Ce soir? Par ce vent?

— Oui. Un peu violent à ce qu'il me semble. Tu seras sage de les ramener avant que Lyn attrape un rhume.

Patrick inclina la tête... et disparut, bondissant au bas de l'escalier, fou d'impatience. Il s'arrêta sur le perron, scrutant l'eau écumeuse et assombrie, à la recherche du bateau. Il ne réussit pas à le découvrir. Mais il vit un groupe de gens sur la berge opposée, près des saules, non loin de la cascade. A cet endroit, la berge descendait en pente abrupte depuis la route et était couverte de genêts et de fougères mortes. Ce n'était pas un endroit que l'on choisirait volontiers pour se réunir. Il était d'ailleurs loin des dernières maisons du village. Patrick ne se rappelait pas avoir jamais vu des gamins se baigner ou pêcher là.

Saisi d'appréhension, il s'engouffra dans la voiture de louage et fonça le long de l'avenue. Il lui fallut trois minutes pour traverser le village et arriver là-bas, mais il eut l'impression d'avoir mis un siècle. Il aperçut le hors-bord plein d'eau échoué sur la rive. Il aperçut un corps prostré sur l'herbe avec des sauveteurs groupés autour. Il n'y avait qu'une pensée dans son esprit et un nom sur ses lèvres tandis qu'il dévalait la pente :

— Inez! *Inez!*

Jamais Inez ne devait oublier la passion et le

désespoir contenus dans ce cri. Il lui disait tout ce qu'elle brûlait de savoir et n'osait demander. Elle l'enregistra en même temps que l'intense soulagement ressenti en reconnaissant la voix de Patrick.

Elle se redressa, mince et souple, toute ruisselante, ses cheveux noirs plaqués sur elle. Dans la clarté faiblissante, on aurait cru une ondine, étrange et merveilleuse.

Patrick l'étreignit comme pour s'assurer qu'elle n'était pas un fantôme.

— Inez! Tout va bien? Qu'est-ce qui s'est passé?

— J'ai dû sauter à l'eau. Moi, ça va. Mais Lyn... il faut la mettre au lit d'urgence. Je crains qu'elle ne soit en train d'accoucher.

— *Maintenant?* Grands dieux!

— Elle a eu un choc terrible. Oh, heureusement que vous voilà! Aidez-moi à la porter en haut.

Patrick se rendit alors compte que le groupe était composé de deux petits garçons tout ahuris, d'une femme entre deux âges, dodue, au souffle court, et d'un très vieil homme aux épaules voûtées. Aucun d'eux n'était capable de soulever Evelyn qui gémissait sur sa couchette d'herbe rude et de fougères brunes, juste au bord de l'eau.

Il ôta sa veste en disant :

— Enfilez ça d'abord.

Il glissa les bras humides d'Inez dans les manches et boutonna bien haut le vêtement sur sa gorge blanche comme s'il habillait un enfant. Elle remplit d'air ses poumons et lui sourit avec vaillance. Elle se demanda s'il avait conscience de la signification de ce moment. Probablement pas. Il avait parlé et agi spontanément. Il s'était élancé au bas de la pente en l'appelant, poussé par le même instinct qui lui avait fait traverser la salle de bal encombrée pour venir la chercher. Pour lui, ici et là-bas, rien d'autre n'existait qu'elle. Peut-être était-ce cela qu'on appelait « l'heure de vérité ».

— Val! cria Evelyn d'une voix angoissée. Val...

Inez se laissa tomber près d'elle et souleva doucement la tête d'Evelyn, l'accotant contre son épaule.

— Tout va bien, Lyn. Patrick est là. Tout s'arrangera vite...

— *Inez...* (Evelyn l'agrippa d'une main tremblante :) Emmenez-moi à la maison!

— Du calme! Patrick...

Inez lui lança un coup d'œil qui était tellement celui d'un professionnel à un autre qu'il lui rendit en retour un sourire de joyeux orgueil.

Peut-être est-ce à ce moment-là que Patrick se rendit compte lui aussi de ce qu'il avait cherché en vain chez Evelyn et qu'il avait trouvé en abondance chez Inez. Si jamais il en avait douté auparavant, il avait maintenant la certitude que lui et Inez formaient équipe. Il s'approcha vivement d'Evelyn. Il lui tâta le pouls. Il nota les symptômes qu'avait déjà vus Inez. Il dit brièvement :

— Faites faire demi-tour à la voiture, Inez. Je vais porter Evelyn jusque là-haut. Vous, les enfants, filez à la Cure prévenir le pasteur que Mme Evelyn est malade. Dites à la gouvernante de préparer son lit et de faire chauffer de l'eau...

— Elle paraît bien mal, la pauvre, hein? dit la femme entre deux âges. Bonté divine! Quand j'ai vu cette demoiselle sortir de l'eau en remorquant ce bateau, je ne voulais pas en croire mes yeux.

— Folie, dit le vieillard d'un ton lugubre, de naviguer par un temps pareil. C'est bien grâce à la Providence qu'elles n'ont pas été entraînées dans les chutes.

Une sorte de chœur antique suivit Patrick qui gravissait la pente avec Evelyn alourdie et gémissante dans ses bras. Il y avait longtemps... bien longtemps qu'il n'avait pas tenu Evelyn contre sa poitrine. Il éprouva du soulagement et une sorte de tristesse en comprenant qu'elle aurait pu être n'importe qui d'autre, à en juger par ses réactions présentes... N'importe qui sauf Inez Raine.

Sa compassion pour Evelyn se mêlait à une exaspération jadis familière, à demi oubliée. C'était si bien d'Evelyn de tomber dans des aventures pareilles; si bien d'elle d'agir suivant son impulsion et de s'attendre à ce que d'autres gens la sauvent des conséquences de sa propre étourderie. Si elle perdait le bébé qu'elle et Val attendaient avec tant d'impatience, ce serait bien de sa faute. Evelyn avait une âme généreuse, tendre, un cœur impulsif et chaleureux, mais elle ne possédait pas une once de sens commun. Pas de résistance non plus; rien de la fermeté avec laquelle Inez faisait face au danger, à l'inimitié ou autres adversités.

Evelyn sanglotait. Ses larmes mouillaient le cou de Patrick. Ses cheveux humides fouettaient son menton.

— C'est ma faute... ma faute à moi. Je l'ai laissée nous entraîner à faire ça. Je l'ai écoutée. Elle disait... elle disait qu'Inez était affreusement jalouse de moi. Je savais que ce n'était pas vrai... mais je l'ai laissée dire.

— Ressaisis-toi, Lyn! Jalouse de toi? Inez n'a pas besoin d'être jalouse de qui que ce soit.

— C'est Ursula qui l'a dit. Elle... elle s'est servie de moi. Et peu lui importait que je meure aussi. Elle l'espérait peut-être. Elle a enlevé les avirons. Elle voulait que nous soyons entraînées dans la cascade, balbutia Evelyn d'une voix rauque. Et Val n'était pas là. *Val...*

Elle répétait les mêmes phrases sans arrêt comme un disque dont le même sillon repasse toujours sous l'aiguille, tandis que Patrick et Inez l'installaient dans la voiture.

— Qu'est-ce que cela veut dire? questionna Patrick avec surprise, en se glissant derrière le volant. Tenez-la bien! Qu'elle ne souffre pas trop des cahots.

— C'est le contrecoup du choc et de la peur, dit Inez qui enlaça les épaules tremblantes d'un geste protecteur. Elle croit qu'Ursula nous a expédiées sur le lac sans avirons et avec de l'eau dans le réservoir avec l'espoir de nous voir dériver dans la cascade.

— Mais... c'est incroyable! dit Patrick.

— Peut-être avait-elle seulement l'intention de nous donner une belle peur et de nous faire prendre un bain, reprit Inez d'un ton égal.

— Non, *non!* Vous ne comprenez pas. (Les doigts d'Evelyn s'enfoncèrent dans son bras.) Ursula est folle de Pat. Je crois qu'elle a essayé de se changer les idées quand il était en Amérique. Ou elle attendait, simplement.

— Lyn, allons! Elle ne nous a rien fait. Ne prenez pas cela tellement à cœur, murmura Inez d'un ton apaisant.

— Quand... quand il est revenu, tout a recommencé. Elle voulait qu'il devienne riche et célèbre... et qu'il l'épouse. Je le comprends, maintenant, dit Evelyn d'une voix hachée. (Tout son corps se contracta :) Cette douleur... cela me tue. Ce... ce n'était pas comme ça, la première fois. Est-ce que je vais perdre le bébé?

— Non, pour autant que c'est en notre pouvoir, dit Inez paisiblement.

Ils mirent Evelyn au lit. Il était maintenant évident qu'il n'y avait plus d'espoir d'enrayer les conséquences de la rude épreuve sur le lac.

— Heureusement que je ne me déplace jamais

sans les quelques instruments indispensables! s'écria Patrick en sortant un sac du coffre de la voiture. C'est la leçon que j'ai apprise après le premier accident de la route que j'ai rencontré. Déçhirer des jupons pour fabriquer des pansements et prendre des canifs comme scalpels peut paraître parfait, mais des petites comédies de ce genre font perdre aussi des minutes précieuses. Ce n'est pas comme cela que j'aime faire les choses.

— Dieu merci, murmura Inez en nouant derrière la tête ses cheveux humides sous un turban improvisé avec une serviette. Cela ne vous ennuie pas de me prêter votre pantalon, Lyn?

Evelyn était au-delà de tout commentaire. Inez enfila un pantalon de flanelle grise qui se trouvait sur une chaise près de la table de toilette. Elle attacha une serviette de bain propre autour de sa taille en guise de tablier. Patrick, les manches relevées, se lavait soigneusement les mains.

— Etes-vous très calée en matière d'accouchement, mademoiselle Raine? questionna-t-il.

— Oh, ça peut aller! Ma dernière opération a été d'accoucher de quatre rejetons la chatte d'Elsie Ipplepin, répliqua Inez tout aussi gaiement.

Evelyn ouvrit ses yeux ambrés et la regarda. Inez s'était emparée d'une petite table et l'avait couverte d'une serviette propre. Elle disposait dessus les instruments nécessaires tirés du sac de Patrick avec autant de calme que si elle préparait un plateau de chirurgien à l'hôpital.

Elle savait, tout comme Patrick, qu'ils auraient du mal à sauver l'enfant et qu'Evelyn elle-même risquait d'y perdre la vie, mais ni l'un ni l'autre ne trahirent leur anxiété. Ils lancèrent même quelques-unes des plaisanteries traditionnelles qui amenèrent de faibles sourires sur les lèvres pâles d'Evelyn.

Dans l'eau, Inez avait été assaillie par la forte senteur du genêt, de l'aubépine et des sapins. Maintenant, par les fenêtres ouvertes, entrait l'odeur étourdissante des giroflées. Tous ces parfums faisaient partie intégrante de cette vallée qui lui avait paru enchantée. Mais il n'en était pas de même des événements de ce soir. Dans pareil cadre, ils avaient une curieuse apparence d'irréalité.

Luttant contre l'étreinte puissante du courant, elle s'était émerveillée de risquer sa vie pour l'amour de la jeune femme nommée Evelyn. Cette soirée de février dans les bosquets détrempés où Patrick l'avait prise pour son amour perdu semblait bien lointaine en temps et en espace.

N'était-il pas étrange de livrer maintenant avec lui une autre bataille, plus longue, pour sauver Evelyn? Etait-il de cet avis?

Son visage était tendu, absorbé — il exprimait la concentration qu'Inez avait appris à lui voir. Comme déjà dans la salle d'opération, elle fut frappée par la perfection de ses gestes, son sens de la coordination. Cela lui aurait valu la gloire dans un autre hôpital s'il avait voulu rechercher la célébrité. Quand il disait : « *Maintenant...* », c'était le bon moment.

Lorsque Ursula entra à la Cure, tout était fini. Elle pénétra doucement dans la maison, rabattant la porte derrière elle. Elle s'arrêta dans le hall, le plafonnier illuminant ses cheveux dorés.

Inez qui traversait le palier venant de la salle de bains l'aperçut, aussi ravissante et impassible que d'habitude. Ursula leva la tête et lui fit impérieusement signe de descendre. Inez obéit avec lenteur, se raidissant intérieurement.

— Comment allez-vous? Comment va Evelyn? Quelle affreuse épreuve! s'exclama Ursula.

Il y avait de l'anxiété dans sa voix, mais pas dans ses yeux bleus. Ils avaient une lueur féline.

— Que s'est-il passé? Est-ce que vous avez chaviré?

— Non. Le moteur a calé.

— Comme c'est bizarre! Il marchait parfaitement quand j'ai sorti le bateau.

— Il y avait de l'eau dans le réservoir... Et pas de pagaies. Nous avons failli être entraînées vers la cascade.

— C'est ce qu'on m'a dit au village. Pauvre Lyn! Est-ce qu'elle a beaucoup de peine d'avoir perdu son bébé?

— Elle ne l'a pas perdu. Elle a une fille. Petite, mais en parfait état. L'accouchement était délicat, mais Patrick s'en est tiré magnifiquement. Lyn dort maintenant.

— *Patrick*? Pat était ici? Mais... je lui avais dit d'attendre. Je lui avais dit que je téléphonerais à 9 heures. Je lui avais laissé un mot.

Il y avait une étincelle de colère dans les yeux bleus, et les cils pâles battirent.

— Le temps où vous pouviez dire à Patrick ce qu'il devait faire ou ne pas faire est passé, répliqua Inez d'un ton calme.

— Comment est-il venu ici? J'avais pris sa voiture.

— Il en a loué une.

— C'est irritant! Il a laissé Evelyn presque ruiner sa carrière. Je l'ai aidé à lui échapper. Maintenant, c'est *vous*... (Ursula leva les mains dans un geste expressif.) J'ai essayé de vous avertir. J'ai tenté de vous faire comprendre qu'il ne vous était pas destiné. Simplement parce que vous ressemblez un peu à Evelyn...

— Tout a peut-être commencé à cause de cette ressemblance fortuite. Maintenant... (Le regard d'Inez était ferme.) Je ne sais pas si vous aviez manigancé cette « épreuve », comme vous dites, mais ne vous avisez jamais de recommencer quelque chose du même genre. Cela n'aurait aucun succès.

— Evelyn...

Ursula s'interrompit en voyant la porte du studio s'ouvrir et Patrick apparaître.

Il s'avança vers elles. Il mit ses deux bras autour d'Inez.

— Evelyn? répéta-t-il. Evelyn, c'était le rêve d'un très jeune homme. Il y a longtemps qu'il est dissipé. Il s'agit dorénavant d'*Inez*, que voici. Plus tôt tu comprendras cela, Ursula, mieux cela vaudra.

— Evelyn... Inez... Quelle différence? demanda Ursula d'un ton véhément.

Patrick ne la regardait pas. Il contemplait Inez. Pour une fois, son expression révélait le fond de sa pensée.

— C'est *Inez*... mon amour... mon seul amour, dit-il d'une voix sourde. Maintenant et à jamais.

Reconnaissant sa défaite, Ursula se détourna. Quand elle ouvrit la porte, un courant d'air froid enveloppa Patrick et Inez. Puis la porte se referma sans bruit derrière Ursula. Ils étaient seuls ensemble, et Inez savait qu'il n'y aurait plus jamais d'ombres entre eux.

La voix de Patrick, grave, tendre et passionnée, résonnait à ses oreilles : *Mon seul amour. Maintenant et à jamais.*

873

Impression Brodard et Taupin
à La Flèche (Sarthe) le 19 décembre 1988
1899A-5 Dépôt légal décembre 1988
ISBN 2-277-11873-7
1er dépôt légal dans la collection : oct. 1985
Imprimé en France
Editions J'ai lu
27, rue Cassette, 75006 Paris
diffusion France et étranger : Flammarion